Sophie Lange

Weiberdorf 2000

RMV

RHEIN-MOSEL-VERLAG
Briedel/Mosel
Römerstraße 6 D-56867 Briedel
Tel. 06542/5151 Fax 06542/61158

ISBN 3-929745-63-1
Ausstattung: Cornelia Czerny
Titelbild: Anna Mees nach Vorlagen
von Ursula Hess und Regina Melsheimer
Foto Sophie Lange: Manfred Hilgers
Druck: Weihert-Druck, Darmstadt

Sophie Lange

Weiberdorf 2000

Roman aus der Eifel

Arne Houben
RHEIN-MOSEL-VERLAG

Inhalt

Vorwort

Vor Jahren besuchte ich erstmals das in der Südeifel gelegene Dorf Eisenschmitt, das um 1900 durch den Roman »Das Weiberdorf« von Clara Viebig (1860-1952) bekannt wurde. Sofort wurde das Leben der Dorfbewohner von damals in mir lebendig: Die Männer arbeiten im Ruhrgebiet und kommen nur zweimal im Jahr nach Hause: zur Dorfkirmes und zu Weihnachten. Die Frauen sind auf sich selbst gestellt. Mühsam bestellen sie die steinigen Felder, schleppen das Wasser vom Brunnen, besorgen Haus und Hof, bringen Kinder zur Welt und ziehen sie groß.

Spontan kam mir der Gedanke, ein »Weiberdorf 2000« zu schreiben und hundert Jahre Frauenleben in der Eifel aufzurollen. Seitdem spukt dieses Frauendorf in meinem Kopf herum. Doch erst nach und nach nahm die Geschichte konkrete Formen an. Wichtig war es mir, herauszufinden, was sich für eine Frau auf dem Lande innerhalb von hundert Jahren geändert hat, und welche Geschehnisse sich ständig wiederholen.

»Das Weiberdorf« von Clara Viebig erregte großes Aufsehen und erntete viele anerkennende Worte, allerdings nicht in der Eifel. So »triebhaft«, wie die naturalistische Schriftstellerin die Eifeler beschrieb, wollten diese nicht gesehen werden. Der Literaturkritiker und Priester Johannes Mumbauer (1867-1930) schrieb dazu: »Man kann es verstehen, daß die brave Eifelbevölkerung sich gegen eine so taktlose Besudelung ihrer intimsten Angelegenheiten erhob.« Inzwischen nutzt »die brave Eifelbevölkerung« den Roman als geschichtliche Dokumentation. Von »taktloser Besudelung« ist längst nicht mehr die Rede.

Die Frauen des Weiberdorfs Eisenschmitt waren der Eifeldichterin sehr böse und vertrieben sie verärgert aus ihrem Dorf. Als Feriengast war die in Berlin lebende Clara Viebig in der Eifel nicht mehr gerne gesehen. Bis heute hat sich der Groll nicht ganz gelegt. Um mir solchen Ärger zu ersparen, habe ich ein Fantasiedorf geschaffen: Bedenich. Dieses »Eifelnest« liegt irgendwo in der Nordeifel. Die Geschichte könnte sich aber in jedem anderen abgelegenen Dorf zugetragen haben.

Die Handlung ist frei erfunden. Übernommen aus Clara Viebigs »Weiberdorf« habe ich die Gestalten von Bärbchen und Tina sowie von Peter und Lorenz. Der Hannes stammt aus dem Eifelroman »Vom Müller Hannes«. Die Geschichte ihrer Familien und deren Nachkommen sind jedoch keine Fortsetzung der alten Erzählungen. Der Wahrheit entsprechen alle Fakten über Alltagsleben, Feste, Heilwissen, Brauchtum und Sitten in der Eifel.

Allen, die mir durch Gespräche Gelegenheit gaben, meine Gedanken zu ordnen, sage ich herzlichen Dank, besonders meiner Schwester Bärbel. Für Hilfe beim Korrekturlesen bedanke ich mich bei Gerda Weßling.

Es mag bei einem »Weiberdorf« seltsam anmuten, doch den größten Anteil an der Entstehung des Buches hatte ein Mann: der Exerzitienpfarrer und Seelsorger Maximilian Wolters (*6.11.37 †4.3.98) Er hat mich über Jahre hindurch zum Schreiben der Frauen- und Familiengeschichte ermutigt und mich in kirchlichen und psychologischen Fragen beraten. Pfarrer Wolters war dann auch der erste, der das Manuskript gelesen hat. Kurz vor seiner plötzlichen Erkrankung haben wir gemeinsam Kapitel für Kapitel durchgesprochen. Drei Tage vor seinem Tod konnte ich ihm mitteilen, daß das »Weiberdorf 2000« veröffentlicht wird. So sei die Erzählung seinem Andenken gewidmet, als Dank für viele gute Gespräche und seinen unermüdlichen Einsatz für die Rechte der Frau in Kirche und Gesellschaft.

Nettersheim, im Sommer 1998

Sophie Lange

Teil I

1899 / 1900

Personen

Familie Remer	
Mutter Bäbb (Barbara) geb. Schneider	45 Jahre
Vater Lorenz	45 Jahre
Kinder	
Hannes (von Johannes)	18 Jahre
Bärbchen (von Barbara)	16 Jahre
Kätchen (von Katharina)	13 Jahre
Gretchen (von Margareta)	10 Jahre
Michel	6 Jahre
Jüppchen (von Josef)	3 Jahre
Tante Mariechen, Schwester von Bäbb	50 Jahre
Jött, Mutter von Lorenz	70 Jahre
Weise Frau, Hebamme	
Tina Cremer, Nachbarmädchen	18 Jahre
Pfarrer von Bedenich	

1. Donnerstag, 14. Dezember 1899

Bärbchen griff mit einem schnellen Griff die letzte Kartoffel aus der großen Schüssel, schälte diese blitzschnell und steckte sie dem auf ihrem Schoß sitzenden kleinen Bruder in den Mund. Dieser kaute mit vollen Backen. Die Mutter warf ihm einen müden Blick zu. Dann schaute sie ihre Kinder an, eins nach dem andern, der Reihe nach: ihre großen Töchter, die 16-jährige Barbara, die 13-jährige Katharina und die zehnjährige Margareta; Bärbchen, Kätchen und Gretchen genannt. Sie hatten alle drei das schwarze, volle Haar der Mutter geerbt. Die blauen Augen hatten sie jedoch vom Vater. Gott sei Dank waren die Mädchen kräftig gebaut und würden tüchtig arbeiten können. Daß sie hübsch waren, war Nebensache. Was hat man schon davon?

Dann betrachtete sie die zwei kleinen Jungen: den sechsjährigen Michel und den kleinen Josef, der drei Jahre alt war und doch so einfältig wie ein Wickelkind. Jüppchen würde wohl sein Leben lang ein Miseräbelchen* bleiben. Die Jungen waren eher helle Remer-Typen und ihr Haar war strohblond. Sie waren längst nicht so kräftig gebaut wie die Mädchen.

Dann traf ein Blick die Schwiegermutter, die nur Jött** genannt wurde. In sich zusammengesunken und vor sich hin lallend saß die Alte am Tisch; mit ihren 70 Jahren war sie hilflos wie ein kleines Kind.

»Wir wollen beten«, sagte die Mutter, machte das Kreuzzeichen und sprach das Tischgebet:

> Wir danken Dir, Herr Jesus Christ,
> daß du uns' Gast gewesen bist.

Die Kinder rückten auf der Bank hin und her, um sich bequem hinzusetzen, denn sie wußten, was nun folgen würde: nicht endenwollende Gebete – Vaterunser ... Gegrüßet seist du Maria ... – für die toten Eltern der Mutter und die ganze Schneider-Verwandtschaft, für den längst verstorbenen Remer-Opa, für nie gekannte Ahnen und Urahnen, für das Brüderchen, das

* behindertes Kind ** Gote, Patin

der liebe Gott geholt hatte und für alle armen Seelen, die nicht die ewige Ruhe fanden, wenn man nicht ständig im Gebet ihrer gedachte. Manchmal wurde noch eine ganze Litanei heruntergerasselt: Alle Heiligen, bittet für uns. Nie vergaß die Mutter ein Bittgebet an die heilige Brigida, die für das Wohlergehen der Kühe zuständig war.

Es folgte das Gebet für die Lebenden, besonders für den Vater und den großen Bruder Hannes, die beide in der Stadt Geld verdienen mußten, denn sonst mußte die ganze Familie noch mehr Hongerpoten kötschen*. Zum Schluß kamen Nachtgebete: Jesu Kindchen klein ..., Heiliger Schutzengel mein ..., Abends, wenn ich schlafen geh ...

An diesem Abend beendete die Mutter mit dem kurzen Dankspruch das Tischgebet. Das war so ungewöhnlich, daß Bärbchen der Atem stockte. Erschrocken schaute sie die Mutter an. Ihr schmales Gesicht war noch blasser als gewöhnlich, die Lippen bläulich gefärbt, die tiefliegenden Augen von dunklen Schatten eingerahmt.

Die anderen Kinder freuten sich über die Kürze des Gebetes, sprangen auf, sagten »Nacht« und polterten im Dunkeln die enge Treppe hoch nach oben, wo die Familie in drei winzigen, eiskalten Kammern die Nachtruhe fand. Jetzt im Winter lagerten in den Zimmern noch Birnen und Äpfel, die einen süßlichen Geruch ausströmten.

Bärbchen nahm Jüppchen an der Hand, um das Kind halb tragend, halb hinter sich herschleppend zu Bett zu bringen. Schlurfend und Gebete brabbelnd folgte die Alte.

Die Mutter sprach im alltäglichen Leben nicht viel mit ihren Kindern, so wie es in allen Häusern in den abgelegenen Dörfern üblich war. Wozu auch? Jeder wußte, was zu tun war. Was bedurfte es da vieler Worte? Als nun die Mutter bat: »Bärbchen, komm noch mal 'runter!« zuckte Bärbchen zusammen. Sie konnte kaum ein »Ja« hervorbringen.

Als das Mädchen wieder nach unten kam, hatte die Mutter bereits die Küche aufgeräumt. Sie stand am sauberen Tisch, die Hände aufgestützt, den Körper seltsam zusammengekrümmt.

* an den Hungerpfoten kauen, hungern

»Mamm'!« Es war ein Schrei voller Angst, den Bärbchen ausstieß. Die Mutter richtete sich auf und trocknete die Hände an der großen blauleinenen Schürze. »Geh zur weisen Frau*«, sagte sie ruhig. Bärbchen nickte. Ja, sie hatte geahnt, daß wieder die Zeit da war. Sie drehte sich um und wollte losrennen. Doch die Mutter hielt sie zurück, reichte ihr den Wintermantel und schaute ihr in die Augen: »Bärbchen, du gehst ganz langsam«, sagte sie, »zuerst zur Weis-Frau, dann zu Tant' Mariechen.«

Bärbchen nickte ernst, zog den Mantel an, drehte sich auf einem Fuß zur Tür, durchschritt fast feierlich die Küche, überstieg den Dörpel**, ging am Misthaufen vorbei, stolperte in der Dunkelheit über ein Stück Brennholz, bog noch langsamer um die Ecke des Hauses – dann sauste sie los. Senta, die junge Mischlingshündin der »Rasse Dorfgemeinschaft Bedenich« raste hinterher, jagte über die Dorfstraße und verschwand bellend.

Bärbchen läuft und läuft durch die Finsternis, schaut weder rechts noch links, flüstert immer wieder die Worte »O, Maria hilf«, rennt, bis ihr keuchender Atem ihre Hilferufe erstickt, bis ihr die Brust auseinander zu reißen droht. Sie stolpert weiter und weiter, bis sie das winzige »Hexenhaus« der Dorfweisen erreicht hat. Sie holt tief Atem.

Da trat die Weise aus dem Haus. »Ich bin bereit«, sagte sie und klemmte fest ein schwarzes Köfferchen unter den einen und einen Beutel unter den andern Arm. Trotz ihres hohen Alters ging sie sehr aufrecht, und ihr Schritt war fest und sicher.

»Ich soll noch Tante Mariechen Bescheid sagen«, stotterte Bärbchen. Ihr war die Alte stets unheimlich. Diese schien alles zu ahnen, längst bevor es geschah. Wie hatte sie wissen können, daß die Zeit da war? Und doch nahm sie manches überhaupt nicht wahr. Auch jetzt schaute sie Bärbchen mit weit offenen Augen an, als wenn sie nicht verstanden hätte, was diese gesagt hatte. Bärbchen wiederholte die Worte. Doch die Weise reagierte nicht. So schlich das Mädchen leise davon.

Den Auftrag bei der Tante, einer älteren Schwester ihrer Mutter, hatte Bärbchen schnell erledigt. Auch diese hatte gleich Bescheid gewußt, nicht weiter gefragt und nur gesagt, daß sie

* Hebamme ** steinerne Schwellenstufe

sofort kommen würde. Nur die beiden Öhmchen* hatten überrascht aufgeschaut. »Was ist denn los?« hatten sie wie aus einem Mund gefragt. Doch die Tante hatte nur abgewinkt. Männer hatten sich da 'raus zu halten; das war Frauensache. »Weibergeschäft«, brummelten dann auch die beiden Alten und stocherten mißmutig im Dung herum. Nun mußten sie wohl alleine mit der Stallarbeit fertig werden.

Bärbchen mochte noch nicht nach Hause gehen. Heute würde die Mutter sie wohl kaum vermissen. In Gedanken versunken ging sie die Dorfstraße entlang. Die Häuser waren dunkel, nur hier und da schimmerte ein heller Schein, der von dem geöffneten Türchen eines Herdes stammen mochte. Aus den winzigen Ställen, die wie Schwalbennester an der Hauswand klebten, drangen die vertrauten Geräusche von Tieren und arbeitenden Menschen. Ein spärliches Petroleumslicht der Lücht** sorgte dort für etwas Helligkeit. Bärbchen kannte jedes Haus, jeden Dorfbewohner, jeden Stall, jede Kuh, jeden Hund und jede Katze, alles und jeden in ihrem geliebten Bedenich. Etwas anderes hatte das Mädchen nie kennengelernt.

Bärbchen ließ das Dorf hinter sich, schlug einen leicht ansteigenden Pfad ein und schritt an Weiden und Feldern vorbei. Senta tauchte wieder auf und blieb nun nahe bei ihr. Bärbchen tätschelte der Hündin den Hals. Es war kalt. Fest zog das Mädchen den alten, fadenscheinigen Mantel um den Körper.

Hier in der freien Natur erschien Bärbchen die Nacht heller und lichter, obwohl der Mond nicht sichtbar war. Bald tauchten Sterne am Himmel auf, erst nur wenige, dann immer mehr und mehr. Bärbchen erstieg den kleinen Hügel, Hollerberg genannt, auf dem sich ein kleines, mit Schindeln gedecktes Heiligenhäuschen befand. In einer kleinen Nische stand auf einem hervorspringenden Stein eine etwa einen halben Meter große Muttergottesfigur. Zwei wacklige Steinstufen führten zu dem Heiligtum. Obwohl die Verehrungsstätte eigentlich ein Bildstock war, wurde sie nur »Heiligenhäuschen« genannt. Eine gewisse Berechtigung hatte der Name jedoch, denn seitlich in der Nische war ein kleines Bild angespießt, das mit einigen verblaßten

* Großonkel ** Stall-Laterne

Papierrosen umkränzt war. Dieses zeigte die drei weiblichen Heiligen, die zu den Vierzehn Nothelfern zählen: Barbara, Katharina, Margareta. Die heilige Barbara trug ein Palmenblatt in der Hand, Katharina hielt ein Rad, und Margareta – die zweite Pfarrpatronin von Bedenich – hatte zu Füßen einen Drachen. Das Bild hatte Bärbchens Mutter hier angebracht, die die Dreiergruppe sehr verehrte. So war es kein Zufall, daß ihre drei Töchter die Namen dieser »drei heiligen Madel« trugen.

Die Weis' Frau erzählte stets, daß die drei heiligen Mädchen eigentlich die drei Beden seien, Bauernheilige, deren Verehrung bis ins frühe Christentum zurückreicht. Auch wußte die Weise, daß der Ortsname Bedenich von den drei »Beden« abgeleitet ist.

Bärbchen kniete auf der obersten Stufe nieder und faltete die Hände. »Jungfrau, Mutter Gottes mein«, begann sie flüsternd zu beten und schaute die heilige Mutter an. Das »Muttergötteschen« stand aufrecht, jedoch in versunkener, demütiger Haltung, die Hände vor der Brust gekreuzt. Die allergnädigste Himmelskönigin war makellos und rein. Die Farbe ihrer Kleidung war stark verwittert und abgeblättert – aber makellos war die Keusche trotzdem! Ein Sternenkranz krönte das Haupt. Die Füße ruhten auf der Mondsichel, um die sich eine Schlange wand, die im Mund einen Apfel hielt.

Murmelnd sprach das Mädchen das Gebet weiter. Erst als sie zu den beschwörenden Bitten kam, wurde ihre Stimme lauter:

Du **kannst** mir ja helfen, oh Mächtigste!
Du **willst** mir ja helfen, oh Gütigste!
Du **mußt** mir ja helfen, oh Treueste!
Du **wirst** mir auch helfen, Barmherzigste!

»Du kannst und mußt helfen, oooh Mächtigste!« wiederholte Bärbchen eindringlich und zog das »Oh« unendlich lang. Denn je intensiver man diese Anrufung aussprach, desto eher hörte und erhörte einem die heilige Mutter. Oooh ja, die heilige Maria, die Jungfrau und Mutter zugleich war, konnte helfen, überall und jederzeit. Bärbchen wußte zwar nicht, welche Form der Hilfe sie erflehen sollte, doch die göttliche Mutter würde schon wissen, welche Kräfte eine Frau bedarf, wenn es wieder so weit ist.

»Am ehesten sind die Heiligen zur Hilfe bereit, wenn ihnen eine Belohnung zugesagt wird«, überlegte Bärbchen. »Ich muß etwas versprechen; vielleicht kann ich das Gelübde tun, jeden Abend hierhin zu kommen und zu beten.« Doch dieses Versprechen schien ihr zu gewagt. Nein, das konnte sie sicher nicht einhalten, und ein gebrochenes Gelübde zog Not und Tod nach sich. »Heilige Maria, ich gelobe dir, sooft ich kann, nach hier zu kommen und zu beten«, fand das Mädchen schließlich die richtigen Worte. »Sooft ich kann«, verstärkte sie ihr Versprechen, »wenn, ja wenn ..., wenn nur der Mamm' nichts geschieht.«

Nun schaute sie zum Heiligenbildchen hin. Sie konnte die Gestalten zwar nicht erkennen, aber das Bild war ihr so vertraut, daß sie die Heiligen genau vor sich sah. Auch ihnen galt eine Anrufung:

Heilige Barbara, bitte für uns,
Heilige Katharina, bitte für uns,
Heilige Margareta, bitte für uns!

Dann fiel ihr ein, daß die heilige Margareta besonders die Gebärenden unter ihren Schutz und Schirm nahm. So flehte Bärbchen eindringlich: »Heilige Margareta hilf, daß die schwere Stunde der Mutter nicht allzu schwer wird.«

Vor anderthalb Jahren, als das Brüderchen zur Welt kommen sollte, hatte Bärbchen noch nichts gewußt von der schweren Stunde der Frauen. Doch dann hatte sie miterlebt, wie die Mutter gestöhnt und gejammert hatte. Und als Bärbchen schließlich das Wehgeschrei nicht mehr ertrug und zu weinen begann, hatte die Weise sie zur Seite genommen. »Das ist nun mal so, wenn eine Frau ein Kind gebiert«, hatte sie ruhig erklärt, »es ist eine schwere Stunde, aber sie geht vorüber. Und dann wird alles wieder gut – wenn, ja wenn der liebe Gott es will.«

Bärbchen war mit ihren Geschwistern zu den Cremer-Nachbarn gegangen. Doch sogar bis dorthin waren die Jammerschreie gedrungen, und so behielt Bärbchen sie im Ohr – lange, lange Zeit, ja, bis heute.

Die schwere Stunde war vorüber gegangen, doch der liebe Gott hatte nicht gewollt, daß alles wieder »gut« wurde. Die Mutter war sehr schwach gewesen, und als das kleine Brüderchen nach ein paar Tagen starb, wurde sie sehr still. Die Schwäche war mit der Zeit gewichen, doch die Stille war geblieben. Die Mutter war schon immer verschlossen gewesen, jetzt hatte sie den Schlüssel zu ihrem Innern nochmals umgedreht.

Eine Geburt war eine schwere Stunde. Mehr wußte Bärbchen nicht und mehr wollte sie auch nicht wissen. »Eines Tages wirst du es genau wissen«, hatte die Weise gesagt.

2. Sonntag, 17. Dezember 1899

»Setzt euch um den Tisch, ich lese euch etwas vor«, sagte Bärbchen zu ihren Geschwistern. Die Kinder waren noch verwirrt von dem Durcheinander im Haus während der letzten Tage. Immer wieder waren Frauen ins Haus gekommen und besorgt in die gute Stube zur Mutter gegangen. Auch nachts hatte das Hin und Her nicht aufgehört. Von der Mutter hatten sie nichts gehört. Das von Bärbchen gefürchtete Wehgeschrei war ausgeblieben. Nur schweres Stöhnen und leises Wimmern durchdrangen seit Donnerstagabend das Haus. Erst gestern Nachmittag war die Weise zu den Kindern gekommen und hatte gesagt: »Ihr habt zwei neue Geschwisterchen bekommen, zwei Schwesterchen.« Bärbchen hatte den Pfarrer holen müssen, der die kleinen Wesen gleich getauft hatte. Anna und Maria waren ihre Namen. Das größte Unglück wäre es, wenn die neuen Erdenbürger ungetauft sterben würden. Dann war ihnen die ewige Verdammnis sicher. Nichts und niemand konnte sie aus den Klauen der ewigen Nacht befreien.

Gesehen hatten die Kinder die Geschwister nur ganz kurz. Sie brauchten Ruhe, die winzigen Wesen. Auch die Nachbarinnen waren gekommen, um die Kindchen zu gucken. Schließlich hatte die Weise alle nach Hause geschickt. Die Mutter mußte schlafen, viel und lange schlafen. Die Weise würde weiter im Hause bleiben und Wöchnerin und Säuglinge versorgen. Tante Mariechen hatte tüchtig im Haushalt mit angepackt und das Kochen für den Mittagstisch übernommen. Heute am Sonntag war sie nach Hause gegangen; sie mußte sich um die Öhmchen kümmern.

Bärbchen hatte während der »Wehtage« die Verantwortung für die Kinder übernommen – und für die Kuh Maiblum', das Schwein Agatha, den Hahn und die fünf Hühner, die im Stall scharrten. Diese Pflichten würde sie wohl auch weiterhin übernehmen müssen. Mühe machten ihr diese Aufgaben jedoch kaum, war sie doch von klein an gewöhnt, kräftig mit anzupacken. Auch mit den Kindern war sie zurecht gekommen, nur heute nicht. Kätchen und Gretchen hatten sich geweigert, nachmittags zur Sonntagsschule zu gehen.

»Die anderen Mädchen tragen sonntags immer schöne, bunte Kleider aus feinen Stoffen mit großen weißen Kragen. Und manche haben so schöne Schuhe, fest und doch fein«, hatte Kätchen als Grund genannt. »Nur wir sind immer in dunklen Lumpen gekleidet. Nein, ich gehe nicht zur Sonntagsschule.« Natürlich hatte Gretchen sich dem Aufbegehren der Schwester angeschlossen. Bärbchens gute Worte – »Es ist doch so schön dort, der Pastor liest euch aus der Bibel vor, und seine Schwester lehrt euch schöne Handarbeiten« – hatten nichts geholfen. So hatte sie schließlich nachgegeben. Die Mutter hätte sich sicher durchgesetzt, aber Bärbchen konnte die Schwestern gut verstehen. Es war nicht leicht, zu den Armen zu gehören.

Bärbchen hatte das Geschirr gespült, die Küche gesäubert, das Jüppchen zum wiederholten Mal gewaschen und schließlich die Kinder um sich versammelt. Auch die Jött kam hinzu. Unruhig zitternd lagen ihre Hände auf dem Küchentisch.

»Was liest du uns denn vor?« fragte Gretchen. Bärbchen öffnete eine Schublade im Küchenschrank. Viel Auswahl an Lesestoff hatten sie nicht: die Bibel, ein dickes Buch über die Heiligen, ein altes Lesebuch, ein »Führer zum Glück für Jungfrauen«, »Das häusliche Glück« und eine alte »Stadt Gottes«. Sie durchblätterte die Zeitschrift. Da waren ernste Männergesichter zu sehen, Kaiser und Heilige. Es gab Geschichten »Für die christliche Familie« und ein Seite »Für die Frauenwelt«. Dort waren schöne Stickereien abgebildet, so wunderschöne. Bärbchen betrachtete die feinen Handarbeiten – und betrachtete ihre rauhen Hände. Ach, damit konnte sie wohl niemals so zierliche Stiche machen.

Auf anderen Bildern waren Soldaten und Ritter abgebildet. Besonders Michel staunte sie an. Bärbchen schlug eine Seite auf, die ein Bild mit vielen Reitern zeigte und legte die Zeitschrift aufgeschlagen vor den Bruder hin. Dann nahm Bärbchen das Lesebuch. Lehrsame Geschichten und fromme Verse wechselten sich ab. Ein Gedicht gefiel ihr besonders gut, und so las sie es den jüngeren Geschwistern vor:

Tu nichts Böses, tu es nicht!
Weißt du, Gottes Angesicht
schaut vom Himmel auf die Seinen,
auf die Großen, auf die Kleinen,
und die Nacht ist voller Licht.
Sind auch Vater, Mutter weit,
er ist bei dir allezeit;
daß du ja kein Unrecht übest
und sein Vaterherz betrübest!
Ach, das wär' dir künftig leid!*

Ja, das war schön. So tröstend! Wie ein Gebet! Da konnte man richtig froh werden, frohgemut und glücklich, trotz aller Sorgen und Mühen.

Bärbchen blätterte wieder in dem alten, schon stark zerfledderten Lesebuch. Da fielen plötzlich einige zusammengefaltete Zeitungblätter heraus.

»Wir möchten hören, was darauf geschrieben steht«, meinten Gretchen und Kätchen wie aus einem Munde. Bärbchen faltete die losen Blätter sorgfältig auseinander. Sie waren aus einer Frankfurter Zeitung ausgeschnitten. Der Vater mochte sie mal mitgebracht und ins Lesebuch gesteckt haben. Bärbchen warf einen Blick auf die einzelnen Artikel. Die Worte »Eifel« und »berühmte Schriftstellerin« sprangen ihr in die Augen. Nun

* aus dem Lesebuch für Mittelklassen, 1898

nahm sie ein Blatt und begann zu lesen: »Das Weiberdorf, ein Fortsetzungsroman von Clara Viebig.«

Bärbchen wählte einen Abschnitt aus, irgendeinen Abschnitt. Sie las langsam und abgehackt, laut und deutlich, so wie in der Schule, den Kopf tief über das Blatt gebeugt, den Zeigefinger unter den Zeilen führend:

»Weltabgeschieden ist der gewaltige Wald.
Wer hier um Hilfe schreit, wird nicht gehört;
was man hier treibt, wird nicht gesehen;
wer etwas verbergen will vor andrer Augen,
kann's hier dreist,
ein Schutzdach wölbt sich über ihn und um ihn.«

Bärbchen zeigte sich beeindruckt. Ja, so war es, genau so! Wer so etwas schrieb, mußte es erlebt haben, erlebt in den Eifelwäldern. Bärbchen las weiter, in einem fast singenden Tonfall:

»... Der Weg schimmerte kaum erkennbar;
im Tannenforst war's stockfinster.
Zeih tat furchtsam;
bei jedem Knistern der Rinde,
jedem Niederrieseln einer Nadel
fuhr sie zusammen
und schmiegte sich fester an ihn.
Sie ruhte mit ihrer ganzen Schwere auf ihm,
unter dem dünnen Fähnchen spürte er
ihren warmen vollen Körper.«

Der Pfarrer trat ins Haus, gefolgt von seiner Schwester. Er hatte die Remer-Mädchen beim sonntäglichen Unterricht vermißt. Jetzt wollte er einmal nachsehen. Die Strafpredigt hatte er sich bereits zurechtgelegt. Nun stand er hier und sah die Kinder so friedlich, fast andächtig am Tisch sitzen. Bärbchen bemerkte nicht das Eintreten des geistlichen Herrn. Sie war ganz von dem Text eingefangen:

»Am eintönig plätschernden Brunnen
standen noch ein paar Weiber
und wuschen ihre Füße

in dem ausgehöhlten Baumstamm,
der als Brunnentrog diente.
Sie hatten ihre Röcke hochgeschürzt.
In dem Mondstreif,
der jetzt durchs Nachtgewölk brach,
schimmerten ihre nackten Arme und Beine.
Peter fühlte wieder das seltsame Gruseln,
jenen wunderlichen Schauer,
der ihm leise über den Rücken hinab rieselte,
sein Blut für Augenblicke erstarren machte,
um es dann desto heißer anzutreiben ...«

»Was liest du denn da?« Der Geistliche wandte sich abrupt Bärbchen zu, riß ihr den Zeitungsartikel aus der Hand, warf nur einen kurzen Blick darauf und wetterte los: »Wie kommst du denn zu diesem, diesem ...?«

»Ich fand es im Lesebuch«, stotterte Bärbchen erschrocken.

»Schäme dich Bärbchen«, sagte er streng, »ich hätte nie gedacht, daß ihr so etwas Sündiges im Haus habt und daß du so etwas Unkeusches liest – und dann noch vor deinen jüngeren Geschwistern. Schäme dich!«

»Aber ... aber, das kann doch nichts Schlechtes sein«, stotterte Bärbchen verwirrt. »Es ist doch von einer Frau geschrieben, von einer berühmten Frau. Da steht es doch.« Aufgeregt deutete sie auf die Zeitungsartikel, die der Priester nun ergriff und irgendwo in seinem weiten schwarzen Gewand verschwinden ließ.

»Dann eben von einer berühmten, sündigen Frau, einer Sünderin«, schimpfte der Geistliche. »Weißt du nicht, daß ich verboten habe, diese Geschichte zu lesen?«

Bärbchen schüttelte den Kopf. »Aber es kann doch gar nichts Böses sein, es ist doch eine Geschichte aus der Eifel«, verteidigte sie sich. Der Pfarrer schnaufte. Ja, die Eifeler sündigten nicht – zumindest nicht schamlos in aller Öffentlichkeit. Aber die Fremden, die in den dunklen Wäldern streiften, die weder Gott noch sein Gebot achteten, die brachten die Sünde ins Land, besonders die schwere Sünde gegen das sechste Gebot. Die Fremden! Und auch diese Schriftstellerin war eine Fremde, eine

Berlinerin. Ja, sie war eine Fremde, mochte sie auch in Trier geboren sein und in der Eifel zur Sommerfrische kommen. Zur Sommerfrische!

»Ich mag der Dichterin zugestehen, daß sie die Kunst des Schreibens versteht«, meinte der Pfarrer nun etwas ruhiger. »Und man kann auch keinem Dichter verdenken, über die Eifel zu schreiben. Immerhin hat schon 1853 ein Amtsbruder von mir über die Eifel geschrieben: Hier ist poetisches Land.«*

Der Pfarrer geriet wieder in Rage. »Wenn diese Frau also über die Eifel schreiben will – na, gut – aber nicht in dieser verleumderischen Form. So nicht!« Er atmete einmal tief durch und sagte dann mehr für sich: »Die Figur der Bärbchen ist akzeptabel – diese Frau ist fromm, gottesfürchtig und ihrem Ehemann treu ergeben. Aber die anderen Frauengestalten – die Zeih und et Tina, Sünderinnen, Schlangenbrut. Und der Lorenz – ein Luftikus, und der Peter – dat Pittchen – ein Schürzenjäger, ein Lüstling. Und wie Clara Viebig den Pfarrer beschreibt – das ist Rufmord, Rufmord an die gesamte katholische Geistlichkeit!«

Nun mischte sich auch die Schwester des Geistlichen ein: »Diese Dichterin versteht nichts von den Eifeler Frauen, weiß nichts von ihrem Leben.« Arbeiten sollte sie mal hier, auf den steinigen Feldern, in den engen Ställen – und Kinder kriegen, jedes Jahr eins, so wie die armen Bauersfrauen. Dann würde sie gar nicht auf solche Gedanken kommen wie diese Frauen in ihrem Eifeler Weiberdorf. Alles erdichtet und erlogen.

»Es ist etwas Schlechtes«, sagte der Pfarrer energisch, »von vorne bis hinten böse und schlecht. Ich kenne die Geschichte sehr genau ... Na ja ... du hast das zu beichten, Bärbchen.«

»Ja«, sagte Bärbchen nun wieder willig und demütig. »Ja, Herr Pastor!«

Der Priester warf einen suchenden Blick durch die Küche, so als ob er weitere sündige Bücher entdecken könnte. Bärbchen verstand den Blick des Pfarrers sehr gut. »Wir haben keine schlechten Bücher«, sagte sie bestimmt, öffnete die Schrankschublade und zeigte den Leseschatz.

* Pfarrer Johann Baptist Wendelin Heydinger, 1825-1907

»Offen herum liegen habt ihr diese bestimmt nicht«, brummte der Pfarrer. Doch er wußte, daß in jedem Eifelhaus einige Zauberbücher zu finden waren. Irgendwo lagen sie versteckt, im Strohsack, in der Brennholzkiste oder im Wäscheschrank. Das sechste und siebente Buch Moses gehörten genauso dazu wie die Agrippa-Bücher*. Jeder besaß und kannte seinen »Agrippa«. Dabei hatten die Priester viele dieser ungläubigen Bücher verbrannt. Aber auszurotten waren sie einfach nicht. Das »Christoffelsbuch« kam vom Rheinland in die Eifel, und der »Geistliche Schild« fand von der Südwesteifel den Weg in die Nordeifel. Zum Glück gab es als Gegenbuch die »Geistliche Schild = Wacht« mit Gebeten als Schutz und Schirm für jede Stunde des Tages und der Nacht.

Eines der schlimmsten Zauberbücher war »Der kleine Albert«. Von Frankreich war dieses Teufelswerk über Belgien in die Eifeldörfer gelangt. Unter der Hand ging es von Haus zu Haus, von Familie zu Familie, zu den gut katholischen Familien der doch so frommen Eifel. Der Aberglaube war tief verwurzelt, und das Heidentum noch längst nicht ausgerottet. Nein, die Eifel war nicht »gut katholisch«, sie war »gut heidnisch-katholisch«.

»Neulich hat ein Mann den ›Albert‹ gekauft und mit nach Hause gebracht«, erzählte der Pfarrer nun in einem Tonfall, als ob er auf dem Predigtstuhl stände. »Und dann kamen die Ratten ins Haus, anschließend die Hexen und schließlich der Teufel höchst persönlich. Jeden Tag geschah ein Unglück. Die Butter gelang nicht, die Kuh wurde krank, und die Frau brach sich ein Bein. Der Mann wußte sich keinen Rat.«

»Er hätte das Buch von hinten nach vorne lesen müssen«, fiel Bärbchen eifrig ein.

»Oder drei Vaterunser zur heiligen Brigida beten sollen«, wußte Kätchen einen Rat.

»Ihr wißt ja bestens Bescheid«, staunte der Pfarrer und sah die Mädchen streng an.

»Das weiß doch jeder«, stand nun Gretchen ihren Schwestern bei.

* Bücher von Agrippa von Nettesheim 1486-1535: Magische Werke u.a.

»Ich werde euch mal ab und an etwas zu lesen bringen«, meinte der Pfarrer nun etwas freundlicher. »Lest ihr denn gerne?« Eifriges Nicken der Mädchen.

»Vielleicht läßt sich mal eine Borromäus-Bibliothek hier einrichten«, überlegte der Geistliche laut. »Das wäre sicher sehr segensreich – na, einiges habt ihr ja.« Er nahm das Lesebuch, schlug eine Seite auf, reichte es Bärbchen und tippte auf eine Stelle: »Hier, das kannst du den Kindern vorlesen – und Gretchen und Kätchen – ihr habt die Sonntagsschule zu besuchen. Jeden Sonntag! Egal, was zu Hause los ist.« Mit einem gebrummten Gruß – »Gottes Segen für die Mutter!« – verließen der Pfarrer und seine Schwester das Haus.

Gehorsam nahm Bärbchen das Buch und las »Von den Engeln«:

Nun laß dir erzählen, mein liebes Kind,
wie schön die guten Engel sind!
Sie sind so hell von Angesicht,
wie Erd und Himmel im Frühlingslicht,
sie haben Augen gar blau und klar
und ewige Blumen im goldigen Haar,
und ihre raschen Flügelein,
die sind von silbernem Mondenschein ...

3. Heilig Abend, Sonntag, 24. Dezember 1899

Es war still im Hause; die ersten Minuten im Laufe des langen Tages, in denen kein Kinderplärren und kein Säuglingsgreinen zu hören waren. Lorenz war den ganzen Tag über gereizt gewesen. »Bäbb, sorg' doch endlich dafür, daß die Kinder still sind«, hatte er verdrießlich von seiner Frau gefordert. Und Bäbb hatte versucht, die Kinder zur Ruhe zu bringen. Aber die Kleinen waren einfach zu aufgeregt. Der Vater und der große Bruder Hannes zu Hause! Das war zuviel des Ungewohnten. Hannes hatte ausgelassen mit den Geschwistern herumgetollt. Das hatte besonders Michel gefallen, aber ruhiger war es dadurch nicht geworden. Stille war erst ins Haus eingekehrt, als die Säuglinge versorgt, Jüppchen und Michel zu Bett gebracht waren, und die anderen sich am späten Abend zur Christmette aufgemacht hatten. Selbst die Jött hatte sich nicht vom Kirchenbesuch abhalten lassen, wenn auch der Weg zur Kirche, die nicht »mitten im Dorf«, sondern etwas abseits auf dem »Kirchberg« lag, für sie weit und beschwerlich war. Lorenz hatte seine alte Mutter fest in den Arm genommen.

Bäbb seufzte. Es stimmte sie traurig, daß sie an diesem heiligen Abend nicht zur Kirche durfte. Der Tag schien ihr doppelt heilig, da er auf einen Sonntag fiel. Gleich zweimal an einem Tag war ihr der Kirchenbesuch verwehrt. Aber sie war ja noch »unrein«. Erst nach 40 Tagen konnte der Pfarrer sie draußen vor der Kirchentür aussegnen, sie dadurch reinwaschen und ihr anschließend den Muttersegen spenden. Dreimal mußte – oder durfte – sie dann mit einer brennenden Kerze um den Altar schreiten.

Vielleicht dauerte die unreine Zeit diesmal sogar noch etwas länger, denn die 40 Tage galten ja für ein einziges Mädchen und sie hatte derer zwei geboren. Es war eine lange Zeit, in der man dem Höchsten und Heiligsten fernbleiben mußte! Doch es war kirchliches Gebot, und der Pastor ermahnte immer wieder die Frauen: »Nach einer Geburt darf die Frau bis zur Aussegnung die Schwelle des Hauses nicht überschreiten.« Allerdings war für die Dorffrauen nicht die Hausschwelle die Grenze, sondern die Kullang*. Wie sollten die Frauen sonst die Stallarbeit bewältigen?

Die Kullang nicht überschreiten! Dieser Gedanke krallte sich fest, kreiste in Bäbb's Kopf hin und her und wurde langsam so klar, daß daraus eine Idee entsprang. Ja, das war die einzige Möglichkeit, um zumindest ein bißchen Heiligkeit am heiligen Abend zu erheischen! Bäbb warf schnell einen Blick in die gute Stube, in der an diesem Weihnachtsfest das Bett der Jött stand, in dem Bäbb während der Kindbettzeit schlief – und die Weise noch dazu. Die Jött hatte sich zu Michel und Jüppchen verkrochen, denn im nun leerstehenden Ehebett – belastet von schwe-

* Straßengosse

ren Alpträumen einstiger ehelicher Nächte – nein, da wollte sie nicht schlafen, und bei den drei Mädchen war es sowieso schon eng im nicht sehr breiten Himmelbett.

In der guten Stube stand dann auch die Wiege für die Neugeborenen Anna und Maria. Bäbb warf einen Blick hinein, die Säuglinge schlummerten tief. Hastig lief sie die Treppe hoch. Auch Michel und Jüppchen schliefen fest. Schnell zog Bäbb sich die mit Nägeln beschlagenen Schuhe an, schlüpfte in den Wintermantel, schlang ein dickes Wolltuch um den Kopf, betrat gleich von der Küche aus den Stall, ging von hier durch den Heuschober und schlich wie eine Aussätzige durch das Hintertürchen ins Freie. Sie war draußen, ohne die Kullang überschritten zu haben.

Doch dann fiel ihr etwas ein und eilig kehrte sie auf dem gleichen Weg ins Haus zurück. Sie zog ein »Schoss«* des Küchenschrankes auf. Dort lagen einige weiße Kerzen. Lorenz hatte sie mitgebracht und erzählt, daß die Menschen in der Stadt zu Weihnachten viele Kerzen anzündeten, damit es richtig festlich aussah. Andächtig nahm Bäbb eine Kerze und steckte sie vorsichtig in die Manteltasche. Dann betrachtete sie ehrfurchtsvoll die Schwefelhölzer, die ebenfalls ein Mitbringsel aus der Stadt waren. Wie hatten die Kinder diese Feuerspender bestaunt! Bäbb überlegte kurz, dann steckte sie das Schächtelchen ebenfalls in die Manteltasche.

Plötzlich wurde es ihr schwarz vor Augen. Alles drehte sich um sie. Die wenigen Schritte nach draußen waren schon zu viel für sie. Krampfhaft hielt sie sich am Küchentisch fest und holte tief Luft. Ach, sie fühlte sich gar nicht gut.

Nach der Geburt des Erstgeborenen und der drei Mädchen hatte sie gleich am nächsten Tag wieder alle Arbeit aufgenommen. Bei den letzten Geburten hatte sie einige Tage gebraucht, um auf die Beine zu kommen. Und jetzt fühlte sie sich eine Woche nach der Geburt noch ganz zerschlagen und müde, sterbensmüde.

Bäbb atmete ein paarmal tief durch und machte sich schließlich auf den Weg. Senta kam aus dem Stall angesaust und rann-

* Schublade

te voraus, hügelan, dorthin, wo Maria bei Tag und Nacht das Land beschützt. Die Hündin kannte den Weg.

Es fiel leichter Schnee. Behutsam wirbelten die Flocken zu Boden, so sacht, als wollten sie die Stille der heiligen Nacht nicht stören. Es war ein heiliger Friede! Es wurde Bäbb ganz eigen zumute. Ihre Sorgen und ihre Schwäche schienen ihr in das göttliche Walten eingebunden zu sein. Sie fühlte sich wohlbehütet von Gott und allen Heiligen und spürte, wie frische Kräfte ihren Körper durchzogen, Kräfte, die ihr fremd waren. Nein, es waren keine Kräfte, es war eine einzige wunderbare, ja göttliche Kraft. Ihr wurde richtig warm ums Herz, ja, es war ihr, als wenn ein Panzer aufspränge, eine verschlossene Tür sich öffne und tief in ihrem Innern ein wärmendes Licht erstrahle. Dieses Licht umschloß ihre Kinder und ihren Lorenz, der ihr plötzlich ganz nahe war. Ach, sie war ihm ja so gut, ihrem lieben Mann, so gut wie am ersten Tag. Und doch fiel bei dem Gedanken an ihn ein Schatten auf ihr Gesicht, ein Schatten, der das tröstende Licht in ihr verdeckte.

Lorenz war gestern recht fröhlich zu Hause angekommen, trotz des weiten Fußweges von Aachen bis nach Bedenich. Als er jedoch von der Geburt der Zwillinge hörte, erlosch alle Freude. Zwillinge! Und dann auch noch Mädchen, zwei Mädchen! Wie sollten die einmal versorgt werden? Richtig ärgerlich war er geworden, als er die alte Weise sah. Sie hatte es ihm gleich gesagt, daß sie es für notwendig hielt, noch bei der Wöchnerin zu schlafen. Die Geburt war ja erst vor einer Woche gewesen – und sie war schwierig und langwierig gewesen! Doch Lorenz hatte die Alte gleich durchschaut. Sie wollte doch nur den Mann aus dem ehelichen Bett verbannen. »Hex'!« hatte er zwischen den Zähnen gezischt.

Bäbb wollte alles für ihren Lorenz tun, alles, was sie tun konnte. Er mußte so hart arbeiten und saß Tag für Tag in der staubigen Fabrikhalle vor dem schweren Webstuhl, fern von der Familie, in einer fremden Stadt. Fast jeden Monat machte er einmal den weiten Weg zu seiner Familie! Oh, wie mußte sie ihm dankbar sein, wie mußte sie lieb zu ihm sein! Er hatte sich auf zu Hause gefreut, auf seine Kinder, seine Frau. Und dann verfolgte die

Weise mit ihren eulenscharfen Augen ihn mißtrauisch auf Schritt und Tritt. Was verstand die schon von der Liebe zwischen Mann und Frau? Mußte der Mann nicht fordern und das Weib nicht gehorchen und dulden? So stand es doch in der Bibel, und so predigte es der Pastor von der Kanzel.

Bäbb seufzte abgrundtief, während sie langsam den von vielen Gängen vertrauten Pfad hochschritt. Oben an dem Heiligenhäuschen angekommen, kniete sie andächtig nieder. »Gegrüßet seist du Maria«, murmelte sie automatisch. Dann besann sie sich auf die Kerze. Sie nahm diese aus der Manteltasche, lehnte sie in der Nische gegen die Statue, nahm die Zündhölzer und versuchte eines anzustreichen. Erst der dritte Versuch glückte. Die Kerze brannte flackernd. Bäbb schützte das Lichtlein mit ihrer Hand und hob es vorsichtig hoch, so daß es das Heiligenbildchen beleuchtete. »Ihr heiligen Jungfrauen, bittet für uns!« Dann ließ sie einige Tropfen Wachs an einer windgeschützten Stelle auf den Boden der Nische fallen – so wie Lorenz es ihr zu Hause gezeigt hatte – und stellte die Kerze darauf. Schon bald haftete diese fest. Mondsichel, Schlange und Apfel waren nun hell erleuchtet, doch Maria, die Mutter des Herrn, blieb in der Finsternis der Nacht verborgen.

Das besondere Gebet von Bäbb galt den Neugeborenen. Die armen Würmchen hatten einen so mühsamen Lebensbeginn gehabt. Die Geburt hatte ewig gedauert. Alle Frauen des Dorfes waren gekommen und hatten mitgebracht, was sie an Heilkräftigem zu Hause hatten: getrocknete Kräuter, geweihte Pflanzen aus dem »Krautwisch«, bei Vollmond gepflückte Farnblätter, Amuletts und Heiligenbildchen. Sogar eine »Rose von Jericho« hatte eine Frau aus der Truhe hervorgeholt. Das verdorrte Grasbüschel konnte zwar nicht mehr aufgehen wie eine frische »Rose von Jericho«, aber sie war trotzdem segensreich für das Öffnen des Mutterleibes. Eine andere Frau hatte eine Geburtskerze aus Köln mitgebracht. Diese trug eine Aufschrift, in der die Gottesmutter in Geburtsnöten angerufen wurde. Zu der Kerze gehörte ein Band, das der Mutter um den Leib geschlungen wurde. Nach der Geburt mußte das Band verbrannt werden, sonst konnte es Wöchnerin und Kind schaden.

Auch hatten die Frauen aus der Kirche Weihwasser geholt, das sie mit vielen Gebeten auf ihren Leib gespritzt hatten. Ohne Unterlaß – Tag und Nacht – hatten die Frauen abwechselnd den Rosenkranz gebetet, den schmerzhaften, den freudenreichen, den glorreichen.

Bäbb hatte zwar von alledem nicht viel mitbekommen, doch sie war nachher sehr gerührt, als sie die Frauen an ihrem Bett versammelt sah. Gleich nach Weihnachten mußte sie diese zum »Kindchenskaffee« einladen.

Die beiden Mädchen waren zart und schwächlich. »Sind sie lebensfähig?« hatte Bäbb ängstlich die Weise gefragt. Diese hatte mit den Schultern gezuckt. »Es sind Zwillinge, die sich die Lebenskraft der Mutter teilen mußten, und mit 45 Jahren, Bäbb, soll eine abgearbeitete Frau kein Kind – und erst recht keine Zwillinge – bekommen. Und dann noch Winterkinder«, hatte sie ein düsteres Bild gemalt. »Diese haben es immer schwer, die ersten Tage und Wochen zu überleben.« Als böses Omen hatte die Weise es gesehen, daß die Geburt zur Tageszeit geschehen war. Kinder mußten nach altem Glauben nachts geboren werden, wie sie auch nachts gezeugt werden sollten. Der Volksmund sagt, daß Kinder, die am Tage geboren werden, auch am Tage gezeugt wurden. Und das ist Sünde! Ihr Lorenz lachte allerdings über solches Gerede: »Aberglauben, nichts als dummer Aberglauben!«

Bäbb errötete tief, als sie an den sonnigen Tag vor Frühlingsbeginn dachte, da Lorenz überraschend nach Hause gekommen war, die Kinder kurzerhand nach draußen schickte und gleich in der Küche sein Eherecht forderte, hart und ohne Gnade.

Bäbb bat noch schnell den Herrgott um Vergebung ihrer Sünden, dann machte sie sich begleitet von Senta auf den Heimweg. Wieder verspürte sie Schwäche. Tief atmete sie durch und ging schleppend Schritt für Schritt. Das Dorf lag still und dunkel, nur aus der Kirche schimmerte fahles Licht. Weihnachtskerzen erstrahlten dort zu Ehren der Geburt des Erlösers. Als Bäbb näher kam, hörte sie den Gesang aus dem Gotteshaus:

Menschen, die ihr wart verloren,
lebet auf, erfreuet euch.

Lebet auf! Erfreuet euch! Das traf Bäbb mitten ins Herz. Ja, sie wollte aufleben, sich freuen, da Jesus geboren war und alle Schuld der Menschen auf sich nahm. Nun fiel ihr das Gehen wieder leichter. Bald hatte sie das Haus erreicht, das sie wieder durch das Hintertürchen betrat.

In der glückseligen Stimmung begann Bäbb die Stube weihnachtlich zu gestalten. Von der Fichte vor dem Haus schnitt sie einige Äste ab und schmückte damit den Tisch. Einige Zweiglein und ein paar Tannenäpfel* schob sie ins Herdfeuer. Schon bald durchströmte würziger Harzduft den Raum. Wie das knisterte und knarrte! In einen Suppenteller legte sie die vorbereiteten Äpfel vom Baum im Garten, einige Haselnüsse, die sie im Herbst an der Nusshecke gesammelt hatte, und selbstgebackene Plätzchen. Eigentlich sollte das Christkindchen diese Gaben erst morgen früh bringen, doch Bäbb war derart von einer überschwenglichen Weihnachtsfreude erfüllt, daß sie die alten Regeln mißachtete. Schnell wechselte sie noch die Schürze. Die allerbeste Festtagsschürze, ein Webstück ihres Lorenz, band sie andächtig vor das dunkle Kleid, knöpfte die Träger zu und band sorgsam die Schleife hinter dem Rücken.

Bäbb zündete eine Kerze an und nahm sich eine Zeitung zur Hand. Der Pfarrer hatte sie gebracht. Die Mädchen sollten tüchtig lesen üben. Das Blatt enthielt hauptsächlich Bekanntmachungen. Einige betrafen die Maul- und Klauenseuche, die die Kühe in vielen Dörfern heimsuchte. Doch damit wollte Bäbb sich heute nicht beschäftigen. So las sie etwas Kleingedrucktes aus dem bürgerlichen Gesetzbuch: »Ehescheidung. Die Ehe, als vollkommene Lebens-Gemeinschaft zwischen Mann und Frau, soll nach der Anschauung des deutschen Volkes nur durch den Tod eines Ehegatten gelöst werden. In gewissen Fällen aber ist eine Scheidung der Ehe zulässig ...« Scheidung? Was war denn das? War damit das Scheiden gemeint? »Scheiden tut weh ...« sang Bäbb vor sich hin. Ja, manchmal wurden Ehepaare geschieden, der Mann mußte in der Ferne arbeiten, die Frau blieb zu Hause. Dann war man für ein paar Wochen – oder sogar Monate– voneinander geschieden. Aber warum mußte diese Scheidung

* Tannenzapfen

gesetzlich geregelt werden? Oder war mit »Scheidung« etwas anderes gemeint? Bärbchen schüttelte den Kopf. Nein, was die Menschen in der großen Welt sich doch für Gedanken machten.

Schließlich las sie ein Weihnachtsgedicht, das auf der ersten Seite, festlich eingerahmt, stand. Ja, das verstand sie:

Mit Schnee bedeckt sind Strauch und Baum,
Die Heide und die Flur,
Es ist so still im weiten Raum,
Als feiert die Natur ...

Wo sonst die Gluth im Rosenhag,
Bei Lenzeshauch wir sah'n,
Wenn es aus tausend Knospen brach,
Hängt starr der Reif sich an.

Doch sieh, in tiefen Winters Nacht,
Wenn alles Leben fern,
Aufflammt und glimmt in höchster Pracht,
Empor ein heller Stern ...

Bald kamen alle von der Christmette heim. Die Kinder staunten nicht schlecht, als sie den Weihnachtstisch sahen. Noch mehr überraschte es sie, daß die Mutter so heiter war. Sie sah fast aus wie ein Mädchen, ja so strahlend wie die Mutter Maria an der Krippe in der Kirche.

Ein Schatten huschte jedoch über das Gesicht der Mutter, als sie die Hebamme sah. Nachmittags war diese nach Hause gegangen, um zu heizen, wie sie sagte. Daß sie nun wieder wie selbstverständlich hier auftauchte, gefiel Bäbb gar nicht – und dem Lorenz erst recht nicht. Seine Augen funkelten.

»Es ist lieb von dir, daß du hier bleiben willst«, sagte Bäbb freundlich zu der Alten, »aber es ist wirklich nicht nötig. Ich fühle mich wohl, und du schläfst doch viel lieber in deinem eigenen Bett, wie du mir erst gestern gesagt hast.«

»Ich bin ja jetzt da und kann auf Bäbb aufpassen«, ergänzte Lorenz und grinste breit.

»Soll ich jetzt vielleicht allein durch die Nacht nach Hause gehen«, erwiderte die Alte verstimmt, »da meint man es gut und erntet nur Undank.« Bäbb steckte der Alten schnell ein paar Äpfel in die Manteltaschen. »Es ist wirklich nicht nötig, daß du hier bleibst«, beruhigte sie die Alte, die etwas von »selbst schuld« und »Weiberdummheit« brummte, aber dann doch ihr Weihnachtsgeschenk hervorkramte: Hexenmehl, ein bewährtes Wundmittel aus Wurmmehl von altem zerfressenem Holz, gemischt mit verschiedenen Samenkörnern. Nur Eingeweihte kannten das genaue Rezept.

»Ich kann Euch gerne nach Hause begleiten«, sagte Hannes nun schnell. »Es ist mir eine Ehre, hübschen Damen mein Geleit anzubieten.« Der Vater grinste. Ei, der Hannes verstand es, mit Frauleut' umzugehen. Na ja, er war ja sein Sohn!

»Darf ich auch mitgehen?« bat Bärbchen. »Hannes weiß soviel zu erzählen, und die Nacht ist so wunderschön!« Die Mutter nickte. »Raus mit euch«, sagte der Vater jetzt wieder in bester Stimmung. Er zog Hannes etwas zur Seite und flüsterte ihm zu: »Du kannst heute im Ehebett schlafen, ich muß ja hier unten auf die Mamm' aufpassen!« Nun grinste auch Hannes.

Wütend packte die Alte ihren Beutel, und die drei verließen das Haus. Galant bot Hannes der Alten seinen Arm. »Senta, komm mit!« rief Bärbchen draußen. Doch Senta ließ sich nicht aus dem warmen Heuhaufen locken. »Seltsam«, meinte das Mädchen, »sonst ist sie ganz wild darauf, in der Dunkelheit umherzustreifen.«

4. Nacht vom Heiligabend zum ersten Weihnachtstag, 25. Dezember 1899

»Sollen wir eine Runde ums Dorf drehen?« fragte Hannes, als sie die Weis-Frau nach Hause gebracht hatten. »So wie früher! Weißt du noch? Wie oft sind wir während des Viehhütens über die Hügel gerannt! Rund um das Dorf – obwohl es eigentlich gar kein Dorf ist. Ein Nest ist es, ein winziges, armseliges Eifelnest in der buckligsten Gegend der buckligen Eifel! Ein Kuhdorf, ein richtiges Kuhdorf, in dem die Kühe das Wichtigste sind.

Bärbchen, du müßtest mal die Stadt sehen!« Liebevoll legte Hannes den Arm um die Schultern der Schwester, während er den Weg zum westlichen Punkt der Hügelkette einschlug, die sich wie ein Band um das Dorf legte. Bärbchen lächelte ihren Bruder an. Hei, wie der parlieren* konnte! Er schwatzte in einer Stunde mehr als Bärbchen in einem ganzen Monat. Und was er alles erlebt hatte!

»Die Stadt!« schwärmte Hannes. »Große Häuser und riesige Fabriken! Mit Schornsteinen bis in den Himmel! Und erst die Bergwerke! Essen ist jetzt eine richtige Großstadt, mit allem Drum und Dran! Stell dir vor, unser Eifelnest wüchse sich zu einer Großstadt aus! Dann stände hier vielleicht eine riesige Fabrik.«

Ach nein, das würde wohl nie passieren. Hannes kam wieder auf den Boden der Tatsachen zurück und malte ein graues Zukunftsbild für das Eifeldorf. »Es ist ja schon jetzt ein Weiberdorf, ein Dorf, in dem das Weibervolk sich für das bißchen Leben Tag für Tag mühsam abrackert. Und die Männer rackern sich in der Stadt ab. Manchmal kommen sie nach Hause, die einen öfter, die anderen seltener, und eines Tages kommen sie überhaupt nicht mehr, und das Weiberdorf bleibt für alle Zeiten ein Weiberdorf, bis es schließlich ausstirbt.«

»Aber, Hannes, du mußt immer kommen, du bist doch hier zu Hause«, flehte Bärbchen erschrocken. »Was sollen denn die Leut' denken, wenn du nicht mehr heim kommst!«

»Was die Leut' **sagen**, ist mir ganz egal«, stellte Hannes klar, »und was sie **denken**, interessiert mich erst recht nicht. Doch was mein Bärbchen denkt, ist mir nicht gleichgültig. Dich vergesse ich nicht, mein Bärbchen. Ich verspreche es dir.«

Die Sichel des zunehmenden Mondes war jetzt am Himmel zu sehen, und es wurde hell und heller. Die wenigen Schneeflocken, die zur Erde segelten, leuchteten wie Sterne. Auf der obersten Spitze des Hügels blieben die beiden Nachtwanderer stehen. Das Dorf lag nun im Dunkel der kleinen Talsohle. »Schau mal in die andere Richtung«, forderte Hannes seine Schwester auf und drehte sie um 180 Grad herum. »Dort siehst

* erzählen

du den Michelsberg und die Michelskapelle!« Bärbchen lachte. »Also, die kannst du bestimmt nicht sehen!« Aber Hannes ließ sich nicht irre machen. »Doch, doch ich sehe sie und sie erzählt mir sogar etwas, ja, sie sagt mir, daß zur letzten Michelswallfahrt im September mein liebes Bärbchen dorthin gepilgert ist und für mich gebetet hat. Stimmt's?« Die Schwester wurde verlegen. Der Vater und Hannes spotteten manchmal über die Frömmigkeit der Frauen. »Bärbchen, du wirst genauso eine Quissel* wie die Mamm«, hatte der Vater beim Heimweg von der Christmette gesagt. Doch wie sollte man das Leben mantenören** können, wenn man nicht immer wieder um Gottes Huld und Gnade flehte?

»Wie willst du in der Finsternis den Michelsberg erkennen«, lenkte Bärbchen schnell ab.

»Nein, ich sehe ihn nicht«, wurde Hannes jetzt ernst. »Es ist ja immer dunkel in der Eifel, dunkle Tage und Nächte, finstere Wälder und Häuser, düstere und schwermütige Menschen. In der Stadt ist es hell, da gibt es schon überall Elektrizität, da gibt es Licht. Da sind die Menschen lebenslustig – wenigsten ab und an.«

Die beiden Geschwister blieben stehen und schauten in die dunkle Nacht, die der Mond mit seinem fahlen Licht kaum durchdringen konnte. Fest schmiegte Bärbchen sich an den Bruder. Der drückte sie sanft.

»Vom nächsten Bergkopf auf dem Lichterberg kann man sehen, was in Köln die Butter kostet«, ulkte Hannes, als sie schließlich weitergingen. »Und man kann den Kölner Dom erkennen!« Nun ging Bärbchen gleich auf das Spiel ihres Bruders ein: »Und was erzählt der dir?« Hannes wußte gleich eine Antwort: »O, er berichtet mir von armen Leutchen in einem Eifelnest, die vor Jahrzehnten in der Sonntagskollekte das letzte Geld für den riesigen Dom opferten. Vielleicht gehört unserer Familie auch ein Stein des riesigen Bauwerks, weil die Frauen zu Hause zu allen Zeiten so leichtsinnig mit dem Geld umgehen, für das die Männer sich Tag für Tag zu Tode schinden.«

* Betschwester ** ertragen

Bärbchen errötete tief. »Man muß doch Opfer bringen, immerzu Opfer bringen, um ...«

»Um in den Himmel zu kommen und nicht ewig in der Hölle zu schmoren«, ergänzte Hannes und lachte. Dann berichtete er von dem riesigen Gotteshaus am Rhein, von dessen Ausmaße und der unendlich langen Bauzeit und seiner Fertigstellung im Jahre 1880. »Eine Glocke im Dom, die Kaiserglocke, wurde aus eroberten französischen Geschützen gegossen«, erzählte der Bruder »und nun sucht sie von Köln aus die Heimat und ruft: Frank-reich, Frank-reich, so wie unsere Dorfglocke stets beiert: Bärb-chen, Bärb-chen.« Das Mädchen lachte. Ach, der Bruder konnte einfach nicht ernst sein.

»Bei günstigem Wetter müßte man tatsächlich von hier aus die Domtürme erkennen können«, sinnierte Hannes.

Beim Weitergehen beschwor Hannes seine Schwester, ebenfalls in die Stadt zu kommen. Die Landschaft der Eifel war zwar schön, aber das Land war einfach nicht zum Leben geeignet. Der Boden war hart und steinig. Und kalt war es hier, kalt und unkommod. Sechs Monate Winter und sechs Monate kalt! »Preußisches Sibirien« spotteten die Kumpels, wenn Hannes von der Eifel erzählte.

»Soll ich auch unter Tage arbeiten?« erschrak Bärbchen.

»Nein, nein, mein Bärbchen doch nicht«, beruhigte Hannes sie schnell. »Übrigens dürfen Mädchen nicht im Untertagebau arbeiten, nur über Tage. Aber diese Schinderei ist viel zu schwer und zu schmutzig für dich. Du sollst ein feines Fräulein werden.« Er erzählte eifrig, daß in den Städten an Rhein und Ruhr überall Dienstmädchen für die Haushalte der feinen Herrschaften gesucht wurden. Die Mädchen vom Lande waren begehrt, denn diese waren an harte Arbeit gewohnt – und an unbedingten Gehorsam. Stadtmädchen waren aufsässig und ließen sich nicht so leicht herumkommandieren. Auch zog es sie eher in die Fabriken, denn dann konnten sie abends in modischen Kleidern, bunten Hütchen und feinen Schuhen durch die Straßen flankieren und nach einem Liebsten Ausschau halten. Ja, in der Stadt, da gab es Pläsier*!

* Vergnügen

»Bärbchen, wäre das nichts für dich?« hakte Hannes nach. »In einem vornehmen Haus bei vornehmen Leuten arbeiten, bis du eines Tages selbst eine vornehme Dame bist?« Bärbchen wußte nicht, ob diese Aussicht sie reizen konnte, aber sie wollte sich auch nicht näher darauf einlassen. Sie konnte doch nicht die Mamm' mit der ganzen Arbeit und mit den Geschwistern allein lassen! Vielleicht später einmal, wenn Maria und Anna aus dem Gröbsten heraus waren. Zunächst sollte Kätchen in Stellung gehen. Der Vater würde sie demnächst mit nach Aachen nehmen. Als Kindermädchen sollte sie für Kost und Unterkunft in einem Herrschaftshaus arbeiten. Das arme Kätchen! Sie war mit ihren 13 Jahren doch selbst noch ein Kind. »Einen Esser weniger zu Hause«, hatte der Vater argumentiert. Die Mutter hatte er beruhigt, daß er ja nicht weit von dem Mädchen entfernt sei. Er wolle schon Obacht geben, daß dem Kind nichts geschehe.

Vom Lichterberg führte der Weg bergab in ein Seitental. Von dort ging es dann wieder aufwärts, hinauf zum Hollerberg. Die beiden Geschwister stiegen schweigend hoch. »Hannes, ich muß dir etwas erzählen«, begann Bärbchen nach einiger Zeit zögernd ein Gespräch und zaghaft berichtete sie von ihrem Gelübde, das sie der Muttergottes gegeben hatte. Hannes beeindruckte es, mit welchem Ernst die Schwester sprach. Ja, sie war bereits eine Frau, eine Frau, in der das Mütterliche erwachte.

»Da ist ja ein Licht«, sagte Bärbchen plötzlich und zeigte in Richtung des Heiligenhäuschens. Tatsächlich, dort oben war ein heller Punkt auszumachen. Unwillkürlich beschleunigten die Geschwister ihren Schritt. Überrascht stellten sie fest, daß der Lichtpunkt von einer Kerze in der Nische des Bildstocks stammte. »Das ist doch ...«, begann Hannes zu sprechen, doch Bärbchen legte ihm schnell die Hand auf den Mund. Nein, das war etwas, was man nicht aussprechen durfte. Das Mädchen kniete nieder und faltete die Hände. Hannes blieb unsicher etwas abseits stehen. Er sah, wie die Kerze den unteren Teil der Statue beleuchtete. Überrascht erkannte er die Mondsichel, die Schlange und den Apfel. Diese Gegenstände waren ihm noch nie aufgefallen, obwohl er die Marienfigur doch von Kindheit an kannte. Er fühlte sich durch diese Zeichen seltsam ausgeschlossen, ausgegrenzt von einem geheimen Wissen, das seine Schwester wie eine undurchdringbare Hecke umschloß.

»Das Fußfällchen* ist ja total brüchig«, vertrieb Hannes seine Unsicherheit. »Da werde ich mich im Sommer mal drum kümmern.« Die Steine lagen nur locker aufeinander geschichtet, und mancher Stein hatte sich gelöst. Hier müßte mal ein festes Mauerwerk gebaut werden!

»Ich gehe bis zur Hügelspitze«, sagte Hannes nach einiger Zeit. Bärbchen machte ein Kreuzzeichen, stand auf und gemeinsam gingen die Geschwister durch hohes Ginstergestrüpp bergan. Ein Tier schrak auf und hastete davon.

Bärbchen liebte den Hügel des Hollerbergs. Alle Hügel zogen sie irgendwie an, doch dieser war etwas ganz Besonderes für sie. Er war so schön und doch stimmte er sie traurig. Stets spürte sie hier ein Sehnen, ein Verlangen nach etwas Unbekanntem und doch Bekanntem. Einmal hatte der Pastor eine Litanei gebetet, in der es hieß:

Herz Jesu,
du Sehnsucht der ewigen Hügel,
erbarme dich unser.

Sehnsucht der ewigen Hügel! Ja, die Hügel trugen eine Sehnsucht in sich, eine Sehnsucht aus alter, vielleicht uralter Zeit. Keiner konnte diese Sehnsucht stillen, nur Gott. Oder war Gott oder das Herz Jesu die Sehnsucht selbst? Kannte er auch ihre Sehnsucht? Ja, er kannte und verstand sie, da war Bärbchen sich auf einmal ganz sicher.

»Weißt du noch, wie wir hier oben einmal den Sonnenaufgang erlebt haben?« Hannes riß seine Schwester aus ihren Gedanken. »In aller Frühe haben wir uns aus dem Haus geschlichen. Und viele Sonnenuntergänge habe ich beim Viehhüten hier erlebt. Dann brennt machmal regelrecht die Eifel. Ja, sie brennt!« Hannes geriet ins Träumen. Der Sonnenuntergang hatte ihn immer sehr berührt. So hell war dann die Welt – und so plötzlich gewann das Dunkel die Macht. Als Kind war er stets schnell nach Hause gelaufen, sobald die Sonne hinter den fernen Ber-

* Heiligenhäuschen

gen verschwunden war. Das helle Herdfeuer hatte ihn empfangen und alles Düstere war ausgelöscht. Die Kindheit war doch schön gewesen – trotz aller Armut und Arbeit.

»Hier liegen viele Steine, große und kleine Brocken, verstreut auf dem ganzen Hollerberg. Sei vorsichtig, Bärbchen!«, warnte Hannes im Weitergehen. »Eines Tages werde ich von diesen Steinen auf der Hügelspitze eine Burg bauen – oder ein Hotel.« Hannes geriet ins Schwärmen über das geplante Bauwerk. Ja, es würde riesig sein und der Mittelpunkt der ganzen Eifel werden, denn von hier oben waren alle wichtigen Punkte der Umgebung auszumachen. Von hier aus war die Welt zu sehen, alles war überschaubar. Und die Welt würde staunen!

Die beiden beschlossen, hier ihren Rundgang für heute abzuschließen und nach Hause zu gehen. Die Kälte zog durch die Kleidung und drang bis auf die Haut. »Morgen werden wir uns den Schlangenberg und den Münsterberg vornehmen«, versprach Hannes.

Die beiden schlichen leise ins Haus. Bärbchen freute sich auf das warme Bett, in dem sie mit ihren beiden Schwestern gemeinsam schlief. »Komm mit ins Ehebett«, bat Hannes leise, »sonst machst du noch Kätchen und Gretchen wach.«

»Dort ist es aber warm«, erwiderte Bärbchen zaghaft abwehrend.

»Ich wärme dich«, versprach Hannes. »Komm!« Zögernd folgte Bärbchen ihrem Bruder. Schnell zog sie sich aus und kroch unter das dicke Federbett. Hannes legte sich neben sie.

»Die Frauen in der Stadt sind wunderschön«, flüsterte er, »aber keine ist so schön wie meine liebe Schwester.« Er strich Bärbchen übers Haar und löste behutsam die langen Zöpfe.

5. Mittwoch, 27. Dezember 1899

Hart und energisch zog Bärbchen immer wieder den Kamm durch das Haar von Gretchen. Diese wimmerte: »Au, du tust mir weh!« Fast automatisch antwortete Bärbchen: »Hoffahrt muß Pein leiden.« Diesen Spruch sagte ihre Mutter stets beim Haarkämmen, und deren Mutter hatte ihn bereits als Begründung für die Tortur herangezogen.

Bärbchen begann den ersten Zopf zu flechten. Sie zog die drei Flechtteile so energisch, daß Gretchen sich den Kopf festhielt. Schließlich nahm Bärbchen ein Wollknäuel aus dem Nähkorb, biß einen Faden ab, flocht diesen einige Male mit und knotete ihn um das Ende des Zopfes, den sie zu einer Schaukel hochband.

Hei, bald würden sie feine Bänder ins Haar binden können, denn Hannes hatte seinen Schwestern versprochen, beim nächsten Besuch die schönsten Haarschleifen mitzubringen, die es in der Stadt gab. Und für sein Bärbchen wollte er dünne Seidenstrümpfe besorgen und Stoff für ein Kleid. Wie würde Tina von nebenan neidisch sein!

»Du hast wohl heute kein' gut' Schur*«, wagte Gretchen zu sagen, die nur selten ihre Schwester so mißlaunig erlebte. Da ging Bärbchen bei dem zweiten Zopf noch liebloser ans Werk. »Hol' Holz 'rein!« wies sie die Schwester barsch an, als sie fertig war.

Nun kam Kätchen weinend mit Jüppchen die Treppe hinunter. »Was heulst du denn«, fuhr Bärbchen sie an. »Komm her, ich kämme dich.« Auch jetzt ging Bärbchen rabiat ans Werk. Doch Kätchen sagte nichts. Sie weinte nur still vor sich hin. »Ich will nicht in die Stadt«, schluchzte sie schließlich. »Ich will nicht verdingt werden! Ich will nicht fort von zu Hause.«

Bärbchen seufzte. »Ich würde gerne mit dir tauschen, Kätchen«, sagte sie, »in der Stadt, da ist Leben. Da gibt's Pläsier! Du wirst schöne Kleider tragen und gutes Essen bekommen und ...« Bärbchen sah im Geiste alles vor sich. Hannes hatte es so schön ausgemalt. Nur über die Weihnachtstage war der Bruder zu

* von frz. jour – keinen guten Tag

Hause geblieben. Nach der »heiligen Nacht« war er verlegen gewesen gegenüber Bärbchen. Wenn diese ihn anstrahlte, schaute er schnell weg. Heute in aller Frühe war er losgezogen. Auch wenn die Arbeit im Bergwerk hart und unmenschlich und die Stadt kalt und fremd war, es war doch das Leben.

»Kannst du nicht an meiner Stelle gehen«, bat Kätchen. »Ich will gerne hier alle deine Arbeit tun: der Mamm helfen, die Jött versorgen, das Jüppchen trösten, die Maiblum melken, ins Feld gehen und – und den Papp ertragen. Auch werde ich täglich zum Heiligenhäuschen gehen ...«

Bärbchen hielt abrupt mit dem Flechten inne. Was wußte Kätchen? »Zum Heiligenhäuschen gehen?« unterbrach sie die Schwester. »Ja und beten, immerzu beten«, ergänzte Kätchen schnell, »wenn ich nur hierbleiben kann.«

»Es geht nicht«, sagte Bärbchen barsch. »Freue dich einfach auf die Stadt. Du sollst ja ein Kindermädchen werden, und da ist die Arbeit sicher nicht schwer.«

»Was muß ein Kindermädchen denn für Arbeit tun?« fragte Kätchen und versuchte das Schluchzen zu unterdrücken.

»Wahrscheinlich mit den Kindern der Herrschaft spielen«, vermutete Bärbchen.

»Spielen? Aber Kinder spielen doch von selbst, was kann man denn dabei arbeiten?« wußte Kätchen nichts mit dieser Antwort anzufangen.

»Aufpassen, verwahren«, erklärte Bärbchen nun der jüngeren Schwester, »was weiß ich. Hannes hat erzählt, daß in der Stadt die Kindermädchen mit den Kindern der Herrschaft spazieren gehen. Bei den reichen Leut' ist alles anders als bei arm' Leut'.« Die beiden Mädchen schwiegen. »Papp hat es so bestimmt«, beendete Bärbchen das Gespräch, »und Mamm ist viel zu schwach, als daß ich sie allein lassen kann.«

Ach, die Mutter! Am Heiligabend war sie so fröhlich und zuversichtlich gewesen, aber bereits am nächsten Tag war sie wieder malad* geworden. Nur mit großer Mühe konnte sie die Säuglinge versorgen.

* krank

Kätchens Weinen verstärkte sich wieder. »Wer soll mir denn in der Stadt die Zöpfe flechten, wenn du nicht da bist, Bärbchen?« schluchzte sie. Da wurde Bärbchen ganz sanft. »Es ist ja noch einige Wochen bis zu Maria Lichtmeß, dem Ziehtag«, tröstete sie die Schwester. »Komm, sei nicht traurig, mein Kätchen. Es wird alles halb so schlimm werden.«

Die Tür öffnete sich und ein Mädchenkopf schaute hinein. Die blonden Haare hatte sie am Haaransatz nur kurz geflochten und den unteren Teil der Zöpfe weit auseinandergezerrt. Mit Schmierseife mußte man die Haare dafür stärken.

»Tina, was willst du denn hier?« fragte Bärbchen nicht gerade freundlich. »Ich will zu Hannes«, sagte das Mädchen aus dem Nachbarhaus. »Euer Papp im Stall hat mir gesagt, daß Hannes schon ganz ungeduldig auf mich wartet.« Bärbchen grinste. Ach, der Papp. Er war ein richtiger Filou und hatte immer nur Schabernack im Kopf.

»Der Hannes ist längst über alle Berge«, sagte Bärbchen mit ruhiger Unschuld, nahm einen Putzlumpen und begann den Herd zu scheuern. »Wo pressiert's denn, Tina?«

Es dauerte eine ganze Weile, bis Tina begriffen hatte, warum Bärbchen und Kätchen grinsten. »Grinst nicht so frech«, wurde Tina wütend. »Warum hat Hannes mir nicht Adieu gesagt?«

Bärbchen schaute das Nachbarmädchen ruhig an. »Muß er das?« fragte sie kühl und schob den Putzlappen heftig auf der Herdplatte hin und her. Tinas Augen funkelten, und doch seufzte sie tief. Man konnte das triste Leben in diesem Eifelnest kaum noch aushalten. Da hatte man einen netten Burschen gleich nebenan, aber der war meist weg, tauchte wie ein Vögelchen mal kurz auf und verschwand gleich wieder sang- und klanglos. Sie war es leid, endgültig leid. Nichts wie weg, ab in die Stadt! Die Stadt! Da gab es Mannsbilder im Überfluß! Da gab es Pläsier!

»Wann kommt er denn wieder, der Hannes?« wollte Tina noch wissen.

»Wenn alle Männer aus dem Ruhrgebiet wiederkommen, zur Peter- und Paul-Kirmes«, sagte Bärbchen so ruhig, als wenn die Kirmes schon in wenigen Wochen stattfände und nicht erst in einem halben Jahr. Tina knallte die Tür zu und verschwand, wütend vor sich hinschimpfend.

»Dat schnipp-schnappisch'*, mannsdolle Mensch«, brummte Bärbchen ihr nach. »Die ist ja ganz jeckisch nach dem Hannes – und nicht nur nach dem Hannes.« Das ganze Dorf wußte es: Tina war stets dort zu finden, wo ein Hütejunge dem ersten Frühlingsdrängen nachging, ein Hausierer sich am Waldesrand die heiße Stirn kühlte oder ein Fuhrmann seinem Pferd nach wilder Fahrt etwas Ruhe gönnte. Und manchmal half sie dem Schandarm**, das Böse im dunklen Tann aufzudecken, dort, wo der Wald so grün und dicht war, und der Moosboden so weich, ach so weich. Wo die Tina noch enden würde!

»Los an die Arbeit, tut endlich was!« forderte Bärbchen ihre Schwestern auf. An diesem Tag gab es noch viel zu erledigen im Haus, denn heute kamen die Frauen zum »Kindchenskaffee«, und die Mutter war kaum einsatzfähig. Es war üblich, daß die Familie des Neugeborenen nicht für die Bewirtung zu sorgen brauchte. Jede Frau brachte etwas mit: Knipp-Platz, Hefe-Bund oder Bunnesflaaden***. Die Gastgeber mußten nur den Kaffee aufschütten. Aber die gute Stube mußte noch zurecht gemacht werden.

Der Vater mußte das schwere Bett abbauen, nach oben schleppen und dort wieder aufbauen. Dann mußte der große Ausziehtisch aus dem Schuppen geholt und in der Stube aufgestellt werden. Der Papp schimpfte tüchtig, daß die Weiber wegen ihres Kaffeeklatschs ihm solchen Brassel° machten. Nach vielem Hin und Her hatte man entschieden, die Wiege in der Stube stehen zu lassen. Es war oben einfach zu kalt für die Kindchen.

Bärbchen kehrte den Holzboden, scheuerte Tisch und Stühle, staubte die alten Familienbilder ab, wischte hier und kramte dort. Schon bald sah die Stube sauber und einladend aus, richtig kommod°°. Die Mutter kramte zur Feier des Tages eine zierlich bestickte Tischdecke aus der Truhe und holte das Festtagsservice hervor, das noch von ihrer Mutter stammte. Mit einigen

* leichtfertige ** Polizist *** Zimttorte, Rodon oder Torte mit getrockneten Birnen ° Umstände °° gemütlich

kleinen Tannenästlein schmückte sie den Tisch und stellte in der Mitte die letzte Weihnachtskerze hin.

Kätchen hatte tüchtig Reisigholz in den Küchenherd geschoben, denn durch dessen Kamin wurde auch die gute Stube geheizt. Die dortige Takenplatte glühte regelrecht und wärmte den Raum anheimelnd. Nur die Ärmsten der Armen boten Besuchern eine kalte Stube an. Aber eng war es. Zwölf Frauen mußte die kleine Stube heute aufnehmen. Da mußte man etwas zusammenrücken.

Schon bevor die Frauen kamen, verdrückte der Papp' sich ins Wirtshaus. Selbst als Vater durfte er nicht an der Feier teilnehmen. Na, in der Wirtschaft bei Branntwein und einer Pief Strang* war es auch ganz kommod. Den kleinen Michel nahm er mit. Ach, wie war alles so schwierig, wenn ein Kind im Winter geboren wurde! Im Sommer jagte man die Kinder einfach auf die Dorfstraße. Aber nun waren sie überall im Wege.

Auch Bärbchen durfte nicht in der guten Stube erscheinen, denn nur die verheirateten Frauen und die älteren Juffern ** hatten Zutritt. So konnten auch die Weis-Frau und Tante Mariechen mitfeiern am großen Eichentisch.

Bevor die ersten Gäste kamen, ermahnte die Mutter ihre Töchter noch, bloß nicht zu lauschen. Frauengespräche waren nicht für Kinderohren bestimmt. Zuerst verstanden die Mädchen tatsächlich nichts von der Unterhaltung, aber nach einigen Tassen Kaffee wurden die Stimmen lauter und lauter. Die Mädchen schüttelten den Kopf über das Gekeife und Gekreische. Wie sich die Frauen doch veränderten, sobald sie unter sich waren! Wenn die Männer anwesend waren, kriegten sie kaum den Mund auf. Die Mädchen schnappten zwar die Worte auf, aber sie verstanden nichts von der ausgelassenen Unterhaltung. Nur daß deftig und derb über die Männer hergezogen wurde, bekamen sie mit.

Richtig lautstark wurde es, als die Flasche mit dem Aufgesetzten auf den Tisch kam. Die Mutter brachte das Kaffeegeschirr in die Küche, und die Mädchen wuschen es ab. Nur wenig Wasser aus dem großen Wasserkessel, der immer auf dem Herd stand, gossen sie in eine Schüssel. Es war beschwerlich, das Was-

* Pfeife mit grobem Tabak ** unverheiratete Frauen

ser im Winter am Brunnen zu holen. Das schmutzige Spülwasser wurde in einen Eimer geschüttet und für die Tiere in den Stall gebracht.

Plötzlich schraken die Mädchen zusammen. Die Stimmen überschlugen sich mit einem Mal in der guten Stube. Stühle polterten, Gläser klirrten, die Tür sprang auf. Mit weit aufgerissenen Augen sahen die Mädchen, daß die Frauen wie wild aufeinander einschlugen, sich an den Haare zogen, kreischten und schrieen. Die Mamm' war zur Wiege geeilt, breitete die Arme darüber aus, als wenn sie die kleine Maria und die kleine Anna vor der »Wilden Jagd« schützen müßte. Leise weinte die Mutter vor sich hin. »Dein Lorenz ist einer der schlimmsten«, schrie jetzt die Cremer-Nachbarin mit hochrotem Kopf und schlug wie verrückt auf den Rücken der Mutter. »Jeder Schürze rennt er nach, keine Frau ist sicher vor ihm, kein Mädchen läßt er in Ruh'. Ich möchte nicht sehen, was er in der Stadt treibt, dein Lorenz.« Laut schluchzte die Mutter auf. Schreiend begann die Jött zu beten: Oh Maria, hilf!

»Hol' den Papp', schnell«, sagte Bärbchen zu Kätchen. Diese sauste los. Gretchen lief hinterher, und Senta schloß sich aufgeregt bellend an. Der kleine Josef heulte erschreckt auf. Bärbchen nahm ihn auf den Arm, verkroch sich in die hinterste Ecke der Küche und versuchte, ihn zu beruhigen.

So plötzlich, wie der Streit angefangen hatte, war er auch beendet. Als der Papp' kam, war es ganz ruhig in der Stube. »Weibervolk!« schimpfte der Vater, »morgen pack ich mein Bündel. Das hält ja kein Mann aus!« Er übergab Bärbchen den kleinen Michel, drehte sich auf den Absatz herum und verschwand wieder. In der Wirtschaft war man wenigstens vor Gezeter und Gekeife der Weiber sicher.

Bärbchen versorgte die Kinder, brachte sie zu Bett und ging in den Stall. Sie war froh, daß sie ungestört arbeiten konnte: Mist ausbringen, neue Streu einlegen und schließlich die Maiblum' melken. Als alle Arbeit getan war, nahm sie die Büesch* und säuberte das Tier. Energisch und doch zärtlich fuhr sie immer wieder über das Fell der rotbunten Kuh. »Ach Maiblum«, seufzte sie, »wo soll das alles enden. Wie sollen wir Frauen denn zurecht

* Viehbürste

kommen, wenn wir uns gegenseitig die Augen auskratzen, ach Maiblum, ach Maiblum!«

Bärbchen hatte nicht bemerkt, daß die Mutter in den Stall gekommen war. Diese legte den Arm um die Schultern des Mädchens, eine äußerst seltene Geste der Zärtlichkeit. »Es tut den Frauen leid«, sagte sie leise und streichelte sanft über das Haar der Tochter. »Es ist alles gut, Bärbchen, es wird alles gut werden. Wir Frauen müssen erst lernen zusammenzuhalten.«

6. Sonntag, 31. Dezember 1899

Die Mutter knetete den Teig, warf ihn auf den Tisch, knetete ihn wieder, schleuderte ihn abermals schwungvoll auf den Tisch, knetete und knetete. Morgen kamen die Patenkinder ihr »Neujährchen« abholen, da mußte der Hefeteig besonders locker sein, damit er den kritischen Augen der Erwachsenen standhalten konnte. Gott dank war das Backen während der unreinen Zeit nicht verboten. Brot und Backwerk gehörten ja zur Lebensnotdurft. Auch daß sie den Sonntag zum Backen nahm, war wohl keine Sünde. Wie sollte man es sonst machen, wenn Silvester auf einen Sonntag fiel?

In der Küche war es sehr warm, denn sonst brauchte der Hefeteig ewig zum Aufgehen. Mit den Gedanken war die Mutter ganz und gar nicht bei der Sache. Immer wieder dachte sie an ihren Lorenz. Warum er nur so bald wieder in die Stadt aufgebrochen war? Er hätte doch noch ein paar Tage bleiben können. War es so schrecklich zu Hause? Er hatte sich nicht dazu geäußert. »Ich muß weg«, hatte er gesagt, und dann war er aufgebrochen. Und sie war allein zurückgeblieben, allein mit den Kindern, mit der Arbeit, mit den Sorgen. Und sie fühlte sich so schwach, so abgekämpft, so müde, zum Sterben müde. Woher sollte sie neue Kraft bekommen, wenn Maria und Anna ihr die letzten Reserven aus dem Leib saugten?

Sie nahm den runden Teigkloß und warf ihn mit letzter Anstrengung auf den Tisch. Das Leben war doch wirklich ein

Jammertal! Doch plötzlich hielt sie erschrocken inne und atmete tief durch. Bloß keine traurigen Gedanken beim Brotbacken! Das brachte Unglück, und dann war das neue Jahr schon von Anfang an mit Unheil behaftet. Schnell sprach sie einige Stoßgebete – allzeit Gebenedeite, süßes Herz-Jesu, segne du Maria –, formte den Teig zu einem Brotlaib, rollte ihn auf der Tischplatte hin und her und drückte schließlich an jedem Ende einen Kopf ab: Einen für das alte und einen für das neue Jahr.

Bärbchen war bei dem Aufprall des Teigs zusammengezuckt, schaute kurz auf und ließ dann das Spinnrad weiter surren. Sie drehte den Faden zwischen den Fingern, fühlte die Schafwolle, rieb sie mit ihren Fingerspitzen so sanft, immer und immer wieder, als wenn sie etwas äußerst Zerbrechliches zwischen den Fingern hielt. Sie empfand eine unbeschreibliche Zärtlichkeit, eine Liebkosung, die von den Fingerspitzen durch die Arme strömte und den ganzen Köper durchwallte; bis in die Zehenspitzen zogen die Wellen ihre Kreise und stiegen dann wieder hoch und höher, bis sie sich im Kopf ausdehnten, hin und her wogten, auf und ab, rauf und runter. Alles drehte sich in ihrem Kopf, drehte und drehte sich wie eine Spindel, kreiste und kreiste. Es war, als ob diese Kreise alles aufsogen, so daß der Kopf leer und leerer wurde. Die Spindel wurde schwer und schwerer, und gleichzeitig wurden die Gedanken leicht und leichter, waren mal ganz klar, dann wieder schemenhaft verzerrt. Sie verhaspelten und verhedderten sich, bis sie sich auflösten. Da blieb nichts mehr übrig, nur Leere, abgrundtiefes Nichts.

Bärbchen erschrak, erwachte, kam wieder in die Wirklichkeit zurück, langsam und allmählich. Um sich nicht wieder zwischen Traum und Wirklichkeit zu verlieren, begann Bärbchen zu singen, das wundersame Eifeler Spinnlied:

Schön Sannchen von der Mühlen,
schön Sannchen saß im Grünen,
am Rädchen spann's vergnügt.

Hier sitz ich armes Mädchen
an meinem Spinnerädchen
und sing ein Lied dazu ...

Die Mutter hatte inzwischen die Säuglinge versorgt und kam nun wieder in die Küche. »Maria will gar nicht trinken«, sagte sie, »und sie fühlt sich so heiß an. Hoffentlich wird sie nicht krank.« Wie von ferne drangen die Worte zu Bärbchen, ganz langsam nahm sie wieder die Gegenstände um sich wahr, die Küche, den Herd und die Mutter, die nun die Neujahrswecken in den Ofen schob.

Da kam Tante Mariechen zur Tür hinein. »Gott help' Üch«, grüßte sie und ließ sich gleich auf einen Küchenstuhl nieder. »Na, hier ist es auszuhalten«, sagte sie, »es riecht so gut. In meiner Küche stinkt es furchtbar nach Knaster*, den die Öhmchen zur Jahrhundertwende massenhaft in ihre Pfeife stopfen. Und sie überheizen den Herd und frieren trotzdem.« Automatisch griff Tante Mariechen in den Nähkorb und begann mit winzigen Stichen, eine alte Windel zu stopfen. Die Mutter nahm einen Strickstrumpf zur Hand.

»Hast du denn schon gebacken?« fragte die Mutter ihre Schwester.

»Ja freilich«, bestätigte diese. »Ich hoffe ja, daß mein Patenkind sich morgen einen Wecken holt, auch wenn es schon etwas älter ist.« Sie warf Bärbchen einen freundlichen Blick zu, denn diese war ihr ältestes »Jöttchen«**. Diese nickte eifrig. »Auch für die kleine Maria, mein jüngstes Patenkind, liegt ein Neujahrsweck bereit.«

»Und ich muß für mein kleines Patenkind sorgen«, lachte Bärbchen, »für die kleine Anna.« Sie fand es lustig, daß sie mit ihrer eigenen Patentante gleichzeitig Patentante der Zwillinge war, und sie war mächtig stolz auf ihr Patenamt. Meist übernahmen die Älteren dieses Amt. Doch ihre Mutter hatte darauf bestanden, daß Bärbchen eines der Zwillinge zum Jöttchen bekam. Tante Mariechen bekam natürlich Maria, die ja ihren Namen trug.

Tante Mariechen war nie verheiratet gewesen. Sie hatte warten müssen, bis die Geschwister versorgt waren. Erst wenn der Bruder heiratete, konnte sie an sich selbst denken. Doch der Bruder hatte im Ruhrgebiet geheiratet und plötzlich war Mariechen

* Kanaster, schlechter Tabak ** Patenkind

ganz allein gewesen im Elternhaus und mit der kleinen Landwirtschaft – allein mit zwei Öhmchen, die mehr Arbeit machten, als sie leisteten. Nun war es zu spät zum Heiraten. Mariechen war nicht traurig darüber. Männer hatten sie nie gereizt. Männer! Nein! Nur Mutter wäre sie gerne geworden. Ein kleiner Ersatz waren ihre Patenkinder. So nahm sie ihr Patenamt besonders ernst.

Abermals ging die Tür auf, und Tina von nebenan stürzte herein. Sie sah vornehm aus, hatte ihr Haar hochgesteckt, trug ein buntes Kleid und hatte ein großes, rotes Tuch um den Hals geschlungen, wie eine Dame.

»Ich wollte nur mal sehen, ob ihr keine Angst habt«, begründete sie ihr Erscheinen, »so ganz allein ohne Mannsleut'. Unser Papp hat uns nicht allein gelassen. Und viele Männer sind bis zum neuen Jahr im Dorf geblieben.« Sie warf einen triumphierenden Blick in die Runde.

»Und wo sind die Mannsleut' jetzt«, fragte Tante Mariechen ruhig das Nachbarmädchen.

»Die sind in der Wirtschaft«, gestand Tina etwas zögernd, »na, sie sind auf jeden Fall in der Nähe, wenn die Welt untergeht.«

Bärbchen lachte. Auch Hannes hatte viel vom Weltuntergang gesprochen, der in dieser Nacht geschehen sollte. Es seien Zeichen am Himmel erschienen, und Wahrsager hätten den Untergang vorhergesehen. Viele Menschen in der Stadt hätten alles verkauft und wollten die wenigen Tage, die der Menschheit blieben, in vollen Zügen genießen. Aber so richtig überzeugt war Hannes sicher nicht, sonst hätte er sie wohl nicht allein gelassen. Er hatte wie immer gelacht und dem kleinen Michel empfohlen, alle Weihnachtsplätzchen bald aufzuessen, damit diese nicht mit dem Weltuntergang verschwanden. Diesen Rat hatte der Kleine umgehend befolgt.

»Lorenz hat gesagt, daß der liebe Gott nicht auf den Kalender schaut, wenn er sein schönstes Schöpfungswerk vernichtet«, sagte die Mutter nun, und ein feines Lächeln ließ sie jung und glücklich aussehen. »Nur wenn die Menschen den Schöpfer bis zur Weißglut reizten, könnte er in einem Wutanfall alles zerstören. Und dann würde er posaunen: Einmal und nie wieder!

Und dann hätte die Menschheit für alle Zeiten ausgesorgt, und nichts tät' uns oder anderen Menschen jemals mehr weh.«

»Man kann nie wissen«, warf Tina etwas schnippisch ein, »man kann nie wissen! Vielleicht ist es nicht der liebe Gott, sondern der böse Teufel, der uns vernichten will. Ich gehe auf jeden Fall nicht eher ins Bett, bis die Männer das neue Jahr angeschossen haben, und alles danach ruhig bleibt. Aber«, sie rückte näher zu Bärbchen ran, »ich möchte doch gerne mal ins Wirtshaus zu den Männern gehen. Bärbchen, komm doch mit!«

»In die Wirtschaft?« Bärbchen war fassungslos. Was die Tina sich dachte! Frauen – und erst recht Mädchen – hatten doch nichts im Gasthaus verloren. Das war doch ein Männerraum.

»Hannes hat gesagt, daß die Mädchen in der Stadt ganz allein in die Schenke gehen«, wehrte Tina sich gegen den vorwurfsvollen Blick von Bärbchen. »Was die können, können wir auch.«

»Ich nicht«, sagte Bärbchen und ließ das Spinnrad noch etwas schneller surren.

»Dann bleib hier und werd 'ne alte Juffer«, sagte Tina schnippisch. »Ich geh' mal rüber. Vielleicht ist Pittchen da. Der ist spendabel und immer zu Pläsier bereit – und der Zeih ist es egal, was ihr Mann treibt, solange andere sie karessieren*.« Mit einem letzten Blick zu Bärbchen verschwand das Mädchen.

Es blieb still in der Küche. Die Gedanken waren jetzt beim Jahrhundertwechsel. Heute morgen hatten die Meßdiener nach der Messe im Auftrag des Pfarrers die Postkarte für 1900 verteilt. Wie schön diese Karte war: Ein Lorbeerkranz schmückt die Germaniamarke. Links geht hinter umfangreichen Wolken die strahlende Sonne auf. So strahlend wird das nächste Jahrhundert. Der Pastor hatte dann auch in der Predigt das Neueste berichtet, über das, was der greise Papst Leo XIII. gesagt hatte und natürlich der Kaiser. Aus Anlaß der Jahrhundertwende würde Wilhelm II. in der Silvesternacht im königlichen Schloß in Berlin eine große Neujahrscour geben. Alle großen Männer würden dann an den Herrscher vorbeipatrouillieren. Vor den Feierlichkeiten war ein Dankgottesdienst in der Schloßkapelle angesagt.

* ihr den Hof machen

Kätchen und Gretchen hatten in der Schule viel über den bedeutenden Tag gelernt. Der Lehrer hatte einen Rückblick auf die großen Ereignisse des verflossenen Jahrhunderts gegeben und auf die Bedeutung der Wende hingewiesen. Auch hatten sie ein Gedicht aufschreiben müssen.

»Bärbchen, lies doch mal das Gedicht ›An das neue Jahrhundert‹ vor«, bat nun Tante Mariechen. Bärbchen holte die Tafel von Kätchen hervor und las:

Du neu Jahrhundert, schenke
Uns alles nach Gebühr,
Den Geist der Völker lenke
zum Frieden für und für.

Laß Wohlfahrt und Gedeihen,
in Deinem Schoße ruh'n,
Gib, daß wir uns befreien,
Von allem bösen Thun.

Für's Schöne laß erglühen
Uns warm, zu höchster Kraft.
Laß herrlich auferblühen
Die Kunst, die Wissenschaft.

Gib immer mehr uns Klarheit,
Erleucht mit hellem Schein
Die Welt, laß Licht und Wahrheit
Der Menschheit höchste Güter sein.*

Jede der Frauen hing nun ihren eigenen Gedanken nach – zurück von der großen Welt in die kleine Eifelküche. Die Gedanken der Mutter waren bei ihrem Lorenz, Tante Mariechens Überlegungen bei der Ungerechtigkeit des Lebens, und Bärbchen versuchte, sich die weite Welt und die vielen Menschen in den großen Städten vorzustellen, die heute alle ängstlich die Mitternachtsstunde erwarteten. Aber wie sollte ihr die Vorstellung gelingen, da sie kaum einmal bis ins Nachbardorf kam?

* Eugen Virmond 1844-1906

Aus dem Nebenraum klang das leise Wimmern der Säuglinge. »Soll ich sie rüber holen?« fragte Bärbchen. Die Mutter nickte und holte die Wecken aus dem Ofen.

»Hast du keine Sorge, daß die Kleinen verwöhnt werden?« fragte Tante Mariechen. Die Mutter schaute sie lange an. »Nein«, sagte sie bestimmt, »für die kurze Zeit, die die beiden bei uns sind, können sie gar nicht genug menschliche Wärme und Liebe erhalten.« Erschrocken schaute Tante Mariechen auf.

»Wie kannst Du so etwas sagen, Bäbb!« wies sie ihre Schwester zurecht.

»Ich weiß, daß sie nicht lange leben werden«, sagte die Mutter leise und doch bestimmt. »Sie sind zu schade für diese Welt – und sie haben Engelaugen; sie schauen hinüber in eine andere Welt.« Lange schaute die Mutter ihre kleinen Kinder an, die Bärbchen jetzt auf den Armen trug. »Nein«, sagte sie schließlich, »nur Maria hat den fernen Engelsblick. Anna schafft es vielleicht doch – aber auch sie hat Engelaugen.«

Auf jedem Arm ein Kindchen wiegend durchschritt Bärbchen die Küche, immer wieder ging sie die paar Schritte hin und zurück, hin und zurück. Leise sang sie dabei:

Schlof, Kendche, schlof!
Der Papp hüet de Schof,
die Mamm hüet de bliemlich'* Koh,
Kendche, dou deng Äugelche zo.
Schlof, Kendche, schlof!

Schon bald waren die Kindchen eingeschlafen. Doch Bärbchen sang immer weiter und durchschritt dabei die Küche wie im Traum. Ach, wie gerne wäre sie mit Hannes zusammen! Sie solle einen Wunsch aussprechen am Silvesterabend, hatte er ihr geraten. Was man sich ganz fest wünsche, ginge auch in Erfüllung. Und ein Jahrhundertwechsel sei etwas ganz Besonderes, da würden sich alle Herzenswünsche in der Zukunft erfüllen, wenn ..., ja wenn es eine Zukunft gab.

Doch so angestrengt Bärbchen auch nachdachte, es fiel ihr zunächst kein Wunsch ein. Sie hatte ja alles, wenn – wenn nur

* bunte

die Familie zusammenblieb. Ja, das wünschte sie sich dann ganz fest: Ein schönes Familienleben mit Mutter und Vater, Brüdern und Schwestern und noch Tante Maria dazu – und vielleicht noch Glück, ja ein anderes Glück, ein fremdes, angstmachendes und doch ersehntes Glück.

Schließlich nahm die Mutter dem Mädchen die Säuglinge ab und brachte sie wieder ins Bettchen. Bärbchen blieb mitten in der Küche stehen. Sie fühlte sich plötzlich so allein, verlassen, beraubt aller Wärme. Leblos hingen ihre Arme herunter.

Sie wollte die Arme hochheben, ausbreiten, sich Platz verschaffen, doch die Küche schien ihr so eng, zu eng für jede Bewegung. Es drängte sie nach draußen, raus aus der Enge des Hauses, raus aus der Enge ihrer Gedanken.

»Ich geh' noch nach draußen«, sagte sie plötzlich laut und in großer Eile holte sie ihren Mantel und die Schuhe. »Wir gehen mit«, sagten die Mutter und Tante Mariechen. Schnell hatten die drei Frauen sich angezogen. Die beiden Frauen nahmen das Mädchen in ihre Mitte. Wohl beschützt von beiden Seiten schritt Bärbchen mutig voran, den Weg, den sie immer ging, den Weg zu den heiligen Frauen auf dem Hollerberg. Senta tauchte plötzlich auf und lief mit großen Schritten voraus.

Der Vollmond stand hoch am Himmel. Es war kalt, aber Schnee hatte es nach Weihnachten nicht mehr gegeben, und das bißchen Weihnachtsweiß war bald weggetaut. Massenhaft Schnee gab es meist erst im Februar in der Eifel. Die Nacht war ruhig, und doch lag etwas Unruhiges in der Luft. Es war, als rauschte und knisterte etwas Unheimliches im hohen Firmament.

Am Heiligenhäuschen knieten die Mutter und Bärbchen nieder und beteten innig. Tante Mariechen war diese Art Frömmigkeit fremd. Sie ging lieber in die Kirche zum Beten. Dort war Gott allmächtig und allgegenwärtig. Aber hier draußen schwebten doch lauter unsichtbare Wesen in den Lüften, gute und böse Geister, die den großen Gott bedrohten.

Sie ließ den Blick in die Runde gleiten. Nirgendwo war in der Ferne ein Licht zu sehen. Na, es war ja noch nicht so weit, aber wenn um Punkt Mitternacht das neue Jahrhundert begann, würde man bestimmt den Lichterschein von den Städten bis hier sehen können. Und Lärm würde es geben, jede Menge Lärm.

Senta war in das struppige Ginstergebüsch verschwunden, doch plötzlich tauchte sie wieder auf. Laut kläffend sprang sie die Frauen an, eine nach der anderen. »Laß das, Senta«, sagte die Mutter sanft, »bist du jeck!« Senta ließ von den Frauen ab, rannte ein Stück den Weg zum Dorf hinunter, kehrte dann aufgeregt zurück und sprang wieder bellend die Frauen an. »Was ist denn los, Senta?« fragte Bärbchen, streichelte die Hündin und sprach beruhigend auf sie ein. Doch wieder rannte Senta los. Bärbchens Augen folgten ihr und gingen weiter zum Dorf. Da, war da nicht ein Lichtschein? Und Rauchwolken?

»Schaut doch!« rief sie aufgeregt und zeigte auf das Dorf. Die beiden Frauen folgten dem ausgestreckten Finger. Dann taten sie beide gleichzeitig einen gellenden Schrei: »Feuer! Es brennt!« Die Mutter fuchtelte wie wild mit den Armen. »Die Kinder! Die Kinder!« jammerte sie voller Entsetzen. Sie stolperte den Weg hinunter, doch schon nach wenigen Schritten glitt sie aus und fiel hin. Bärbchen beruhigte die Mutter: »Es ist nicht unser Haus! Schau doch, es ist am andern Ende des Dorfes!« Die Mutter schaute aufs Dorf hinunter. Ja, Bärbchen hatte recht, es war am andern Ende des Dorfes. »Lauf, Bärbchen, lauf los, lauf zu den Kindern!« bat die Mutter nun drängend. »Du bist schneller als ich, Bärbchen, lauf, beruhige sie!« Bärbchen sauste los. Sie hörte aber doch noch den Schrei von Tante Mariechen: »Ich glaub, es ist unser Haus, Bäbb unser altes Elternhaus! Jesses Maria!«

Senta war Bärbchen gefolgt, rannte aber noch immer aufgeregt hin und her. »Lauf ins Dorf, lauf!« schrie Bärbchen der Hündin zu. Doch Senta rannte nur immer vor und zurück. Die Flammenfackel war größer geworden. Merkte denn niemand im Dorf, daß es brannte? Bärbchen blieb einen Moment stehen, lauschte. Da, sie hörte Hundegeheul. Endlich! Jetzt würden die Männer in der Wirtschaft doch hoffentlich merken, was los war. Da erklang auch die Kirchenglocke. Ganz aufgeregt bimmelte sie durch die dunkle Nacht: Feuer! Feuer!

Als Bärbchen das Dorf erreichte, waren die Dorfbewohner bereits auf der Straße. Ein aufgeregtes Hin und Her! Wasser wurde herbeigeschleppt, Eimer wurden weitergereicht, Spaten bereitgehalten, Stalltüren geöffnet, Vieh losgebunden. Raus, raus, schnell! Der Pfarrer hastete mit dem Weihwasserkessel in Richtung Brandstätte.

Bärbchen stürzte ins Haus. Die Kleinen und die Jött schliefen ruhig, nur Gretchen und Kätchen waren wach geworden von dem Treiben auf der Straße. Wie aufgescheuchte Hühner hockten sie in der Küche. »Seid ganz ruhig«, beruhigte Bärbchen ihre Schwestern. »Es brennt im Dorf, aber das Feuer kommt nicht bis zu uns. Bleibt im Haus, Mamm' kommt gleich.«

Bärbchen saust wieder los. Tina kommt ihr entgegengelaufen. Wie sieht die denn aus! Ihr Haar ist aufgelöst und hängt wild um ihren Kopf. Einen Mantel trägt sie nicht. Ihr Kleid ist verrutscht. Einen Schuh hat sie angezogen, einen hält sie in der Hand. Was läuft die denn halbnackt durch die kalte Nacht?

»Es brennt, es brennt«, schreit Tina wie von Sinnen.

»Wo brennt es?« ruft Barbara.

»Da! Der rote Hahn! Feurige Zungen! Tausende Zungen! Da!« schreit Tina. Und dann steht sie plötzlich wie erstarrt und sieht mit entsetzten Augen zu der Feuersglut. Bärbchen schaut sie durchdringend an. »Geh nach Haus und schäm' dich, Tina!« sagt sie ruhig.

Bärbchen lief weiter. Plötzlich stieß jemand sie an: »Wo ist Tante Mariechen? Ist sie im Haus?« Bärbchen brauchte einige Sekunden, bis sie begriff, daß es wirklich das Schneider-Haus war, das inzwischen lichterloh brannte. »Wo ist sie?« fragte wieder die Stimme. »Sie war bei uns«, sagte Bärbchen unsicher. »Da, da kommt sie.« Tatsächlich kam nun Tante Mariechen angelaufen, nein, sie lief nicht, sie torkelte. »Die Öhmchen, die Öhmchen!« rief sie jammernd. Die Männer zuckten die Achseln. Die Öhmchen waren wahrscheinlich im Schlaf von dem Feuer überrascht worden. Das Vieh hatte man retten können. Aber ins Haus konnte niemand mehr hinein. Das war die reinste Höllenglut! Alles brach zusammen! Da war nichts mehr zu machen. Es mußte nur alles Mögliche versucht werden, damit das Feuer nicht auf die Nachbarhäuser übersprang. Aufgeregt trugen die anliegenden Nachbarn Hab und Gut nach draußen.

Bärbchen ergriff eine Schaufel und schlug wie wild auf züngelnde Flammen, die sich über den Garten den Weg zum nächsten Haus bahnen wollten. Sie schlug und schlug. Der Pastor umschritt würdevoll mit dem Weihwasserkessel die Feuerstätte und sprenkelte das gesegnete Wasser in die Glut. Dabei sprach er unverständliche Worte. Bärbchen bekam ein paar Weihwassertropfen ab. Doch plötzlich war Tante Mariechen bei dem Priester. Mit einem wilden Schrei riß sie ihm das heilige Gefäß aus der Hand und warf dieses voller Wut in die Flammen. Dann brach sie zusammen. Bärbchen drückte dem Pfarrer ihre Schaufel in die Hand und lief zu Tante Mariechen und richtete diese auf.

»Komm mit nach Hause!« sagte Bärbchen sanft und drückte die Tante an sich. Sie spürte die Tränen auf dem Gesicht der Tante, und dann spürte sie auch ihre eigenen Tränen, die sich mit dem Weihwasser vermischten. Wie durch einen Schleier sah sie den Pastor, der ihr irgendwelche beruhigende Worte sagte. »Hau drauf, Mann, hau aufs Feuer!« schrie Bärbchen mit einer Stimme, vor der sie selbst erschrak. Tatsächlich war der Pastor so überrascht, daß er sich umdrehte und mit Feuereifer die Schaufel schwang.

Als Bärbchen und Tante Mariechen etwas weitergingen, torkelte ihnen ein Mann entgegen; es war Pittchen. Er hatte die Donnerbüchse in der Hand. »Warum schießt denn keiner das neue Jahr an?« lallte er. »Das alte ist verflossen, das neue wird angeschossen. Das Jahr 1900 hat begonnen! Vivat! Vivat! Das goldene Jahrhundert! Die Zukunft!« Und dann knallten laut die Schüsse über das Eifeldorf. Sie übertönten das Prasseln der Feuergarben, den ohrenbetäubenden Lärm von herunter brechenden Balken, das heisere Brüllen der Haustiere und das wilde Schreien der Menschen. Dann war es für eine Sekunde still, ganz still. »Pittchen, wißt ihr, wie der Brand entstanden ist?« fragte Bärbchen den Schwankenden.

»Durch Feuer!« stotterte Pittchen, »durch Feuer, Bärbchen!«

»Ihr seid ja besoffen, Pittchen« sagte Bärbchen. Doch Pittchen schaute sie nur dumm glotzend an. »Bärbchen, hast du schon mal so ein Höllenfeuer zum Jahreswechsel gesehen? Einmalig, was? Aber ich konnte nichts dafür, ich kann wirklich nicht dafür. Es war der Hahn, der rote Hahn. Er kam vom Himmel, ja vom Himmel!« Er glotzte mit weit aufgerissenen Augen nach oben, hob beschwörend die Arme und bewegte stumm die Lippen. Schließlich torkelte er davon.

Tante Maria schaute nochmals zu dem Feuer zurück und weinte laut los: »Die Welt geht unter, die Welt geht unter!« Bärbchen beruhigte sie: »Nein, Tante Mariechen, die Welt geht nicht unter; nur deine kleine Welt ist niedergebrannt, untergegangen. Die große Welt bleibt bestehen.« Und mehr zu sich selber flüsterte sie: »Das ist wohl die Strafe Gottes.«

7. Neujahr, Montag, 1. Januar 1900

Obwohl kaum jemand in Bedenich in der Silvesternacht ein Auge zugemacht hatte, waren am Neujahrsmorgen alle zur Frühmesse geeilt. So gehörte es sich ja an einem kirchlichen Feiertag. Kaum jemand fehlte. Auch Tante Mariechen wollte die Messe nicht versäumen. Sie war sehr ruhig und gefaßt an diesem Morgen. Nur als ihr die Neujahrswecken einfielen, schluchzte sie laut auf: »Jetzt habe ich noch nicht mal ein Neujährchen für meine Patenkinder.«

Michel hatte am Morgen das Eifelsprüchlein zum Neujahrstag aufgesagt. Kätchen hatte es ihm beigebracht:

Prosit Neujohr,
de Kopp voll Hoar,
de Moul voll Zäng*!
Adjüs Marjänn**!

Bärbchen wies ihn hart zurecht: »Sei still!« Das paßte nun wirklich nicht zum heutigen Tag. Michel hatte daraufhin losgeheult, und Jüppchen hatte ihn lautstark unterstützt. Ein Tagesanfang wie viele vorher! Es hatte sich nichts geändert, ob man

* Zähne ** Marianne

nun das Jahr 1899 oder 1900 schrieb. Was sollte das ganze Theater um einen Jahrhundertwechsel!

Unterwegs zur Kirche rief man sich wohl wie üblich ein »Glöcksellich Neujohr!« zu. Doch es klang bedrückt. So einen traurigen Neujahrsanfang hatte es in Bedenich noch nie gegeben. Zwei Tote waren zu beklagen, und ein Haus nebst Stall und Scheune waren abgebrannt. Das ganze Dorf war in Gefahr gewesen. Was hatten sie Böses getan, daß Gott sie so strafte?

Bärbchen war froh, als die Predigt begann. Jetzt konnte sie sich wenigstens hinsetzen und etwas ausruhen. Der Geistliche hatte sein dickes Predigtbuch* mitgebracht. Er schlug die erste Festpredigt auf: Auf das Neujahrsfest. Er begann vorzulesen:

»Unvermerkt und unvermutet
sind wir abermals an der Schwelle eines neuen Jahres angelangt,
wo wiederum Vergangenheit und Zukunft
sich gegenseitig die Hand reichen;
die eine zum Abschiede,
die andere zur Begrüßung.
Ein ungeahnter Ruck,
ein Augenblick,
und unser Fuß stand im neuen Jahr ...«

Schon nach den ersten Worten des Priesters fielen Bärbchen die Augen zu – und sie war nicht die einzige, die von der Müdigkeit übermannt wurde. Der Pfarrer sah immer mehr Köpfe nach vorne sinken. Wer konnte es den Pfarrkindern verdenken! Er blätterte um:

»Flüchtig ist die Zeit.
Was ist sie doch,
die so oft genannte, aber nicht genug gekannte Zeit?
Ich nenne sie ein Geheimnis,
ein unerklärliches Nacheinander,
eine Dauer ...
Denn das hat die Zeit Geheimnisvolles an sich,
daß sie keine Zeit mehr ist, sobald sie Zeit geworden:

* Der Prediger und Katechet. 1898

Du rufst der Zeit:
halt ein, halt ein!
Doch holt dein Ruf sie nimmer ein ...«

Der Pfarrer machte eine Pause. Es wurde einen Moment still, und einige Köpfe fuhren erschreckt in die Höhe. Auch Bärbchen zuckte zusammen, sie war in einen leichten Schlaf gefallen und hatte geträumt. Sie saß auf einer riesigen Feuerkugel, die durch das All jagte, mit einer nie gekannten Geschwindigkeit. Sie rief: Brrr! Hüüü! Halt! Doch die Feuerkugel jagte weiter. Und dann hörte sie einen Ruf von den unendlichen Tiefen des Himmels: Halt ein! Halt ein! Da saß Bärbchen wieder in der Kirchbank.

Der Priester blätterte in seinem dicken Buch weiter und merkte gar nicht, daß er bereits in die zweite Festpredigt »Auf das Neujahrsfest« gerückt war:

»Viele Menschen sterben jeden Tag auf Gottes weiter Erde;
wie viele mögen im verflossenen Jahre gestorben sein!
Und wie viele darunter,
die ohne Vorbereitung gestorben sind!
Welches Gericht aber werden die finden,
die der Herr unvorbereitet vor seinen Richterstuhl fordert!«

Bärbchen flog nun ohne Feuerkugel durch die Welten. Sie schwebte von Hügel zu Hügel, von Heiligtum zu Heiligtum, von Himmel zu Himmel. Das Firmament leuchtete in sieben Regenbogenfarben. Ganz fern sah sie die Erde, Gottes weite Erde. Sie brannte lichterloh in einem verheerenden Weltenbrand. Sie brannte und brannte, aber sie verbrannte nicht.

Wieder machte der Pfarrer eine Pause. Er räusperte sich. Seine Pfarrkinder schraken auf. Auch Bärbchen wurde wieder wach. Sie nahm sich vor, nun andächtig zuzuhören, doch sie nahm nur wieder die ersten Sätze auf. Der Priester sprach von einem Baum, einem Feigenbaum.

Bärbchen hatte in ihrem Traum den Garten Eden gefunden. So schöne Bäume standen dort, so wunderschöne. Manche allerdings waren kahl. Andere trugen Blüten und gleichzeitig Früchte. Oh, wie schön war dieser Apfelbaum! Jeder Apfel war in ein Blütennest eingebettet. Über den Bäumen schwebte Gott. Mild und gütig schaute er Bärbchen an. Doch ganz plötzlich wandelte sich sein Gesicht zu einer grimmigen, drohenden Fratze. Und er schrie, schrie laut. Bärbchen schrak zusammen, rieb sich die Augen. Ach, der Pfarrer sprach auf einmal so laut, so laut und eindringlich. Nur noch die letzten Worte bekam Bärbchen mit:

»... Du wirst ausgegraben aus dem Garten Gottes,
dem Himmelreich,
und in's ewige Feuer, in die Hölle geworfen.«

Nun hatte der Pfarrer es geschafft, daß alle seine Pfarrkinder wach waren, hellwach. Erschreckt schauten sie ihn an. Der Pfarrer betrachtete sie, ging jede Reihe mit seinen Augen nach: Die Kinder und Greise, die Frauen und Männer. Ach, sie waren wohl schon auf Erden genug gestraft. Alle Worte schienen ihm auf einmal fehl am heutigen Neujahrsmorgen. Er ließ die Androhung von Gottes Strafgericht wegfallen. Abrupt ging er vom Predigtstuhl. Bärbchen riß sich zusammen und folgte nun andächtig dem Geschehen am Altar.

Nach der Messe trafen sich alle Bedenicher an der Brandstätte. Auch der Geistliche fand den Weg dahin. Es war ein trostloses Bild. Das Strohdach und die Fachwerkmauern waren total niedergebrannt. Angekohlte Balken waren auseinandergeborsten, stachen in die Luft oder hingen kreuz und quer nach unten. Von den Möbeln waren nur verschmorte Reste übrig. Überall glühte und glimmte es noch in der Asche.

Alle starrten auf die zwei Decken, die in der ehemaligen guten Stube auf dem Boden ausgebreitet waren. Darunter mußten die beiden Öhmchen liegen. Es schauerte allen. Die Toten durften erst aufgebahrt werden, wenn der Schandarm aus der Kreisstadt sie gesehen hatte. Die armen Öhmchen! Ins Feuer geworfen! In die Hölle! Dabei hatten sie doch nie etwas Böses getan.

Auch Bärbchen starrte auf den grauenvollen Platz. Fest umklammerte sie Tante Mariechens Arm. Hoffentlich brach diese hier nicht zusammen. Doch die Tante schaute ganz woanders hin. »Schau, Bärbchen, schau doch!« Sie löste ihren Arm aus der Umklammerung und deutete auf den Kirschbaum neben dem Haus. Auch er war angesengt, aber – was war das? Bärbchen glaubte, ihren Augen nicht zu trauen. Der Baum trug Blüten, wunderbare weiße Kirschblüten.

»Ein Wunder! Ein Wunder!« Bärbchen rief es laut. Alle schauten nun hin, folgten mit ihren Blicken dem ausgestreckten Finger von Tante Mariechen – und hielten den Atem an. Das gab es doch gar nicht! Mitten im tiefen Winter ein blühender Kirschbaum! Wirklich ein Wunder! Einige knieten nieder und falteten die Hände.

Auch der Pfarrer starrte zu dem Baum, zunächst ungläubig, dann bis zum äußersten erregt. Er nahm sich zusammen. »Es gibt sicher eine natürliche Erklärung«, sagte er gedehnt. »Die milde Witterung in der letzten Woche – und dann die Hitze des Feuers! Ja, das Feuer wird die Knospen gesprengt haben. Aber ein Wunder ist es trotzdem. Ein Fingerzeig Gottes!«

Bärbchen starrte auf den Baum und plötzlich sah sie es wie in einer Vision ganz klar vor sich: Es wird viel Schreckliches geschehen im kommenden Jahrhundert: Kriege und Seuchen brechen aus, Menschen werden grausam zu Tode gefoltert, Pflanzen und Tiere sterben aus, Leere und Trostlosigkeit breiten sich aus, der Glaube an Gott wird erschüttert – doch irgendwann geschieht immer wieder ein Wunder, erblüht neue Hoffnung, neues Leben.

Teil II

1933

Personen

Bärbchen	49 Jahre
Tochter Marianne	20 Jahre
Heinrich, ihr Mann	30 Jahre
Bärbel, beider Tochter, Säugling	
Sohn Hans	19 Jahre
Tochter Tina	18 Jahre
Hannes, Bruder von Bärbchen	51 Jahre
Kätchen, Schwester von Bärbchen	46 Jahre
Gretchen, Schwester von Bärbchen	43 Jahre
ihre Kinder	
Walter	12 Jahre
Gretel	10 Jahre
Paulchen	8 Jahre
Maria, Säugling	
Michel, Bruder von Bärbchen	39 Jahre
Ehefrau Gertrud	45 Jahre
beider Sohn: Lorenz	10 Jahre
Jüppchen, Bruder von Bärbchen	36 Jahre
Anna, Schwester von Bärbchen	33 Jahre
Tante Mariechen	83 Jahre
Pfarrer von Bedenich	

1. Montag, 1. Mai 1933

Bärbchen war seit langem nicht mehr so heiter gewesen, wie sie es an diesem Tag war. Es war schon ein besonderes Ereignis, daß sie Großmutter geworden war, für Eifeler Verhältnisse sogar eine junge »Groß«, denn sie würde erst in diesem Sommer die 50 erreichen. Ja, Marianne hatte früh geheiratet; na ja, sie hatte es etwas eilig gehabt, dabei war sie doch so brav, ja, eine der ganz Unschuldigen. Aber diese traf es am ehesten. Malheur hatten immer die Frommen. Die anderen wußten schon viel besser Bescheid. Hauptsache war, daß Marianne glücklich war mit ihrem Heinrich aus dem Nachbardorf.

Bärbchen rechnete nach. Mit 28 Jahren hatte sie selbst geheiratet, das war 1912 gewesen – und 1913 war ihre erste Tochter geboren. Kätchen war Taufpatin geworden. Sie hatte gebeten, dem kleinen Wesen den Namen Marianne zu geben; damit trug das Kindchen den Namen der beiden Zwillingsschwestern Maria und Anna, von denen nur Anna überlebt hatte. Jetzt, mit 20 Jahren, war Marianne bereits Mutter. Ja, jung gefreit ist wohl doch das Beste. Zum Glück war ihr Heinrich mit seinen 30 Jahren schon etwas vernünftig. Jetzt hatte er eine Arbeit in Aussicht, in einer Fabrik in Essen. Ein Onkel von Heinrich, der im Ruhrgebiet kleben geblieben war, hatte sich darum bemüht.

Während der ganzen Schwangerschaft der Tochter war Bärbchen aufgeregter und besorgter gewesen als bei ihrem eigenen Mutterwerden. Eisern hatte sie Groschen für Groschen in den Sparstrumpf gesteckt, damit sie im Notfall den Arzt holen konnte. Wenn nur alles gut ging. Es hatte sie sehr beruhigt, daß sie eine Hebamme in der Familie hatte, denn Anna hatte richtig den Beruf der Geburtshilfe gelernt und die Hebammen-Lehranstalt in Köln besucht. Auch hatte sie von der alten Weis-Frau, in deren kleinem »Hexenhäuschen« sie nun lebte, kurz vor deren Tod alle hilfreichen Heilmittel erfahren: Kräuter, Salben, Beschwörungen und Gebete.

Doch weder Arzt noch Kräuter waren notwendig gewesen. Alles war ganz einfach und ruhig verlaufen. Am späten Abend hatte man Anna gerufen und kurz nach Mitternacht hatte das neue Menschlein den ersten Schrei getan. Es war fast so, als ob das kleine Wesen abgewartet hätte, bis der letzte Apriltag – es war ein Sonntag – vorbei war, damit es als Maikind geboren wurde. Ein Glückskind, ein Walpurgiskind! Die junge Mutter war überglücklich. Doch »Walpurgis« wollte sie die Kleine nicht nennen, der Name erinnert an Hexen und wilden Tanz im Mondenschein. Auch »Maria« sollte das Mädchen nicht heißen, obwohl der Wonnemond Mai der heiligen Maria, der Maienkönigin, geweiht war. Nein, Marianne wollte ihrem Töchterchen den Namen der Mutter und der Großmutter geben: Barbara. Doch das Kind sollte nicht Bäbb und auch nicht Bärbchen gerufen werden, sondern Bärbel.

Heinrich hatte sich sehr auf seinen Sohn gefreut, auf einen Stammhalter. Nun war er sehr enttäuscht. Nur ein Mädchen! Das Vaterland brauchte doch junge, heranwachsende Männer! Am 21. März hatte der neue Führer des deutschen Volkes Bilanz gezogen: »Die Wirtschaft verödet, die Finanzen sind zerrüttet, Millionen sind ohne Arbeit ...« Doch bald sollte alles besser werden. Mit vereinter Kraft sollte die Zukunft bewältigt werden. Dazu brauchte das deutsche Volk viele gesunde, stolze Söhne. Jetzt war der Eidam* in die Wirtsstube gegangen, um seine Enttäuschung über das Töchterchen mit vielen Klaren hinunterzuspülen.

Bärbchen holte den Korb mit den Kartoffeln aus der Scheune und stellte ihn vor die Haustüre. Daneben stellte sie den Eimer mit Wasser. Ja, sie wollte sich draußen auf die Bank setzen, um die Kartoffeln zu schälen. Der Tag war so schön, und die Sonne hatte schon etwas Maienkraft. Die Hündin kam von irgendwo angesaust und legte sich zu ihren Füßen nieder.

Das Haus war still. Mutter und Kind ruhten sich im wohlverdienten Schlaf aus. Auch Tante Mariechen war eingeschlummert. In der Nacht war sie mal wieder unruhig durch das Haus gegeistert und hatte »Feuer, Feuer, Gott help!« gerufen. Daß ein Kind im Haus zur Welt kam, hatte sie gar nicht wahrgenommen. Mehr beunruhigt hatte es sie, daß die jungen Burschen durch die Nacht in den Mai herumgeisterten, hier und da zu Ehren

* Schwiegersohn

eines Mädchen einen Maien am Kamin steckten und allerhand Schabernack trieben, dumme, harmlose Jungenstreiche. Sie hängten Gartentürchen aus, versteckten landwirtschaftliche Geräte und verbarrikadierten Haustüren. Erschreckt hatte Tante Mariechen aufgeschrieen, als die Dorfjungen sich dem Haus näherten. Manchmal war es wirklich schlimm mit ihr. Bärbchen war jedoch sehr froh, daß sie ihre Patentante, ihre gute alte Jött, im Haus hatte, auch wenn sie eine Last war. Es ist doch das Gebet der Alten, das den Segen ins Haus bringt!

Tante Mariechen und die Mutter hatte es sehr belastet, daß nach dem Brand Silvester 1899 der älteste Bruder gekommen war und die Versicherungssumme, die mehr als spärlich war, für sich in Anspruch genommen hatte. Ihm gehöre schließlich das Haus und auch die wenigen Äcker. Die Kühe und das Schwein hatte er verkauft. Nur das Federvieh hatte er großzügig seinen Schwestern überlassen. Ja, wenn es um Geld geht, ist alle Geschwisterliebe vergessen.

Aus der guten Stube drangen lallende Laute nach draußen. Das Jüppchen, einfältig wie am ersten Tag, erzählte sich wohl etwas. Er saß im Lehnstuhl und war ganz zufrieden mit sich und seiner kleinen Welt. Bärbchen kamen ganz von selbst Töne von den Lippen – und dann Worte. All die alten Lieder fielen ihr ein: Mariechen saß weinend im Garten ..., Mariännchen tat spazieren geh'n ... Wir sitzen so fröhlich beisammen ...

Früher hatten die Frauen zusammen gesessen und gesungen, in den Spinnstuben, im Backhaus, abends auf der Bank vor dem Haus. Heute war das nur noch selten der Fall. Auch gut, so mußte man eben alleine singen. Bärbchen entschied sich für ein Lied, das ihr Vater oft gesungen hatte:

Wenn ich den Wandrer frage, wo kommst du her?
Von Hause, von Hause, spricht er und seufzet schwer.

Wenn ich den Landmann frage, wo gehst du hin?
Nach Hause, nach Hause, spricht er mit frohem Sinn.

Wenn ich den Freund nun frage, wo blüht dein Glück.
Zu Hause, zu Hause, spricht er mit frohem Blick.

Und wenn ihr mich nun fraget, was drückt dich schwer?
Ich kann nicht nach Hause, hab' keine Heimat mehr.

Plötzlich spitzte die Hündin die Ohren, sprang auf und bellte wütend einen Mann an, der sich dem Haus näherte. »Sitz, Senta, sitz!« rief Bärbchen energisch, und die Hündin beruhigte sich.

»Gott help Üch!« grüßte der Mann und schloß an: »Das ist aber nicht die alte Senta.« Bärbchen zuckte zusammen. Mit großen Augen starrte sie den Ankömmling an. Er war etwa in ihrem Alter, etwas gebückt, trug einen alten Mantel und zerrissene Schuhe. Er war ihr fremd – und doch vertraut, ach, so vertraut. Als der Fremde sie nun anlächelte, wurde sie leichenblaß. »Papp!« sagte Bärbchen bebend. Doch im gleichen Moment schüttelte sie den Kopf. Unsinn, das konnte nicht der Vater sein. Nein, der Papp war doch längst tot, war während des schrecklichen Krieges erschossen worden. Nicht mal in geweihtem Heimatboden hatte er die letzte Ruhe finden dürfen. In fremde Feindeserde war er begraben worden. Nur ein amtliches Schreiben über seinen Heldentod war in die Heimat gelangt. Doch genau so wie dieser Mann hatte der Vater ausgesehen – so hager, so wetterbraun –, als er zum letzten Mal hier gewesen war – vor mehr als 20 Jahren.

Der Mann lachte – und dabei strahlten seine Augen. Da war Bärbchen mit einem Schlage bewußt, wer da vor ihr stand. Sie wurde leichenblaß. Ein solches Lachen und ein solches Strahlen in den Augen hatte nur einer: Hannes! Sie saß wie erstarrt! Ganz langsam trat der Bruder auf sie zu, legte den Arm um ihre Schultern und flüsterte ihr zärtlich ins Ohr: »Mein Bärbchen! Mein liebes, gutes Bärbchen!«

Er nahm das Gesicht der Schwester in seine Hände und betrachtete es lange. Über ihre Wangen und ihr Kinn zogen sich unendlich viele Falten, die am Mund zusammenliefen. Die Nase war spitz geworden im Laufe eines harten Lebens, die Lippen schmal und verkniffen. Ach, das Leben! Hannes hatte sein Bärbchen in der Erinnerung als die aufsprießende Knospe bewahrt, als die er sie erlebt hatte. Sie war erblüht, ohne daß er daran teilgenommen hatte, und nun war sie bereits verblüht und vom Alter gezeichnet. Ja, mit 50 waren die Eifeler Frauen verbraucht und dem Greisenalter nahe. Hannes streichelte die abgearbeiteten Hände. Dann schaute er Bärbchen tief in die Augen. Diese strahlten ihn in jugendlicher Frische an. »Hannes, biste et wirklich? Ich kann et net glauben.«

»Erzähl doch, Bärbchen, erzähl doch!« bat Hannes nach einiger Zeit. Aber Bärbchen hatte es regelrecht die Sprache verschlagen und erst nach und nach fand sie Worte. »Ich ... ich bin Groß' geworden und Jött«, brachte sie schließlich hervor. »Heute, diese Nacht.«

»Großmutter?« fragte Hannes verwirrt.

»Ja, Marianne hat ein Mädchen bekommen, Bärbel wird es heißen.«

»Wer, wer ist denn Marianne? Erzähl doch Bärbchen«, bat Hannes, »sonst zieh ich dich an deine Zöpfe. Ach schade, das geht ja nicht mehr, du hast ja dein schönes Haar in einen festen Knoten versteckt – und grau ist dein schwarzes Haar geworden, doch schön ist es immer noch, so schön.«

Bärbchen sah ihren Bruder mit großen Augen an und mußte lächeln. Ach der Hannes. Er war so verändert und doch der Alte.

»Also, Marianne ist meine Tochter«, versuchte Bärbchen nun etwas Klarheit zu vermitteln.

»Heißt das, daß du geheiratet und Kinder bekommen hast?« konnte Hannes seine Neugierde nicht bezwingen.

»Ich habe drei Kinder, Marianne, Hans und Tina – und Marianne ist heute Mutter geworden«, stotterte Bärbchen und ergänzte: »Ich war nur einige Jahre verheiratet. Ach, Hannes, die Zeiten waren hart, so hart und schwer, und die Armut groß – so groß und bitter.«

Hannes senkte den Blick. Was mochte sein Bärbchen alles durchgemacht haben? Und er hatte sie allein gelassen, jämmerlich im Stich gelassen. Auch Bärbchen hatte den Blick gesenkt. Hastig drehte sie die Kartoffeln in ihrer Hand, und das Messer folgte blitzschnell. Nein, von ihrer Ehe wollte sie nicht erzählen, zumindest heute nicht. Was hatte sie denn tun sollen, als nach dem Tod der Mutter und der kleinen Schwester Maria – kurz nach der Jahrhundertwende – der Papp immer seltener nach Hause gekommen war? Als seine Mutter, die uralte Jött, nach langem Siechtum eingeschlafen war, zog ihn gar nichts mehr in die Heimat. Und die kleine Anna, die doch noch so winzig und schwach war, hatte er überhaupt nicht beachtet. Bärbchen hatte sie aufgezogen, so gut sie es verstanden hatte mit ihren 16 Jahren. Hannes war zwar noch ein paarmal gekommen, aber dann hatte sie nichts mehr von ihm gehört. Alle Verantwortung hatte auf ihren Schultern geruht. Vergnügen, Liebe und Glück waren für sie Fremdwörter.

Es war im Sommer 1910 gewesen, als die einzige Kuh, wieder eine Maiblum', das Kalben nicht überstanden hatte, nur weil keine Frau die notwendige Manneskraft besaß, um das Kalb aus dem Mutterleib zu zerren und zu pressen. Hubert, der Bruder von Tina Cremer aus dem Nachbarhaus, war ins Feld gegangen und hatte sich um nichts gekümmert. Dabei war er so groß und stark, ja so stark. Nein, er kümmerte sich nicht darum. Sollten die Weiber doch sehen, wie sie zurecht kamen! Die Kuh war nicht mehr zu retten gewesen. Bärbchen hatte so sehr geweint – mehr als bei dem Tod der Mutter. Als sie 28 Jahre alt war, hatte sie den etwas jüngeren Hubert von nebenan geheiratet. Seine Mutter hatte zu der Verbindung geraten, die aus Nachbarn nun Verwandte machte. Ihr Sohn war zwar ein bißchen geistig zurückgeblieben, aber er konnte alle Feldarbeit erledigen und hatte Kräfte wie ein Stier. Seine unbändigen Körperkräfte und sein stieriger Nacken hatten ihm im Dorf dann auch den Spottnamen »der Stier« eingebracht.

Bärbchen hatte durchschaut, daß die Mutter den Sohn versorgt haben wollte, da seine Geschwister nicht bereit waren, ihn aufzunehmen. Aber sie war auch erleichtert gewesen, eine Arbeitshilfe zu bekommen. Als Ehemann konnte Hubert nicht einfach verschwinden, wenn Hilfe im Stall notwendig war. Ei, wie war sie doch so glücklich gewesen bei der Heirat, denn ihr Mann hatte eine Kuh mit in die Ehe gebracht. Tausendmal hatte sie der heiligen Brigida gedankt dafür. Und sogar Land gehörte zu seiner »Mitgift«, Land auf dem Gipfel des Hollerbergs. Das »Stück« war zwar steinig und landwirtschaftlich kaum zu nutzen, aber Bärbchen war sehr froh darüber, denn jetzt gehörte das

Heiligenhäuschen und der Kopf ihres »ewigen Hügels« zum Familienbesitz – wie vor langer Zeit.

Daß der Hubert auch auf anderer Art seine Bärenkräfte hemmungslos einsetzen würde, hatte sie nicht vorhersehen können. Zärtlichkeit hatte sie nicht erhofft – die hatte sie nur in einer einzigen Nacht ihres Lebens erfahren –, aber Grausamkeit hatte sie auch nicht erwartet. Er hatte sie in der Hochzeitsnacht fast umgebracht, der »liebe« Ehemann. Was sie alles bei ihm erlitten hatte, konnte sie nicht beschreiben. Die eindringlichsten Gebete zur Mutter Gottes – Hilf Maria, es ist Zeit – hatten keine Hilfe gebracht. Sie hatte ihre Ehepflicht erfüllen müssen. Die Kuh und das Land mußten Nacht für Nacht teuer bezahlt werden.

Es war wohl Ironie des Schicksals, daß »der Stier« durch einen wilden Stier zu Tode kam. Hubert hatte versucht, das Tier, das zum Viehbestand seiner Eltern gehörte, auf eine andere Weide zu treiben, war dabei jedoch auf harten Widerstand gestoßen. Den Kampf hatte der Stier gewonnen. Wie schrecklich der Hubert ausgesehen hatte, als sie ihn tot nach Hause brachten! Das war im Sommer 1914 gewesen. Bärbchen hatte heiße Tränen vergossen – und doch hatte sie erleichtert aufgeatmet. Erst zwei Wochen nach dem Tod ihres Mannes wußte sie, daß sie wieder schwanger war, und der kleine Hans war noch nicht aus dem Gröbsten. Ach wie waren die Zeiten hart gewesen, dazu kam noch der Krieg, der Armut und Leid brachte. Man fristete sich nur mühsam durch.

Tina war vom ersten Tag an schwierig gewesen, sie schrie und tobte, war unbeherrscht und unbezähmbar, so wie der Vater es gewesen war. Da hatte es auch nichts geholfen, daß Anna – die sanfte Anna – sie als Jött über das Taufbecken gehalten hatte. Das Wesen der Paten sollte sich doch nach altem Eifeler Volksglauben auf die Patenkinder übertragen!

Marianne hatte zum Glück nichts vom Wesen des Vaters mitbekommen. Sie war ein sanftes, scheues Mädchen gewesen und war eine lammfromme, folgsame, duldsame Ehefrau geworden. Auch Hans war ein liebes Kind gewesen und ein gehorsamer

Junge. Aber es war doch schwer, drei Kinder allein aufzuziehen. Allein, so ganz allein.

Auch Hannes schien in Gedanken durch die Vergangenheit zu wandern. Er hatte das Eifelnest verlassen, es nicht mehr ausgehalten in der Enge der Heimat. Doch wer einmal aus dem Nest – dem engen, aber schützenden – hinausgefallen ist, findet nur schwer den Weg zurück. Ihm fiel wieder die heilige Nacht im Jahre 1899 ein. Dabei blieb er lange hängen. Er seufzte tief. »Jugendsünden!«, sagte er aus seinen Gedanken heraus. »Die vergibt der liebe Gott am ehesten – hoffe ich.«

Nach einer Zeit fuhr er fort: »Was ist denn aus Kätchen geworden? Und aus Gretchen? Und was macht die kleine Anna? Bärbchen erzähl' doch!«

»Anna, die kleine Anna, ist schon 33 Jahre alt. Sie ist Hebamme geworden. Kätchen ist noch immer als ›Perle‹ bei ihrer Herrschaft in Aachen«, berichtete Bärbchen nun, »sie hat es gut getroffen und hat engen Familienanschluß. Auch Gretchen ist als Hausmädchen in die Stadt gegangen, ins Ruhrgebiet. Sie hat dann dort geheiratet. Nur selten kommt sie nach Hause, zu Besuch. Es soll zuweilen bös' hergehen in ihrer Familie.«

»Und Michel?« drängte Johannes mit weiteren Fragen. Sooft waren in den ganzen langen Jahren seine Gedanken zu den Geschwistern gewandert. »Unser Bruder Michel hat im Nachbarort eingeheiratet, eine bereits etwas ältere Bauerntochter. Es geht ihm ganz gut.« Mehr wollte Bärbchen nicht sagen. Es tat ihr weh, daß der Bruder von seiner Ehefrau mehr als Knecht denn als Ehemann behandelt wurde.

»39 Jahre muß er jetzt sein«, rechnete Johannes nach. »Hoffentlich hat er viele Söhne.«

»Michel hat einen Sohn, er ist schon zehn Jahre«, sagte Bärbchen. »Er heißt Lorenz, Lorenz Remer wie unser Vater. Ja, beim Namen hat der Michel sich durchgesetzt.«

»Wenigstens einer, der den Namen Remer weiterträgt. Und zum Glück hast auch du einen Sohn, Bärbchen, sonst wäre die ganze Cremer-Remer-Familie eine Weiberfamilie«, erkannte Hannes seufzend. »Eine Weiberfamilie in einem Weiberdorf –

wie ich es vorausgesehen habe. Aber sag doch mal, Bärbchen, wo ist denn dein Sohn, der Hans?«

»Oh, er ist in einem Internat, auf einer Schule. Er macht bald Abitur.« Nun leuchteten Bärbchens Augen hell.

»Internat? Schule? Abitur?« Hannes verstand nicht.

»Ja, er soll es einmal besser haben«, sagte Bärbchen. »Ich muß zwar hart dafür arbeiten – ich bringe Eier und Butter zum Markt –, muß eisern dafür sparen, aber er soll zumindest eine Chance haben, es einmal weiterzubringen, der Hans, mein Hans. Aber auch Kätchen unterstützt ihn und schickt regelmäßig Geld.«

»Du möchtest wohl, daß er Priester wird«, sagte Hannes lachend. »Sei ehrlich, Bärbchen, gib es zu.«

»Ich weiß nicht«, stammelte Bärbchen errötend, »wenn er berufen ist, dann wird er die richtige Entscheidung treffen. Ja, es wäre schön, wenn er Priester würde. Ich glaube, es wäre das größte Glück meines Lebens.« Lange schwiegen nun die beiden.

»Was ist denn aus dem kleinen Miseräbelchen geworden, dem Jüppchen?« nahm Hannes etwas später wieder das Gespräch auf.

»Das hörst du doch!« lachte Bärbchen nun. »Wie fröhlich er vor sich hinlallt!«

»Das ist Jüppchen?« fragte Hannes erstaunt.

»Ja, er muß wie ein kleines Kind versorgt werden, kann kaum gehen, kaum sprechen«, sagte Bärbchen ernst, »aber er ist nicht boshaft. Ich würde ihn niemals hergeben.« Und sie erzählte, daß neulich zwei Männer in Uniform da gewesen wären und sich den Bruder angesehen hätten. Sie hatten gesagt, daß der Krüppel viel besser in einem Heim aufgehoben wäre. Bärbchen hatte sich geschüttelt vor Entsetzen. Sie tat doch alles für das »Brüderchen«! Zum Glück war Hannes jetzt da. Der konnte sich viel besser mit den hohen Herren unterhalten und sich bei ihnen durchsetzen.

»Du bleibst doch hier, Hannes?« fragte Bärbchen zaghaft, »ich schäle gleich ein paar Kartoffeln mehr.«

»Wenn du mich willst, Bärbchen«, sagte der Bruder. »Erwarten kann ich ja nicht, daß du mich aufnimmst. Ich habe euch alle so im Ress* gelassen. Aber es ging nicht anders. Auch das Leben in der großen Welt ist ein Kreuz. Ich steckte in Bedrullich**, Bärbchen.«

»Du warst doch nicht etwa ... im Kittchen***?« fragte Bärbchen mit weit aufgerissenen Augen.

»Nein, nein«, winkte Hannes beruhigend ab. »Aber ich mußte verschwinden, weißt du, Bärbchen, es war etwas Politisches. Ich mußte für lange Zeit ganz weit weg sein. Ich werde es dir einmal genau erzählen. Eine Zeitlang ging es mir ganz gut, doch durch die Inflation habe ich alles verloren. Aber jetzt, jetzt wird alles anders. Nun fängt ein neues Leben an, ein Leben in der Heimat, ein Leben im Aufstieg des deutschen Vaterlandes.«

Wie in alten Zeiten geriet Hannes ins Schwärmen. Dabei beschrieb er Ereignisse der letzten Zeit. Bärbchen sah das Bild genau vor sich, das der Bruder entstehen ließ. Da jubelten riesige Menschenmengen dem neuen Reichskanzler zu. Er war der Retter des deutschen Volkes, er versprach Arbeit und Brot, Reichtum und Wohlstand. Alle würden leben können wie Gott in Frankreich – oder besser wie Gott in Deutschland, wenn es noch einen Gott in Deutschland geben würde. Paradiesische Zeiten standen bevor. Heute morgen hatte Hannes Transparente gesehen mit dem Aufdruck: Es gibt nur noch einen Adel – den Adel der Arbeit.

»Die Frauen gebärden sich wie doll, wenn sie den Adolf sehen«, erzählte Hannes. Er kramte eine Zeitung aus seinem Mantel hervor und zeigte Bärbchen ein Foto, auf dem Frauen mit Begeisterung dem neuen Mann zujubelten. Bärbchen betrachtete das Bild mit großem Erstaunen. Wie konnten Frauen sich nur in der Öffentlichkeit so jeckisch benehmen? Sie schüttelte mißbilligend den Kopf. Was erhofften sich nur die Frauen? Sie würden doch immer von morgens bis abends ackern und rackern müssen, damit das Haus in Ordnung und die Familie versorgt waren. Da würde doch selbst der größte Staatsmann nichts ändern können.

»Wer wohnt denn jetzt im Haus?« unterbrach Hannes nach einiger Zeit das Grübeln seiner Schwester.

* Stich ** Schwierigkeiten *** Gefängnis

Bärbchen zählte auf: »Marianne – jetzt mit der kleinen Bärbel – und der Heinrich. Wenn es jedoch mit der Arbeitsstelle klappt, ziehen die drei fort, nach Essen. Dann haben wir Platz genug. Solange mußt du mit Jüppchen in einem Zimmer schlafen. In den Ferien kommt der Hans dazu. Bei mir schläft noch Tante Mariechen. Du weißt ja, was mit ihr geschehen ist. Dann noch et Tina, wenn sie da ist!«

»Und wo ist et Tina, wenn sie nicht da ist, und wie alt ist sie denn schon?«

»Sie wird 18 Jahre«, sagte Bärbchen und fügte leise hinzu: »Manchmal wohnt auch sie hier, manchmal ist sie in Dienst. Sie hält es nirgendwo lange aus.« Die Dorfleute spotteten stets über Tina und nannten sie »Mondminsch«*. Ach, die Tina war ganz anders als die Frauen ihrer Familie, wohl mehr nach der Familie ihres Vaters und nach ihrer Tante Tina geschlagen, alle Tage heissasa.

Wohin der Leichtsinn bei Tante Tina geführt hatte, wollte sie nicht sehen. Die hatte nur eines gekannt: Pläsier, Pläsier, Pläsier! Aus der Stadt hatte sie eine ekelige, sündige Krankheit mit nach Hause gebracht. Im Dorf war sie geächtet und unbeliebt gewesen. All ihr späteres Bemühen, ein gottgefälliges Leben zu führen, waren gescheitert. Nur aus Mitleid war Bärbchen ihrer Bitte gefolgt, dem kleinen Mädchen ihren Namen zu geben. Zum Glück hatte Bärbchen den Wunsch Tinas, Patentante zu werden, von Anfang an abgelehnt, da sie Anna dieses Amt bereits zugesagt hatte.

Schon bald nach der Geburt der kleinen Tina war Tante Tina unter vielen Qualen gestorben. Das war das Pläsier, das sie so sehr geliebt hatte.

»Heißt das, daß du Platz für mich hast?« fragte der Bruder zaghaft. Als Bärbchen nickte, sprang er freudig auf: »Na, dann will ich mal meinen Büggel** holen, den ich am Dorfrand abgestellt habe. Ich wußte ja nicht, wie ich hier aufgenommen wurde.«

»Du bist doch hier zu Hause, Hannes«, sagte Bärbchen sanft. »Und ich freue mich sehr, daß du wieder da bist. Ich werde dich

* nur einen Monat lang an einer Stelle arbeiten ** Beutel

schon satt kriegen – und Arbeit gibt es auch genug – im Haus, Hof, Stall und auf dem Feld.«

2. Montag, 8. Mai 1933

Bärbchen packte den schweren Kessel in die Kiepe*. Reichlich Speckgrieben waren in der Buchweizengrütze. Dafür war auf dem Familientisch kein einziges Fleischstückchen zu sehen gewesen. Weiter legte Bärbchen einen Laib Brot, den Kaffeekrug und zwei Löffel in den Tragekorb. Ach ja, den Tabak durfte sie nicht vergessen. Sie stopfte ihn in die Söusblos'** und machte sich auf den Weg. Hannes sollte ein gutes Essen bekommen auf dem Acker, wo er sich mit Pflug und Kuh abmühte. Eine Woche hatte der Bruder sich erholen müssen von seiner Reise nach Hause. Gestern, am Sonntagabend, hatte er zu Bärbchen gesagt: »Morgen beginne ich mit der Arbeit.« Bärbchen hatte ihm von dem brachliegenden Acker erzählt. Den wollte Hannes nun urbar machen. Bärbchen war schon sehr gespannt, was der Bruder an diesem Morgen geschafft hatte.

Aber zuerst mußte Bärbchen den weiten Weg zurücklegen, ach so weit, so mühselig schien er ihr. Und ihre Gedanken waren so schwer, ach so schwer. Mit einem Ruck lud sie den Tragekorb auf den Rücken und schritt los. Da hörte sie die Mittagsglocke läuten. Sie blieb stehen, legte die Hände übereinander auf ihren Leib und betete: Der Engel des Herrn brachte Maria die frohe Botschaft ... Erst als die Glocken schwiegen, ging Bärbchen weiter, nun etwas zuversichtlicher.

Bärbchen dachte an ihren Tabakeinkauf im Laden um die Ecke. Marianne hatte sie nicht ins Dorf schicken können – die war noch nicht ausgesegnet –, und den Schwiegersohn konnte sie nicht dazu überreden. So mußte sie selbst den ungeliebten Gang machen. Zunächst hatte sie Glück gehabt, denn niemand war im Laden gewesen. Doch dann waren gleich vier Dorffrauen

* Hotte, Rückentragekorb ** getrocknete Schweinsblase

hereingestürzt – sie hatten ihr anscheinend aufgelauert – und bombardierten sie mit Fragen. Wo kam der Hannes denn nun so plötzlich her? Irgendwo von Gottweißwoher? Wo hatte er denn sein ganzes Leben verbracht, vertan, verjuxt? War er tatsächlich bis nach Amerika gekommen? Oder hatte er im Kaschöttchen* gebrummt? Warum hatte er sich denn nie gemeldet? »Der Erumdreiwer**! Nixnotz***! Fuules°!« hatte Klaßens Zeih laut palavert. Na, die sollte doch still sein und sich in der eigenen Familie umsehen. Aber getroffen hatte es Bärbchen doch, tief getroffen. Das Denkmal, auf dem sie ihren Bruder stets gehoben hatte, wackelte bedenklich.

Endlich war der größte Teil des Weges geschafft. Na, gleich um die nächste Weißdornhecke mußte sie den Hannes sehen können. Doch so sehr sie auch linste, nichts war von dem Bruder zu entdecken. Da sah sie am Waldrand den Pflug stehen. Nur wenige Reihen waren in dem seit vielen Jahren brach liegenden Ackerland gepflügt. Was war geschehen? Als sie weiterschritt, erblickte sie die Kuh. Das Zaumzeug lag am Boden. Friedlich graste das Tier die fetten Kräuter am Wegrand. Doch wo war der Bruder? Bärbchen beschleunigte den Schritt. »Hannes! Hannes!« rief sie besorgt. Doch niemand antwortete ihr. Endlich hatte sie die Kuh erreicht. Da sah sie auch den Bruder. Er saß gegen einen Baum gelehnt, die Beine weit von sich weggestreckt, ganz ruhig, die Augen geschlossen, einen Grashalm im Mundwinkel. Mein Gott! War ihm etwas zugestoßen? Rasch setzte sie die Hotte ab und schlich vorsichtig auf den Bruder zu, tippte mit einem Finger zaghaft auf seine Knie, dann rüttelte und schüttelte sie ihn. Da öffnete er die Augen, erblickte seine Schwester, reckte und streckte sich. »Ach, Bärbchen, du bis' et«, sagte er mit einem tiefen, herzhaften Gähnen, »hab' ich gut geöngert°° – und geträumt, so schön geträumt, von einem wunderschönen Märchenschloß mit einer reich gedeckten Tafel – ach, hab ich 'nen Hunger, Bärbchen. So lange hat es gedauert, bis du gekommen bist. Komm, pack aus!«

* Zuchthaus ** Herumtreiber *** Nichtsnutz ° Faulenzer °° Mittagsruhe halten

Bärbchen schaute ihren Bruder mit großen Augen an. Sie atmete schwer und spürte eine noch nie gekannte Wut in sich aufsteigen. Wie hatte sie sich abgemüht, um ihm sein Essen zu bringen! Wie hatte sie sich den ganzen Morgen beeilt mit der Arbeit, um eine Stunde für ihn herauszuschinden. Dann der weite Weg. Und er schlief, schlief am hellichten Tage. »Erumdreiwer! Nixnotz! Fuules!« schrie sie ihn an und ging mit den Fäusten auf ihn los. Hannes sprang aufgeschreckt hoch; ganz fassungslos sah er seine Schwester an, sein zahmes, duldsames, frommes Bärbchen.

»Aber Bärbchen, wat es denn?« fragte er verwirrt und wollte die Schwester beruhigen. Doch Bärbchen ließ sich nicht beruhigen. Sie schrie Worte, die sie noch nie in ihrem Leben in den Mund genommen hatte. Ein ganze Leben lang hatten alle auf sie herumgetrampelt, alle, immer wieder, aber nun wollte sie zutreten, zurückschlagen, sich wehren. Sie kannte sich selbst nicht mehr, wußte selbst nicht, was mit ihr geschah. Doch sie konnte nicht aufhören. Sie schrie und tobte.

Doch so plötzlich wie der Wutanfall ausgebrochen war, so plötzlich fiel er in sich zusammen. Bärbchen hörte die Stimme ihrer Mutter, als wenn diese aus weiter Himmelsferne zu ihr spräche: »Bärbchen, Bärbchen! Sei still! Um des lieben Friedens willen, sei still!« Es kam ihr ein Spruch in den Sinn, den die Mutter häufig ihren Kindern gesagt hatte:

Vieles hören, wenig sagen,
seine Not nicht jedem klagen,
sich ins Glück und Unglück schicken,
das sind die großen Meisterstücken.

Ja, wenig sagen, den Mund halten, gottergeben schweigen, so, wie schon ein riesiges Heer von Frauen vor ihr geschwiegen hatte.

Schließlich nahm Bärbchen das Essen aus der Kiepe und stellte es wortlos auf den Boden. Zuerst zögerte Hannes, doch dann setzte er sich nieder und griff herzhaft zu. Ei, wie das schmeckte!

»Komm Bärbchen, setz dich zu mir, iß mit mir, es schmeckt dir doch immer so gut in Gottes freier Natur. Komm, sei wieder gut!« Eifrig redete er auf Bärbchen ein, und schließlich setzte sich diese neben den Bruder.

Hannes suchte fürsorglich die Speckgrieben aus dem Brei und schob sie auf dem Löffel Bärbchen in den Mund. »Ich habe die Fleischstückchen nicht verdient, nur du, nur mein fleißiges Bärbchen.«

Bärbchen ließ sich füttern wie ein kleines Kind, bewegte die Grieben hin und her im Mund, so, als ob sie überlegte, ob ihr diese überhaupt zuständen. Sie kaute lange, langsam und sorgfältig. Dann würgte sie mit einem Schluck alles hinunter. Doch sie sagte kein Wort. Plötzlich machte sie ein Kreuzzeichen. Sie hatten ja ganz vergessen zu beten; immer, wenn es dämpt* muß man doch beten, egal, wann und wo man ißt. Stumm bewegte sie ihre Lippen im Gebet: Alle diese Gaben ... Hannes brach ein Stück Brot ab und gab es seiner Schwester. Stumm biß diese ein Stück ab und kaute wieder nachdenklich.

Hannes aß den Topf leer bis zum letzten Krümelchen. Dann nahm er mit der Kösch** die letzten Speisereste auf. Immer wieder strich er sorgfältig die sich allmählich aufweichende Kruste durch den Breitopf, rauf und runter, hin und her, kreuz und quer. Schließlich war der Topf blitzblank. »Ei, das schmeckt doch am allerbesten«, leckte Hannes sich genüßlich die Lippen. »Das feinste Essen ist nichts wert, wenn man zum Schluß nicht eine Brotkante durch den Kochtopf ziehen kann.«

Doch Bärbchen schaute nicht einmal auf. Erst als Hannes den Tabak entdeckte und freudig rief: »Bärbchen, du bist die Beste!« hob sie müde den Blick. Sonst freute sie sich stets über jedes liebe Wort, aber nun berührte sie das Lob in keiner Weise. Sie war nicht die Beste und wollte sie nicht sein. Wortlos sah sie zu, wie Hannes umständlich die Pfeife stopfte und den Tabak anzündete. Eigentlich wollte sie ihm sagen, wie teuer der Tabak erkauft war, und wie sehr die hämischen Worte der Dorffrauen sie getroffen hatten. Sie wollte den Mund öffnen, doch dann hörte sie wieder in weiter Ferne die Stimme ihrer Mutter: »Bärbchen,

* dampft ** krustiges Stück am Ende des Brotlaibes

sei still, schweig!« Da kniff Bärbchen die Lippen fest zusammen.

Die Pfeife wollte nicht richtig ziehen. Hannes stocherte mit einem Fiet* in den Tabak, nahm einen tiefen Zug, stocherte wieder und zog abermals krampfhaft. Schließlich war er mit seinem Räucherwerk zufrieden.

»Bärbchen, sei nicht bös«, nuschelte er schließlich zwischen den Zähnen, »ich werde jetzt ganz fleißig sein – wenn's mir auch schwer fällt. Das Stück Land ist so frack und friehd**, es wird nie viel Frucht tragen. Und ich bin nun mal kein Bauer. Ich kann nicht stundenlang hinter einem Pflug hergehen und auf die Erde starren. Da wird man doch ramdösig.«

Bärbchen wollte etwas sagen, etwas von dem täglichen Brot, das man im Schweiße seines Angesichtes verdienen mußte, und daß gerade der Bauernschweiß die Mutter Erde am besten düngt. Auch wollte sie an den Auftrag Gottes erinnern, sich die Erde in seinem Sinne untertan zu machen; sie wollte über Heimat sprechen, die erst dann zur Heimat wird, wenn man dort nicht nur sein Brot ißt, sondern es auch verdient – eben im Schweiße seines Angesichtes. Sie wollte über das Leben sprechen. Solange man arbeitet, lebt man, und solange man lebt, arbeitet man. All das wollte sie sagen, doch sie schwieg. »Sei still!« wiederholte sie in Gedanken. »Sei still – um des lieben Friedens willen!«

Doch ihre Gedanken gingen weiter. Die Heimat wurde von der Natur geprägt, von einer Landschaft, und die Landschaft prägte den Menschen. Karges Land – harte, aber fleißige Menschen. Aber vielleicht war Hannes zu lange weg gewesen, und Fremdes hatte das Eiflerische, das Landverbundene, das Bodenständige in ihm verdrängt. Vielleicht wußte er gar nicht mehr, was Heimat war, was Heimat bedeutet. Heimat war – ja, Heimat ist Heimat. Ihr fiel ein Gedicht ein, das sie neulich im Eifelkalender gelesen hatte. Anna hatte ihn von der Borromäus-Bücherei mitgebracht. Immer wieder hatte sie das Gedicht gelesen. Einige Zeilen hatte sie behalten:

* Fidibus, Holzspan zum Pfeifenanzünden ** rauh und hart

Heimat, urheiligste Herrgottsgabe,
Unsere erste und letzte Habe,
Wo wir unsere Kinder wiegen,
Wo wir in ewiger Ruhe liegen ...

Heimat, du hohe und heilige Pflicht:
Gott, laß die Pflicht uns versäumen nicht! ...
Laß uns trutz Teufel und allen Gewalten!
Heilig, heilig, heilig die Heimat halten!*

Leise hatte Bärbchen die Worte vor sich hingesprochen. Hannes fühlte sich verunsichert. So hatte er Heimat nie gesehen. Pflicht! Und heilig! Dreimal heilig? Heftig zog er an seiner Pfeife und brabbelte Unverständliches vor sich hin. Ach, das ganze Leben war vertan, verjuxt, verjubelt. Was nutzte es jetzt noch, sich abzumühen. Nein, es hatte alles keinen Sinn. Doch er wollte arbeiten, schaffen, nur für Bärbchen, damit sie nicht so traurig war.

Ihm fiel der Rundgang am Weihnachtsabend vor vielen, vielen Jahren ein. Er war voller Träume und Pläne gewesen. Doch alle waren zerstoben, zerfallen, verflüchtigt ins Nichts. Bärbchen hatte schon damals alles nüchtern und sachlich gesehen. Und doch hatte auch sie sicher Träume gehabt, Wünsche, die sie sich selbst nicht eingestand. Plötzlich fiel ihm etwas ein.

»Was ist eigentlich aus dem Heiligenhäuschen geworden, Bärbchen?«

Nun mußte die Schwester antworten. »Oh, es ist immer mehr zusammengefallen«, sagte sie leise, »ich rücke die Steine stets etwas zurecht, aber es ist alles sehr wackelig und baufällig.«

»Häh, Bärbchen!« sagte Hannes und sprang erregt auf. »Ich habe dir doch in der damaligen heiligen Nacht – du weißt schon – versprochen, daß ich das Heiligenhäuschen aufbaue. Jetzt werde ich mein Versprechen einlösen. In diesem Sommer baue ich da oben ein einmaliges, schmuckes Häuschen für die heilige Jungfrau und die »heiligen drei Madels« – nein, nicht für die heiligen Frauen, sondern für dich, Bärbchen, ganz allein für dich.«

Jetzt strahlten Bärbchens Augen. »Das willst du tun, Hannes?«

* Ernst Thrasolt, Priester, 1878 - 1945

»Aber klar, du wirst staunen«, versicherte er. »Steine finde ich bestimmt genug oben auf dem Hollerhügel.«

»Die brauchst du nicht zu suchen«, sagte Bärbchen und ohne daß sie es wollte, ja fast gegen ihren Willen, wurde sie wieder froh. »Seit dreißig Jahren habe ich oben Steine zusammengetragen, mehrere Haufen sind inzwischen zusammengekommen. Ei, davon kann man viel mehr als ein Heiligenhäuschen bauen, eine ganze Kirche oder ein großes Haus, so wie du es damals schon gesponnen hast. Oh Steine, so viele Steine, wunderschöne Steine! Hannes, du wirst staunen!«

»Sobald ich mit diesem gottverdammten Steine-Acker fertig bin, gebe ich mich ans gottgeweihte Steine-Heiligtum«, sprach Hannes seine Vorsätze aus. »Es wird ein richtiges Kapellchen werden, das schönste der ganzen gottverlassenen Gegend.«

Bärbchen nickte – doch dann schüttelte sie eifrig den Kopf. Nein, die Gegend war nicht gottverlassen. Hier war heiliges Land. Ja, mehrmals hatte der Pfarrer es gesagt: Karger Boden, aber heiliges Land, Eiflia sacra. Was er wohl damit meinte?

Bärbchen schaute sich um. Erst jetzt sah sie, wie schön die Natur war. Die Blätter der Buchen hatten ein zartes Grün, so zart und doch saft- und kraftvoll. Der Wald war still, so unberührt, und doch voller Leben. Das Gras wuchs schon üppig, und die ersten Blumen blühten in der Wiese: Wiesenschaumkraut, Buschwindröschen und dazwischen wie kleine Sonnen die gelben Blütenkränze des Löwenzahns. Die ersten Ginsterblüten lugten schon hervor. Bald würde das »Eifelgold« in voller Leuchtkraft erstrahlen. Wie farbenprächtig die fernen Hügel hinübersahen! Manchmal lagen zwei Hügel eng beieinander, getrennt nur durch ein Tal oder eine Ebene. Sie glichen sich wie Zwillinge. Das war ihr noch nie aufgefallen. Vielleicht schaute sie viel zu sehr auf den Boden, hatte immer nur den Blick gesenkt. Man brauchte doch nur mal den Blick zu heben, um ein ganz anderes Bild zu bekommen. Das schien Bärbchen wie eine Erleuchtung. Nur den Blick heben!

»Nein, die Eifel ist nicht gottverlassen!« sagte Bärbchen träumerisch und ein Strahlen verschönte ihr Gesicht. »Hier ist gesegnetes Land.«

3. Mittwoch, 24. Mai 1933

Hannes pfiff ein frohes Lied. Hei, das machte Spaß, hier mit Steinen zu werken! Die Vögel begleiteten seinen Gesang, und sanft wehte ein leichter Frühlingswind. Und wie das ringsum duftete, nach Frische und Freude, nach Luft und Lust, nach Sonne und Wonne. Und weit konnte er ins Land hineinschauen, unendlich weit. Er stand auf dem Mittelpunkt der Erde, so schien es ihm. Die ganze Welt lag ihm zu Füßen, schaute zu ihm auf. Er war der Mittelpunkt alles Lebens.

Dem sonnigen Maibeginn waren bitterkalte Tage gefolgt, sogar geschneit hatte es noch; na kein Wunder, wenn die Eisheiligen unterwegs waren. Doch jetzt waren die grimmigen Gesellen und auch die kalte Sophie vorbei, nun kam der Sommer, zumindest der Vorsommer. Jetzt ging es ans heilige Bauwerk.

Bärbchen hatte im Laufe der Jahre eine Unmenge Steine zusammengetragen, große und kleine Steine, runde und eckige, glatte und kantige. Hannes nahm gleich den ersten Haufen in Augenschein. Unten lugte ein großer Steinblock hervor. Na, diesen wollte er sich mal genauer ansehen. Eifrig legte er die kleineren Steine beiseite, die Bärbchen aufgeschichtet hatte, bis der große Steinblock freilag. Er war fast anderthalb Meter lang und knapp einen Meter breit. Irgendwelche Muster schienen in den Stein eingehauen zu sein. Na, dieses Prachtstück sollte Teil des Fundaments im neuen Heiligenhäuschen werden.

Von billigem Flickwerk hatte Hannes nichts wissen wollen, nein, hier mußte etwas Neues, etwas Ordentliches entstehen, ein richtiges Heiligenhäuschen, ein Heiligenhaus, eine Kapelle – oder zumindest ein Kapellchen. Bärbchen hatte zwar Bedenken angemeldet, ob man da so einfach etwas ändern dürfte. Aber Hannes hatte ihre Ängste beiseite geschoben. Das Land gehörte doch ihr, ihr ganz allein, und damit war doch auch das Heiligenhäuschen ihr Eigentum, mit dem sie tun und lassen konnte, was sie wollte.

Die Entscheidung, was während der Zeit des Baus mit der Muttergottes-Statue geschehen sollte, wollte Bärbchen dem

Pfarrer überlassen. Gestern abend hatte sie ihn aufgesucht. Er hatte ihr versprochen, darüber nachzudenken.

»Gelobt sei Jesus Christus!« Hannes zuckte zusammen und blickte auf. Ach, der Pastor. Der Häär*! Vor lauter Eifer hatte Hannes gar nicht gehört, daß sich jemand genähert hatte. »In Ewigkeit! Amen!« sagte er automatisch, so wie er den frommen Gruß als kleiner Junge beantwortet hatte. Doch dann schüttelte er sich. Nein, die Zeiten waren vorbei! »Tag!« sagte er daher laut und schob mit dem Zeigefinger der rechten Hand lässig die Kappe etwas in den Nacken.

»Ihr seid sicher Johannes Remer«, begann der Pfarrer ein Gespräch, »der Bruder von Barbara Cremer geborene Remer. Ich habe schon viel von Ihnen – von Euch – gehört.« Hannes grinste. Na, Gutes hatte er wohl kaum gehört. Er betrachtete den Geistlichen: ein schmächtiges Männchen, scheu und schüchtern, eingeschüchtert wohl von den hohen Herren seiner Kirche. Vielleicht strafversetzt in die Eifel? Na, mit diesem Hochwürden würde er schon zurechtkommen.

»Es ist lobenswert, daß Ihr Euch um den Bildstock kümmern wollt, Remer«, sagte der Pfarrer. »Um Gotteslohn!« Er rieb sich verlegen die Hände. »Der Bildstock ist schon sehr alt«, fuhr er dann eifriger fort, »ja, diese alte Stätte war schon immer ein heiliger Platz – soweit man in den Pfarrbüchern darüber findet. Vor etwa 100 Jahren ist das Heiligenhäuschen gebaut worden. Vorher hat in einer uralten Linde an dieser Stelle die Muttergottesfigur gestanden. Als der Baum dann von einem Blitz getroffen wurde und schließlich zugrunde ging, wurde dieses Heiligenhäuschen gebaut, übrigens von einem Vorfahren, einem Johannes Joseph Lorenz Remer. Danach ist die Parzelle in den Besitz der Cremer-Familie gekommen, aber jetzt gehört sie ja praktisch beiden, den Cremers und den Remers. Der damalige Pfarrer hat aufgeschrieben, daß die Pfarrkinder fest behaupten, daß auf dem Hollerberg ›seit ewigen Zeiten‹ die Muttergottes verehrt worden sei. Der Hollerberg ist der Berg der Verzweiflung, aber gleichzeitig der Berg der Hoffnung. So steht es in den Annalen.«

* Herr, Pfarrer

Der Häär redete sich ja richtig in Eifer! Hannes staunte; das hätte er dem mickrigen Männchen gar nicht zugetraut. »Sie haben – Ihr habt – wohl die ganze Nacht über den Büchern gesessen, Pastor?« fragte Hannes. Der Geistliche nickte und lächelte verlegen wie ein kleiner Junge, der bei einem geheimen Tun ertappt worden ist. Dann wurde seine Aufmerksamkeit von dem Steinbrocken angezogen. Er schob seine Brille zurecht, bückte sich und betastete behutsam den Stein. »Da ist ja ein Baum!« rief er überrascht aus. »Remer, schauen Sie doch mal.«

Ganz langsam fuhr der Geistliche mit dem Zeigefinger den Einritzungen nach. Tatsächlich, das war so etwas wie ein Baum.

»Können wir den Stein nicht umdrehen, Remer?« fragte er aufgeregt. »Vielleicht ist auf der anderen Seite auch etwas eingraviert.« Hannes kratzte sich am Kinn. Dann holte er zwei dicke Äste, machte die Erde unter dem Steinbrocken etwas locker und schob die Äste unter den Stein. »Na, wenn Ihr mir helft, Pastor, dann geht es vielleicht«, sagte er.

»Sind Sie vorsichtig, um Gottes Willen, Vorsicht!«, mahnte der Pfarrer und dann packte er tüchtig mit an. Hannes hatte auch die Kräfte des Geistlichen unterschätzt. Mit vereinten Kräften gelang es, den Stein zu wenden. Die andere Seite war tatsächlich bearbeitet; sorgfältig war eine Mulde eingeschlagen. Waren nicht Figuren darin zu erkennen? Und waren das nicht Buchstaben? Der Geistliche zog ein blütenweißes, riesiges Taschentuch irgendwo aus seinen Gewändern und begann behutsam den Stein zu säubern. Doch so leicht war die harte Erde nicht zu entfernen. Er rieb, strich, schrubbte und kratzte schließlich mit den Fingernägeln die verkrustete Erde ab. Dann spuckte er auf sein Taschentuch – Hannes beobachtete es grinsend – und scheuerte damit wieder auf dem Stein herum. Was allmählich zum Vorschein kam, verschlug dem Geistlichen glatt die Sprache. In einer Art Altarraum saßen drei Frauen auf einer Bank. Freundlich blickten sie die beiden Männer an. Der Priester faltete die Hände.

Erst nach geraumer Zeit fand er wieder Worte: »Das muß aus der Römerzeit sein, ein Altarstein, ein Götterstein oder so etwas«, sagte er fast andächtig. »Ein ganz großer Fund! Etwas ganz Besonderes!«

»Dann ist das ja etwas Heidnisches!« meinte Hannes trocken und zeigte auf die Gebetshaltung des Geistlichen. Dieser nahm errötend die Hände auseinander. »Etwas Archäologisches, etwas aus dem Altertum«, stammelte er verwirrt. »Ich muß das gleich melden, heute noch, ich muß dem Provinzial-Museum in Bonn Bescheid geben.«

»Langsam, langsam«, bremste Hannes den Eifer ab. »Erstens ist das ja unser Grundstück, und damit gehören die Steine von diesem holprigen Hügel – und der Prachtstein wohl auch – unserer Familie, oder genau genommen meiner Schwester, dem Bärbchen.«

»Nein, nein, Remer«, ereiferte sich der Pfarrer wieder. »Das ist Allgemeingut, das gehört der Altertumsforschung, der Wissenschaft, der Kirche, der ... der ..., ach, ich werde das klären.«

»Gut, gut, Pastor, klärt Ihr«, gab Hannes nach. »Aber wartet noch etwas mit der Meldung. Vielleicht finden wir noch weitere Altertümchen, schöne heidnische Feen vom heiligen Hollerberg. Und dann können Sie – können wir – eine ganz große Meldung machen. Und Bedenich wird berühmt, weltberühmt.«

Der Pfarrer überlegte eine Weile, dann nickte er. Auf eine Woche kam es sicher nicht an, wenn die Steine schon Jahrhunderte, ja Jahrtausende überlebt hatten. Und je mehr Fundstücke er melden konnte, desto eher würden die Herren in Bonn reagieren. Vielleicht wäre es überhaupt besser, wenn er nochmals intensiv die Göttergeschichte der Römer studieren würde, damit er mitreden konnte. Oder stammte der Stein sogar aus der Vorrömerzeit und war ein Relikt unserer germanischen oder keltischen Vorfahren?

»Daß Ihr mir aber behutsam umgeht mit dem Steindenkmal«, ermahnte er Hannes. »Und Remer – Herr Remer – kommen Sie bloß nicht auf die Idee, das wertvolle Fundstück als Baustein zu verwenden.«

»Wie käme ich denn auf solchen Gedanken, Pastor – Herr Pastor«, sagte Hannes gedehnt und machte ein verschmitztes Gesicht.

Noch eine ganze Weile machte der Priester sich an dem Stein zu schaffen, rieb da, tastete dort und buchstabierte langsam den Text. »Es scheinen Göttinnen zu sein, heidnische Göttinnen in vorchristlicher Zeit«, brummte er vor sich hin.

»Frauen als Götter im Himmel?« staunte Hannes nicht schlecht. »Das hat's doch nie gegeben. So 'n Quatsch! Blödsinn! Kokolores!«

»Doch, doch«, sagte der Pastor, »das hat's gegeben, vor langer, langer Zeit.« Dann drehte er sich plötzlich um und wollte mit einem »Gelobt-sei-Jesus-Christus« den Heimweg antreten.

»Halt, nicht so schnell. Eile mit Weile! Heißt es nicht so in der Bibel?« rief Hannes dem Geistlichen nach und fragte mit einem spitzbübischen Lächeln: »Was wollten Sie eigentlich hier oben?«

»Ach so, ja natürlich«, stotterte der Pfarrer. »Ich wollte ja die Muttergottesstatue mitnehmen. Während der Bauzeit soll sie im Pfarrhaus aufbewahrt werden. Ach, reichen Sie mir diese doch bitte an, Herr Remer.«

»Na, wenn sie Ihnen nicht zu schwer ist«, sagte Hannes, nahm vorsichtig die Figur aus der Nische und übergab sie dem Pfarrer. Dieser murmelte: »Die Muttergottes, ach, die hatte ich ganz vergessen.« Und mit vorsichtigen Schritten ging er den schmalen Pfad zum Dorf hinunter.

Hannes spuckte in die Hände. Jetzt aber ran an die Arbeit! Der schöne Heidenstein würde ein festes Fundament geben. Was verstand schon so ein Pastörchen vom Bauen? Stein ist Stein. Und überhaupt ließ ein Remer – ein Herr Remer – sich nichts von einem Geistlichen sagen – nichts, rein gar nichts. Hannes lachte vor sich hin. Jetzt konnte er doch dem Häär mal eins auswischen, dem Häär von Bedenich und allen anderen Hääre, ob nun weltlich oder geistlich. Jetzt war er es, der am längeren Hebel saß.

Ehe der Pfarrer sich besonnen hatte, würden die göttlichen Feen für alle Zeiten verschwunden sein. Hannes betrachtete den Stein – sinnend, kopfschüttelnd. Göttinnen! Das hatte noch gefehlt! Die Frauen hatten doch schon ihre Maria, die für sie mächtiger war als der große Gott. Wenn dazu noch Göttinnen kämen, würden die Frauen ja total durchdrehen und den Männern über den Kopf wachsen – noch mehr als bisher. Nein! Weg mit dem Stein! Ganz schnell verschwinden lassen! Götterstein? Göttinnenstein? Nie gesehen! Hannes würde sich dumm stellen, ganz dumm, egal, welche hohen Herren sich zum Hollerberg bemühen würden.

4. Nacht zum Johannistag, Freitag, 23. Juni 1933

Eine Handvoll Burschen hatte sich an der Dorflinde versammelt. So war es nun mal Tradition am Vorabend des Johannistags in der Eifel. Zum Brauchtum gehörte es auch, daß die Jungen singend durchs Dorf zogen und Eier erheischten, und zwar dort, wo die Mädchen des Dorfes wohnten. Aber die Burschen schienen heute lustlos. Ach, sie waren ja noch so jung, so jung. Und die Mädchen fühlten sich schon so erwachsen; die wollten nichts mit Halbwüchsigen zu tun haben. Nein, die wollten etwas ganz anderes, die wollten erwachsene Männer, doch diese hatten ganz andere Sorgen. Manche gingen Tag für Tag einen weiten Fußweg zur Arbeit, morgens hin, abends zurück. Da waren sie für nichts mehr anzusprechen, für nichts.

Erst als eine Flasche Tresterbranntwein die Runde gemacht hatte, machten die Burschen sich auf den Weg und sangen das alte Lied:

Wir kommen her gegangen,
Du Rosental, du Blümelein!
Du wirst uns wohl empfangen?
Du Rosental, du Blümelein.
Ei, du sauber Mädelein!

Doch so laut sie auch sangen, so sehr sie auch Ausschau hielten, nirgendwo war ein »sauber Mädelein« zu erspähen. Nur die Hausfrauen traten aus den Häusern und legten ihnen ein paar Eier in den Korb. So füllte sich dieser allmählich. Zum Schluß wurde das alte Remerhaus angesteuert, denn Marianne war diejenige, die als letzte im Dorf geheiratet hatte, und sie mußte nach altem Brauch Pfannkuchen backen. Die Jungen beschleunigten unwillkürlich den Schritt, nicht wegen der Pfannkuchen, sondern wegen der Tina. War sie tatsächlich wieder zu Hause aufgetaucht?

Die Burschen stimmten die letzte Strophe an:

Euch allen sag'n wir gute Nacht!
Du Rosental, du Blümelein,
Ihr habt uns tüchtig Eier 'bracht,
Du Rosental, du Blümelein,
ei, du sauber Mädelein.

Doch die letzten Worte blieben ihnen fast im Hals stecken. Da waren ja all die sauberen Mädelein! Sie standen vor dem Haus, lachten und scherzten. Und die Tina war die lauteste und fröhlichste. Sie stürzte auf die Jungen zu. »Da seid ihr ja endlich! Her mit den Eiern!« Sie nahm ihnen den Korb ab und brachte ihn in die Küche. Die Mutter und die Schwester würden gleich mit dem Backen beginnen.

»Darf ich eine Flasche Aufgesetzten haben?« fragte Tina die Mutter. Ohne eine Antwort abzuwarten, rückte sie einen Küchenstuhl an den Schrank, bestieg diesen und langte nach einer Flasche. Ei, Schlehenlikör! Der war genau richtig, der hatte Feuer, der ging ins Blut.

Juchzend kam sie damit nach draußen. Sie bahnte sich einen Weg durch die Mädchenschar. In der Mitte saß Hannes. Er hatte ein altes Karrenrad vor sich, das er fest mit Stroh umwickelte. »Der erste Schluck ist für dich, mein lieber Onkel!« flötete Tina und hielt ihm die Flasche an den Lippen. Hannes nahm einen tiefen Schluck aus der Flasche, dann tat Tina einen genau so kräftigen Zug.

»Was soll das werden, Herr Remer?« fragte ein Bursche, der sich schließlich bis zu Hannes durchgekämpft hatte. »Das wird ein Johannisrad!« antwortete dieser. »Wir werden es bei Sonnenuntergang vom Hollerberg aus brennend zum Dorf runter rollen lassen. Noch nie etwas von einem Feuerrad gehört? Ein alter Brauch aus der Germanenzeit, der etwas in Vergessenheit geraten ist. Aber nun kommen die wahren deutschen Sitten wieder zu ihrer alten Bedeutung.«

Die Abendglocke klang von der Kirche durchs Dorf. Bim, bam schlugen die Klöppel aufs Mettall. Feierlich läuteten sie den Johannistag ein – und gleichzeitig den Sommer. Denn die Sonnenwende, die eigentlich schon am 21. Juni stattfindet, wurde in der Eifel am Johannistag gefeiert. Bei Hannes weckte das Geläute Erinnerungen an seine Schulzeit. Was hatten sie doch damals lernen müssen? Ja, es fiel ihm wieder ein:

Denn am Tag der Sonnenwende
Sprengt beim Schall der Abendglocke
Schattengleich der Bilwißreiter
Durch die Flur auf schwarzem Bocke ...*

Der Unhold! Reiten auf schwarzem Bocke! Sollte er doch. Hannes würde schon mit ihm Schritt halten.

»Hee! Tina!« rief Hannes nun. »Wo ist denn et Tina? Tinaaa!«

Tina stürzte mit den ersten Pfannekuchen nach draußen. »Hier, für Euch!« sagte sie strahlend. Doch Hannes winkte ab. »Nein, ich muß gucken, daß ich fertig werde. Ich brauche meine Hände zum Schaffen. Wir müssen vor Sonnenuntergang oben sein. Also haltet euch mal ran mit dem Backen!«

»Das schaffen wir schon!« sagte Tina und hielt ihrem Onkel einen Pfannkuchen vor dem Mund. »Ich werde dich füttern.« Nun biß Hannes kräftig zu.

Die Sonne stand schon tief am Himmel, als die Schar oben auf dem Hollerberg ankam. Hannes hatte schnell etwas Reisig zusammengetragen und zündete ein Feuer an. Die Burschen wies er an, weiteres Holz heranzuschaffen. Das Feuer flackerte hell auf. Doch dann war es plötzlich von dem riesigen Sonnenball wie aufgesaugt. Wie gebannt schaute Tina in die Sonne, schaute und starrte. Wie ein riesiger Feuerball glitzerte und funkelte der untergehende Himmelskörper, wurde zum Feuerrad, das sich wie in einem Feuerrausch drehte und drehte, immer schneller herumwirbelte, um sich selbst kreiste. Tina schwindelte es, sie schloß die Augen, doch die Sonne sandte ihre feu-

* F. W. Weber: Dreizehn Linden, 1878

rigen Strahlen durch die Augenlider. Tina war es, als ob sie Teil dieses Rades war und ungewollt in die Bewegung einer riesigen Macht einbezogen wurde. Doch plötzlich fiel sie aus dem Rad hinaus – sanft glitt sie zur Erde.

»He, Tina! Tina, komm zu dir!« Hannes kniete neben das Mädchen, tätschelte ihr die Wangen und schlug fester zu, als Tina nicht reagierte. Jetzt öffnete sie die Augen.

»Wie kann man nur so in die Sonne schauen, mein Mädchen«, sagte Hannes vorwurfsvoll.

»Wo ist sie denn nun?« fragte Tina ganz benommen.

»Fast untergegangen«, erklärte Hannes, »doch jetzt wird es Zeit für unser Feuerrad.« Er schob das Rad in die Nähe des Feuers. Und gerade, als der letzte Sonnenbogen hinter den nordwestlichen Hügeln verschwand, fing das Stroh des Rades Feuer, und vorsichtig schob Hannes das brennende Johannisrad auf den Weg hinab zum Tal, zum Dorf. Mit lautem Gejohle liefen die Burschen hinterher. Hannes und die Mädchen verfolgten mit den Blicken aufmerksam den Lauf des Rades. Immer schneller saust es, immer heller brennt es, und erst unten angekommen, purzelt es und rollt torkelnd in den Bach hinein. Das Feuer erlischt mit einem Zischen; man hört es bis oben.

»Das wird ein toller Sommer!« Hannes klatschte in die Hände. »Das Rad ist nicht ein einziges Mal umgefallen, das Feuer nicht ein einziges Mal ausgegangen! Das wird ein wundervoller Sommer!« Er schnappte sich das erstbeste Mädchen und tanzte lustig mit ihr umher. Schon bald hatte er alle Mädchen an sich hängen. »Herr Remer, Hannes, Herr Johannes, wir möchten auch tanzen!« Es war ein wirres Knäuel, und Hannes mittendrin. Ei, das war ein Sonnentanz, ein Feuertanz, ein Hexentanz. Nur Tina hielt sich fern. Sie saß am Feuer und stocherte mit einem Ast in der Glut. Trotz des wilden Tanzwirbels beobachtete Hannes seine Nichte. Ja, sie hatte viel von der ruhigen, bedächtigen Art ihrer Mutter. Aber in ihr kochte auch das Blut der Cremers, das Blut ihres Vaters. Arme Tina! Ihr ganzes Leben lang würden die beiden Seelen in ihrer Brust toben. Hin- und hergerissen würde sie werden.

»Komm, Tina, tanz mit!« Hannes zog Tina hoch, und nun wirbelte er sie durch die Luft, daß ihr Hören und Sehen verging. Sie juchzte laut auf! Ei, wie schön war das Leben!

»Onkel Hannes«, sagte Tina, als alle Mädchen um das Feuer saßen. »Tante Anna hat mir erzählt, daß in der Nacht zum Johannistag das Johanniskraut gepflückt werden muß, wenn es heilkräftig sein soll. Alles in dieser Nacht ist geheimnisvoll, alles ist erlaubt und nichts ist Sünde. Und der frühe Morgen des Johannistags hat es erst recht in sich. Quellwasser und Tautropfen sind dann wundertätig. Und die ersten Sonnenstrahlen sind kraftvoll und erfüllen alle Wünsche.«

»Ja, ja, so ähnlich ist es wohl«, bestätigte Hannes. »Am Johannistagmorgen, zur Zeit der Sommersonnwende, tanzt die Sonn', sagt man.«

»Onkel Hannes!« sagte Tina sanft. »Wir Mädchen möchten diese Nacht hier auf dem Hollerberg verbringen. Bitte, bleibe bei uns!«

»Als euer Wachhund?« Hannes verzog das Gesicht und kläffte einige Hundelaute. »Bitte!« sagte Tina leise und alle Mädchen schlossen sich an: »Bitte, Herr Remer!«

»Das wird aber kalt!« suchte Hannes den Wunsch der Mädchen abzuwehren. Tina lehnte sich an ihren Onkel. »Wir haben doch ein Feuer. Und außerdem – ich wärme dich, lieber Onkel Hannes.« Die Mädchen schrien alle durcheinander: »Wir wärmen Sie, Herr Remer, wir wärmen Sie, lieber Hannes! Als Geschenk zu Ihrem morgigen Namenstag wärmen wir Sie. Hier auf dem Hollerberg. Im Schutze der heiligen Maria und der drei heiligen Jungfrauen! In der Nähe Ihres Kapellchen!«

»Oder habt Ihr kein' Kuurasch*?« fragte eine kleine Kesse mit langen Zöpfen. »Seid ihr ein Schmachtlappes, 'ne Bangbüx**? Habt ihr Angst vor uns?«

»Vor euch nicht«, wehrte Hannes sich, »aber vor euren Müttern und euren Vätern. Ich habe keine Lust, diesen hier zu begegnen. Die zerreißen mich in der Luft.«

»Das haben wir alles geregelt«, sagte die Kesse. »Wir haben in diesem Jahr das Suchen und Pflücken des Johanniskrautes

* Mut ** Angsthase

übernommen. So haben wir ein Recht, draußen zu sein. Bitte, bitte, Herr Remer, bleiben Sie bei uns!«

Die Mädchen hingen sich an Hannes. Dieser hielt sie sich mit ausgestreckten Armen vom Leib: »Bis hierher – und nicht weiter«, sagte er ernst. Doch die Mädchen lachten nur: »Bis hierher – und noch weiter!«

Da legte Hannes noch einige Scheite ins Feuer und sagte: »So, dann wollen wir uns einrichten für eine Johannisnacht auf dem Hollerberg, meine Lieben, eine Nacht hinein in den Sommer, hinein in das Glück.«

Es wurde eine dunkle Nacht, denn es war Zeit des Neumonds und der Himmelskörper war nicht zu sehen.

5. Samstag, 1. Juli 1933

Bärbchen strahlte mit ihrem Häuschen um die Wette. Die ganze Woche hatte sie gearbeitet, aufgeräumt, gestrichen, geputzt und schließlich jede Menge »Taaten«*gebacken. Aufgereiht standen diese im Keller. Alles war vorbereitet, und doch konnte sie nicht aufhören mit dem Wischen und Waschen. So scheuerte sie noch einmal die hölzerne Tischplatte in der Küche.

Bärbchen freute sich schon auf den Sonntagnachmittag, wenn die Verwandten aus den Nachbardörfern zur Peter-und-Paul-Kirmes kamen: ihr Bruder Michel mit seiner Frau und dem kleinen Lorenz, die Eltern von Heinrich, dann noch einige Tanten und Onkel, Vettern und Cousinen. Aus dem Ruhrgebiet kam Heinrichs Onkel Willi. Bärbchen hatte für ihn die kleine Kammer oben zurecht gemacht. Einige Tage würde er wohl hier bleiben, dann wollte er seine Verwandten im Nachbardorf besuchen. Er mußte gut versorgt werden, schließlich bemühte er sich um eine Arbeitsstelle für Heinrich.

Wenn alle um den reich gedeckten Tisch in der guten Stube Platz genommen hatten, würde Bärbchen voller Stolz sagen:

* Kuchen, Torten

»Greift zu! Es ist genug da für alle!« Genug für alle! Das war längst nicht immer der Fall. Aber zur großen Jahreskirmes mußte großzügig bewirtet werden, und wenn man auch wochenlang vorher darbte. Auch für heute abend hatte sie schon tüchtig vorgekocht. Eine große Schüssel voll Speck-Kartoffelsalat stand im Keller.

»Mamm, kann ich dir Bärbel anvertrauen?« Marianne und Heinrich kamen die Treppe hinunter, und Marianne reichte der Mutter das in feste Windeln eingeschnürte Kindchen. Bärbchen nahm freudestrahlend die Kleine. Wie schön war es, ein Enkelkind zu haben. Das jetzige Großmuterglück war größer als das einstige Mutterglück.

»Wir wollen Onkel Willi etwas entgegengehen«, sagte Heinrich. Dieser kam mit dem Zug bis zur nächsten Bahnstation, aber dann mußte er zu Fuß gehen. Doch allein war er bestimmt nicht. Denn viele kamen aus dem Ruhrgebiet zur Kirmes nach Bedenich. Einst hatten sie dort im Steinkohlebau gearbeitet, waren aber noch in Bedenich zu Hause gewesen. Spätestens nach dem Ersten Weltkrieg waren sie dann »im Ruhrpott« mit ihren Familien seßhaft geworden. Aber Bedenich hatten sie nicht vergessen. Die Peter- und Paul-Kirmes lockte sie einmal im Jahr in die alte Heimat.

Tochter und Schwiegersohn machten sich auf den Weg. Mit der Kleinen auf dem Arm durchschritt Bärbchen die Küche, ein paar Schritte hin, ein paar Schritte her. Dabei gingen ihre Gedanken zurück in die Vergangenheit. Sie konnte sich noch gut an die Zeit erinnern, als die Männer das ganze Jahr über von zu Hause fort waren. Wenn sie nur zur Kirmes und zu Weihnachten nach Hause kamen, war das ganze Dorf in Aufruhr geraten, in einen Freudentaumel gefallen. Es war eine berauschende Freude, eine wilde Lust. Es gab nur einen Gesprächsstoff: Die Männer! Die Männer!

Hannes kam von draußen herein. Unruhig durchschritt er die Küche, vier Schritte hin, vier Schritte zurück. »Am liebsten würde ich für ein paar Tage verschwinden, im Wald oder noch besser auf dem Mond«, sagte er seufzend. »Aber andererseits möchte ich gerne Kirmes feiern – wenn mir nur nicht die Männer des

Dorfes allzu sehr zusetzen. Sie haben wenig Verständnis für einen Mann, der nicht einer geregelten Arbeit nachgeht.« Hannes seufzte abgrundtief.

Auch Bärbchen tat einen tiefen Seufzer. Ja, sie wußte auch nicht, wie sie ihrem Bruder helfen konnte. Mit den Frauen des Dorfes kam er gut zurecht. Wenn eine ihm unangenehme Fragen stellte – Wo habt Ihr Euch denn das ganze Leben herumgetrieben? – hatte er mit einem kleinen Scherzwort schnell die Situation entschärft. Aber die Männer waren hartnäckiger; sie durchbohrten ihn mit Fragen, jeder Unstimmigkeit gingen sie nach. Und wenn jetzt zur Kirmes Bier und Schnaps in Mengen flossen, waren die Zungen locker. Die Männer würden ihn hänseln, verspotten, vielleicht sogar drohen. Sie würden ihm vorwerfen, daß er sich von Weibern aushalten ließ – oder noch Schlimmeres.

Plötzlich fiel Bärbchen ein, wie sie doch etwas für ihren Bruder tun konnte. »Halt mal die Kleine«, sagte sie und drückte Hannes das Bündel in den Arm. Dann rückte sie den Stuhl an den Küchenschrank, stieg auf diesen und langte in die oberste Ecke. Dort hatte sie das Geld für die Geburt versteckt. Das hatte sie ja Gott-sei-Dank nicht gebraucht. Als eiserne Reserve wollte sie das Gesparte aufbewahren. Doch jetzt mußte es hergegeben werden. Etwas verschämt reichte sie ihrem Bruder die Münzen und Scheine. »Wenn du vielleicht einen ausgibst ...«, stotterte sie. Hannes errötete. Ach, sein Bärbchen! Ja, es war die einzige Möglichkeit! Tüchtig spendieren, im Wirtshaus allen Männern traktieren! Ihnen eine Runde nach der anderen ausgeben! Dann würden diese wohl nicht so das Maul aufreißen.

»Ich geh' dann mal«, sagte Hannes, drückte Bärbchen wieder den Säugling in die Arme und küßte sanft ein »Danke!« auf die Stirn seiner Schwester.

Nun war es still im Haus. Selbst das Jüppchen und Tante Mariechen waren nicht zu hören. Nach einer Zeit betrat Anna das Haus. Automatisch griff sie in den Nähkorb, nahm ein Frauenhemd heraus, setzte sich auf die Küchenbank und begann schweigend mit feinen Stichen ein Loch in den Trägern zu stopfen. Bärbchen setzte sich neben sie, noch immer den Säugling sanft wiegend.

Auch im Dorf war es still. Durch die offenstehende Küchentüre, die gleichzeitig Haustüre war, drang nicht ein einziger Laut. Die hektische Vorbereitungsarbeit der letzten Tage war beendet; der Besucherstrom noch nicht eingetroffen, die Kirmesfreude noch nicht ausgebrochen.

Bärbchen ließ ihre Gedanken wieder durch die Vergangenheit spazieren. Ganz nahe rückte ihr ein Kirmessamstag ihrer Jungmädchenjahre. Nachmittags war es ganz ruhig im Dorf gewesen. Doch dann – mit einem Mal – brach der Freudentaumel aus. Es war, als ob auf einen Startschuß hin, alle Dorfbewohner aufsprangen. Von allen Höhen war ein freudiges Ho-a-ho zu hören. War es das Echo oder kamen tatsächlich von allen Seiten die Männer ins Dorf gestürzt? Aber auch aus dem Dorf selbst, aus jedem Haus, schien das Ho-a-ho zu erklingen. Überall stürzten Menschen auf die Straßen. Selbst die ältesten Männchen und Weibchen hielt es nun nicht mehr drinnen. Sie humpelten erwartungsvoll auf die Straße. Ho-a-ho! Sie kommen!

Bärbchen sprang auf – doch dann setzte sie sich wieder ruhig hin. Nein, die Zeiten waren vorbei. Und überhaupt – es hatte nie jemanden gegeben, dem sie freudig in weit geöffnete Arme laufen konnte. Nein, das hatte sie nicht gebraucht, nicht ersehnt. Oder doch? Wenn sie es sich auch nicht eingestehen wollte, so überkam sie doch so etwas wie ein Verlangen nach einer breiten Männerschulter, nach einem kräftigen Händedruck und einem zärtlichen Blick. Nein! Was sie sich erträumte, das gab es nicht – für sie nicht – war wohl nicht für sie bestimmt.

Anna hatte fast die gleichen Gedanken und Empfindungen. Doch dann reckte sie sich. Nein, sie hatte keinen Mann, sie wollte keinen Mann. Wer die Weise des Dorfes ist, sollte keinem Mann angehören. Zu schnell entschlüpft sonst ein Wort über das alte Heilwissen, das nur für Frauen bestimmt ist. Also gar nicht denken an ein Glück, das kein Glück ist!

Bärbchen schaukelte die kleine Bärbel in ihren Armen, summte leise vor sich hin und sang schließlich ein altes Lied, das bei den Eifelfrauen sehr beliebt war. Schon bald fiel Annas Stimme mit ein:

Schatz, ach Schatz, reise nicht so weit von hier,
Schatz, ach Schatz, reise nicht so weit von hier!
Im Rosengarten
will ich auf dich warten,
im grünen Klee,
im weißen Schnee.

Ja, der Rosengarten, das war einmal die Vereinigung der Mädchen gewesen. Im Schutz des Rosengartens war auch Bärbchen einst aufgewachsen, hinter den Hecken des Rosengartens hatte sie sich als Heranwachsende sicher gefühlt. Doch nun waren die Rosen im Mädchengarten längst verwildert. Nur eine Dornenhecke war übriggeblieben.

Plötzlich hörte man von weitem lautes Lachen und Rufen. Da kamen wohl die Kirmesgäste. Aus allen Häusern traten nun Menschen, um die Ankömmlinge zu begrüßen. Man kannte sich doch gegenseitig.

Nur ein paar Minuten war die Dorfstraße belebt, dann war es wieder still. Wo war Marianne? Wo waren Heinrich und Onkel Willi? Nun sprang Bärbchen doch auf und ging vors Haus. Da, endlich erblickte sie die drei. Langsam kamen sie die enge Gasse herauf, aber ohne ein Wort. Hinter ihnen schleppte sich mühsam eine Frau mit einem alten Handwagen und einem Bündel auf dem Arm. Drei Kinder folgten müde. Jedes trug einen Beutel. Bärbchen rieb sich die Augen, schaute genau hin und tat einen Schrei: »Gretchen!«

Bärbchen begrüßte kurz Onkel Willi und drückte Marianne ihr Kind in den Arm. Heinrich schob seine Frau und seinen Onkel in die gute Stube. Fest schloß er die Tür. Was sollte denn Onkel Willi von der Verwandtschaft seiner Frau denken?

Gretchen kam näher, ganz vorsichtig, fast scheu. Dann legte sie den Kopf auf Bärbchens Schulter. »Es war so schrecklich! Bärbchen, können wir hier bleiben, hier bei dir, zu Hause?« Und dann brach sie in Tränen aus.

»Ja, natürlich könnt ihr hierbleiben!« Bärbchen zeigte nicht, wie erschrocken sie war. »Kommt doch ins Haus!« sagte sie und überlegte bereits, wo sie Gretchen unterbringen konnte. Das Haus war doch proppenvoll! Da mußten – notgedrungen – alle bei ihr im Zimmer schlafen: Gretchen und die Kinder, Tante Mariechen, Jüppchen, Tina, Hannes – nein, das ging doch gar nicht. Hannes konnte für ein paar Nächte sicher auf dem Sofa in der guten Stube schlafen. Und Tina? Wenn Onkel Willi wieder weg war, war ja die kleine Kammer frei. Und wenn Marianne und Heinrich wegzogen, hatte man Platz in Hülle und Fülle. Aber bis dahin würde es eng werden.

»Wir benötigen nur etwas Stroh!« schien Gretchen die Überlegungen vom Gesicht ihrer Schwester abzulesen. »Nur etwas Stroh in der Scheune, Bärbchen, oder im Stall.«

»Es wird schon gehen, irgendwie wird es gehen«, beruhigte Bärbchen die Schwester. Auch Anna begrüßte die ältere Schwester und bot an: »Ich kann ja die Kinder zu mir nehmen – bis der Kirmesrummel vorbei ist und ihr hier genug Platz habt.« Da drängten die Kinder sich eng an ihre Mutter. Nein, keinen Schritt würden sie von ihr weichen.

»Es war so schrecklich!« jammerte Gretchen nun. »Ich konnte es nicht mehr ertragen, nicht mehr aushalten.« Und wieder flossen Tränen. Bärbchen drängte die Schwester in die Küche. Und dann beugte sie sich zu den Kindern. Wie blaß diese waren! Und so hoch aufgeschossen! Walter etwa zwölf, Gretel wohl zehn und Paulchen gerade acht Jahre alt. Bärbchen nahm ihnen das Gepäck ab, streichelte sie und drückte sie auf die Bank.

»Die Großen sind in der Stadt geblieben, sie arbeiten ja bereits, der Fritz und der Franz und auch Lieschen. Sie werden Geld schicken, ganz bestimmt! Lieschen hat es fest versprochen!« Gretchen schluckte ein paarmal.

Bärbchen wandte sich dem Säugling zu. Zwei helle Augen schauten sie an. »Davon weiß ich ja noch gar nichts!« sagte sie überrascht.

Gretchen schluchzte aufs neue: »Ich habe mich so geschämt, weil ich schon wieder ein Kind bekam – und das in meinem Alter. Ja, das ist die kleine Maria.« Bärbchen nickte freudig und streichelte ganz sanft das kleine Wesen. Doch dann eilte sie in den Keller, holte eine Taat nach oben, und noch eine und noch eine. Mit roten Backen und seligem Lächeln teilte sie jede Torte in vier Teile und jedes Viertel in drei Teile. »Greift zu!« sagte sie eifrig, »greift tüchtig zu! Es ist genug da für alle! Genug für alle!« Nun kamen auch Marianne, Heinrich und Onkel Willi dazu, der gleich mit den Kindern zu scherzen begann. Bärbchen atmete erleichtert auf.

Am Abend gingen Heinrich und Onkel Willi in die Dorfkneipe. Hannes war nicht wieder aufgetaucht, und von Tina hatte Bärbchen den ganzen Tag nichts gesehen und gehört. Anna war wieder nach Hause gegangen. Sie hatte sich noch einmal angeboten, jemanden aufzunehmen. »Wenn Tina bei dir schlafen kann«, sagte Bärbchen, »wäre uns schon geholfen.«

Nun holte Bärbchen den großen Waschkübel in die Küche und steckte die Kinder der Reihe nach in die Wanne und schrubbte sie liebevoll ab. Sie war entsetzt, als sie die armen Würmchen nackt sah. Man konnte wirklich jede Rippe einzeln zählen. Sie würde ihnen tüchtig Milch zu trinken geben, und Butter und Eier sollten täglich auf den Tisch kommen. Viel sollten sie sich draußen aufhalten. Die Eifelluft macht frische Backen.

Anschließend sollte Gretchen sich baden. Bärbchen goß noch einen ganzen Eimer heißes Wasser hinzu. Doch Gretchen sträubte sich. Genierte sie sich vor ihrer Schwester? Bärbchen ließ sie allein. Aber dann trieb die Sorge sie doch wieder zu ihr. Und dann sah sie es. Gretchens ganzer Körper war mit blauen Flecken, Striemen und Kratzern geschunden. Bärbchen weinte laut auf und konnte sich gar nicht beruhigen. Ganz sanft wusch sie ihrer Schwester den Rücken und sprach dabei fast beschwörend das Gebet:

> Wasche, was beflecket ist,
> heile, was verwundet ist ...

Bärbchen mußte wieder weinen, so sehr weinen, daß Gretchen als die Geschundene ihre Schwester trösten mußte. »Es ist ja vorbei, Bärbchen, für alle Zeiten vorbei.« Doch Bärbchen schluchzte auf und weinte noch heftiger: »Das Leid wird nie vorbei sein, für uns Frauen wird es nie ein Ende haben. Nie!«

6. Dienstag, 4. Juli 1933

Gretel hielt den Strick ganz fest in ihren beiden Händchen. »Nicht loslassen!« hatte Walter zu ihr gesagt, »niemals, egal, wie die Kuh auch ziehen mag.« Dann war der Bruder weggerannt, zum Bach hinunter. Dort konnte er Steine werfen und vielleicht sogar einen Fisch treffen. »Ich komme bald wieder«, hatte er versprochen.

Die Maiblum' graste friedlich am Wegesrand. Gretel konnte gar nicht verstehen, daß es dem Bruder langweilig wurde. Dabei war es doch heute erst das zweite Mal, daß sie die Kuh hüten durften. Gleich am Montag hatte Tante Bärbchen sie mit dieser Aufgabe betreut. Die frische Luft würde ihnen guttun.

Wie schön es hier war, alles war so hell und so grün und bunt. Ganz anders als in der Stadt. Da war alles grau und trübe. Gretel konnte sich gar nicht satt sehen. Und wie still es war. Die Falter schwebten von einer Blume zur andern, und die Vögel flogen piepsend von Ast zu Ast. Der Wind sang, rauschte und berauschte, wehte ganz leicht durch das Grün und streifte ihre nackten Beine, so sanft, als ob ein Schmetterling mit seinen Flügeln die Haut streichele. Gretel schaute in den angrenzenden Wald. Vielleicht konnte sie irgendwo das Windkind sehen. Zaghaft rief sie:

> Wind, Wind,
> himmlisches Kind.

Doch nirgendwo war das Windkind zu erspähen. Aber kam da nicht jemand? Gretel lauschte angestrengt. Feste Schritte drangen aus dem Wald. Eine Männergestalt trat hervor. Oder war es ein Junge? Er war vielleicht so alt wie ihr ältester Bruder, und der war schon 18. Der Fremde war ein großer Junge, aber doch ein Mann! Er grüßte freundlich. Artig machte Gretel einen Knicks.

»Kannst du mir helfen!« bat er und erzählte etwas von einer großen Tasche, die er im Wald abgestellt hatte, weil sie so schwer war, so arg schwer. Gretel war gewohnt, Erwachsenen zu gehorchen, bedingungslos zu gehorchen. Doch nun geriet sie in Zweifel. Sie mußte doch die Kuh festhalten.

»Ich darf die Kuh nicht loslassen«, stotterte sie unsicher.

Doch der Mann hatte gleich eine Lösung zur Hand. »Ich binde die Kuh hier an einem Baumstamm fest, ganz fest, und dann kannst du mit mir gehen und mir helfen.« Sofort nahm der Mann das Seil und schlang es um einen Stamm. Nun folgte Gretel bereitwillig dem Fremden in den Wald.

Der Mann nahm das Mädchen an der Hand, ging weiter und weiter, schaute jedoch immer wieder zurück. Gretel wurde unsicher, auch etwas ängstlich. Der Tann wurde dunkel und dunkler.

»Wo ist denn die Tasche?« Scheu wagte Gretel zu fragen. Der Mann deutete irgendwo in das Dickicht. Da merkte das Mädchen plötzlich, daß irgend etwas nicht stimmte, irgend etwas. Vielleicht war es ein böser oder gar ein schwarzer Mann oder sogar der Teufel persönlich! Gab es auch im Wald böse Menschen wie in der Stadt? Onkel Hannes hatte vom »wilden Jäger« erzählt, der durch die Eifeler Wälder streift.

Blitzschnell riß Gretel sich los, drehte sich um und rannte zurück. Weit kam sie allerdings nicht. Schon hatte der Mann sie eingeholt und faßte sie derb an den Armen. Mit eisernem Griff nagelte er sie gegen einen Baum, flüsterte mit heißem Atem ihr unverständliche Worte ins Ohr, drückte seinen Körper fest gegen den ihren. Da schrie Gretel los. Doch der Mann drückte schnell seine Lippen auf ihren Mund und erstickte so die Angstschreie. Nun biß Gretel zu. Der Mann ließ tatsächlich einen Moment von ihr ab, doch dann schlug er zu. Rechts und links peitschten die Ohrfeigen. Nun war Gretel still. Diese Männersprache verstand sie. Wenn man jetzt schrie oder weinte, wurde es nur noch schlimmer. Der Mann wußte nun, wie er die Kleine gefügig machen konnte. Er schlug wieder zu, dann riss er ihr das dünne Sommerkleidchen vom Leib, warf die Kleine auf die Erde, stürzte sich auf sie. Ein brennender Schmerz im Rücken ließ Gretel wieder aufschreien. Sie war in einen Brennesselbusch gefallen. Da donnerten Fäuste auf ihren Leib. Gretels Hände bohrten sich in die Erde, fest biß sie die Zähne aufeinander und dann riss sie, riss mit all ihren Kräften eine Brennesselstaude aus und drückte zu. Von den Lippen zu den Ohren zog sie die Pflanze über das Gesicht des Mannes. Der brüllte gellend auf. Gretel gelang es, sich zu befreien. Schreiend lief sie aus dem Wald.

Walter hatte schon viele Steine in den klaren Bach geworfen. Aber einen Fisch hatte er nicht gesehen. Dabei soll es doch hier Forellen geben. Das hatte Onkel Hannes fest behauptet. Jede Menge Forellen. Doch keine ließ sich blicken. Da dachte er sich ein anderes Spiel aus. Mit dicken Ästen und großen Steinen wollte er eine Brücke über den Bach bauen, eine richtige Holzbrücke. Voller Eifer begann er große Äste heranzuschleppen. Da sprang ihn plötzlich etwas an. Er fiel zu Boden. Senta war es. Walter hatte sich in den drei Tagen des Hierseins schon gut mit der Hündin angefreundet. »Senta, wie kommst du denn hierher?«

»Tag Walter!« Der Junge drehte sich erschrocken um. Ach, die Tante Anna. Sie trug einen Korb, der mit Blumen, Gräsern oder so etwas gefüllt war. Sie war wohl auf Kräutersuche.

»Was machst du denn hier, Junge?« fragte Anna.

»Ich, ich will eine Brücke bauen«, stotterte Walter verlegen.

»Solltest du nicht die Kuh hüten?«

»Ja, eigentlich schon«, gab Walter zu, »aber es war so langweilig. So habe ich Gretel den Strick in die Hand gedrückt.«

»Und sie allein gelassen?« fragte Anna vorwurfsvoll. »Komm, zeige mir, wo du Gretel zurückgelassen hast.«

»Es ist gar nicht weit von hier, Tante«, rechtfertigte sich der Junge. Gemeinsam machten sie sich auf den Weg. Sie waren kaum einige Minuten gegangen, da blieb Anna plötzlich stehen. Still! Hatte da nicht jemand geschrien. Ja, jetzt war es ganz deutlich zu hören. Gellende Schreie! Senta spurte los wie ein Blitz. Auch Walter und Anna sausten los, hasteten über den kleinen Pfad dem Wald entgegen, den Schreien entgegen. Jetzt sahen sie die Kuh. Walter hatte sie schon erreicht. Anna folgte ihm auf den

Fuß und kam gerade zur rechten Zeit, um die völlig aufgelöste Gretel in ihren Armen aufzufangen.

»Ein Mann! Ein Mann!« weinte das Mädchen. »Ich bin in die Brennesseln gefallen. Mein Rücken! Au, mein Rücken!« Anna zog ihre Schürze aus und legte sie um den halbnackten Körper des Kindes.

»Such, such«, rief sie Senta zu, die bereits in den Wald gespurtet war. Walter lief hinterher. Schon bald kündeten zorniges Bellen und grimmiges Knurren an, daß Senta den Fremden gestellt hatte. Walter mußte mehrmals energisch rufen, bis das Tier von dem Mann abließ. Walter faßte Senta am Nacken und wies dem Mann die Richtung, die er einzuschlagen hatte. Senta knurrte so bedrohlich, daß dieser es nicht wagte, irgendeinen Fluchtversuch zu unternehmen.

Als der Mann aus dem Wald trat, setzte Anna Gretel sanft auf die Erde. Mit großen Augen schaute sie den Fremden an. Das war ja noch ein Junge, ein Junge und doch schon ein Mann. Seine Kleidung war zerrissen, und er blutete am Bein. Senta hatte kräftig zugepackt. Frech schaute der Fremde Anna an – und er starrte Gretel an, noch immer mit gierigem Blick. Da vergaß Anna ihre anerzogene Zurückhaltung. Sich bücken und einen schweren Ast nehmen, geschahen in einer Sekunde. Und dann schlug sie zu, schlug auf den Jungen, schlug auf den Mann, schlug und schlug. Schlug, bis dieser hinfiel, schlug, als er am Boden lag. Nun konnte Walter die Hündin nicht mehr halten. Grimmig kläffend biß sie zu, immer wieder, immer aufs Neue. Und Anna schlug zu, schlug wie von Sinnen, schrie wie von Sinnen: »Ich schlag' dich tot! Ich schlag' dich tot!«

Da, plötzlich ertönte ein scharfer Pfiff. Senta ließ von dem Fremden ab. Und dann wurde Anna zurückgerissen. Es war ihr Bruder Hannes. Bärbchen hatte ihn gebeten, einmal nach den Kindern zu sehen. Sie kannten sich ja noch nicht richtig hier aus. Und dann hatte er das Geschrei vernommen.

Mit einem Blick sah er, was geschehen war. »Steh auf!«, fuhr er den Fremden an. »Ab ins Dorf! Dort werden wir den Schandarm verständigen. Der bringt dich dahin, wo du hingehörst, hinter Gitter.«

Nur mühsam konnte der junge Mann sich aufrappeln. Er blutete nun an mehreren Stellen, torkelte und schaffte erst nach einigen Versuchen, sich auf den Füßen zu halten.

»Du hast ihn ja wirklich fast tot geschlagen, Anna«, sagte Hannes. »So kenne ich dich ja gar nicht.«

Diese hielt noch immer den Knüppel in der Hand. »Ich schlage ihn tot! Jeden schlage ich tot, jeden, ... der sich an einem Kind vergreift. Jeden!«

7. Sonntag, 9. Juli 1933

Bärbchen lag schwer atmend im Bett, wach und doch nicht wach. Stocksteif war sie. Das Nachtmahr hatte sie angesprungen, hockte nun auf ihrer Brust, lähmte den ganzen Körper. Ein riesiges, haariges Untier war es, ein Höllenhund, ein Hund und doch ein Gehörnter. Das Ungeheuer wurde schwer und schwerer, stieß zu, ohne sich zu bewegen – und bewegte sich doch, ritt einen harten Galopp. Es drückte zu, bedrückte, klammerte, nahm die Luft, nahm das Leben – und Bärbchen lag machtlos, zum Hinnehmen verurteilt, zum Tragen der Last, zum Ertragen der Schwere. Einen winzigen Augenblick ließ der Druck etwas nach. Da wurde Bärbchen vollkommen wach, konnte einen Gedanken fassen, wieder klarwerden. Gott sei Dank, nur ein Traum, ein Alptraum! Doch noch ließ der grimmige Alp nicht von ihr ab. Die Schwere hielt an. Noch immer war Bärbchen starr und steif. Die Zunge! Jetzt fiel es ihr wieder ein. Das Nachtmahr hatte keine Gewalt über die Zunge. Bärbchen versuchte es vorsichtig. Tatsächlich, die Zunge ließ sich bewegen. Im Mund deutete Bärbchen nun mit der Zunge ein Kreuzzeichen an, das einzige Mittel, das das nächtliche Ungeheuer vertreiben konnte. Tatsächlich ließ nun die Verkrampfung nach. Arme und Beine lockerten sich allmählich und ließen sich bald wieder bewegen. Behutsam kreuzte Bärbchen die Arme über der Brust. Dann kreuzte sie die Beine. Nun konnte das nächtliche Teufelswesen ihr nichts mehr anhaben. Weiche Satan! Bärbchen holte tief Luft und machte das Zeichen des Kreuzes. Jetzt war ihr Körper erlöst, aber ihr Herz schlug noch zum Zerbersten. Wie war das Mahr nur in ihr Zimmer gelangt? Sie hatte doch ein Mahrzeichen* am oberen Türrahmen eingeritzt, genau unter dem alten hölzernen Kreuz!

Nun konnte Bärbchen nicht mehr schlafen. Wach war sie, hellwach. Und so voller Ängste! Es war so unruhig im Haus. Tante Mariechen wälzte sich jammernd hin und her, und das Jüppchen zuckte immer wieder zusammen und gab grunzende Laute von sich. Ein Käuzchen rief draußen: Kiwitt! Kiwitt! Was wollte der Todesvogel denn hier? Kiwitt! Kiwitt! Komm mit, komm mit! Immer wieder klang der Ruf, mal nah, mal fern – mal laut, mal leise. Kiwitt!

Irgendwann hörte sie Hannes ins Haus treten. Und dann kam auch Tina. Was wollte die denn hier? Sie sollte doch bei Tante Anna schlafen. Die beiden hatten die ganze Woche Kirmes gefeiert – sie hatten gar kein Ende finden können. Jeden Abend waren sie unterwegs gewesen. Besonders Tina sah ganz nachtgeplagt aus. Auf die Vorwürfe der Mutter hatte sie überhaupt nicht reagiert. Hannes hatte sie in Schutz genommen: »Laß sie doch, Bärbchen! Nur einmal im Jahr ist Kirmes im Dorf. Und nur einmal ist man jung im Leben. Laß sie ihre Jugend genießen!« Auch Anna hatte keinen Rat gewußt. Wenn Tina von einer unerklärbaren Unruhe befallen war, hatte auch sie keinen Einfluß auf das Mädchen.

Bärbchen hatte lange über das Wort »genießen« nachgedacht. Niemals wäre sie auf den Gedanken gekommen, ihre Jugend zu genießen. Gerade das Frauwerden war doch die Zeit der bescheidenen Zurückhaltung und ernsten Verpflichtung. Doch schließlich hatte sie resigniert: »Dann tu', was du nicht lassen kannst, Tina!«

Ihrem Bruder hatte Bärbchen die Freude von Herzen gegönnt. Er hatte fleißig gearbeitet in den letzten Wochen und noch kurz vor Kirmesbeginn das Heiligenhäuschen fertiggestellt. Es war so schön geworden, so wunderschön! So stabil und sauber! Es leuchtete in frischer weißer Farbe weit ins Land hinein. Eine rich-

* Drudenfuß, fünfzackiger Stern

tige Kapelle war es geworden. Wenn es auch nicht durch eine Tür verschließbar war, so war es doch eine Kapelle. Hannes hatte sogar ein Kniebänkchen gezimmert. Ein lang gezogenes Dach schützte den Beter vor Wind und Wetter.

Nur eingeweiht war das neue Heiligenhäuschen noch nicht. Der Pfarrer machte Schwierigkeiten und weigerte sich, den kirchlichen Segen zu spenden. Lautstark hatte er mit Hannes geschimpft. Der hatte jedoch nur gegrinst, die Schultern gezuckt und lachend gesagt: »Ihr habt wohl geträumt, Pastor, geträumt von drei schönen Frauen, in einer schwülen Sommernacht!« Bärbchen war entsetzt gewesen. So konnte man doch nicht mit einem Hochwürden sprechen!

Später hatte er ihr die ganze Geschichte gebeichtet. Sie hatte im Namen des Allerhöchsten schwören müssen, daß sie zu niemandem darüber sprach. Zu niemandem! Sie hatte den heiligen Eid gesprochen – so wahr mir Gott helfe – und dabei drei Finger hochgehalten. Doch sie hatte gar nicht verstanden, worum es eigentlich ging. Hannes durfte doch jeden Stein zum Bauen nehmen, der da oben lag. Warum regte der Häär sich denn so auf?

An diesem Sonntag war nun die Nachkirmes ausgetragen worden – jetzt war endgültig Schluß mit dem Feiern. Morgen begann wieder der Alltag.

Bärbchen hörte Hannes und Tina unten miteinander reden. Das Sprechen ging in ein Flüstern über, und dann wurde es still, ganz still – und doch nicht still. Auch im Dorf wurde es einfach nicht ruhig. Immer wieder war Gerufe, Geschrei und Gegröle zu hören.

Bärbchen hörte auch Marianne und Heinrich immer wieder miteinander reden. Und die kleine Bärbel schrie mehrmals. Morgen wollte die junge Familie ins Ruhrgebiet fahren, zur Arbeitsstelle von Heinrich, in eine neue Heimat. Wie würde Bärbchen ihre Tochter und ihre kleine Enkeltochter vermissen – auch, wenn sie durch die Kinder von Gretchen genug Leben im Haus hatte.

Ach, was war es nur, daß die jungen Menschen von der Eifel weg in die Stadt strebten? Immer wieder! Waren es nur die Arbeitsmöglichkeiten, die in die Stadt zogen, oder war es die

Hoffnung auf ein freieres, besseres Leben? In die Stadt, nur in die Stadt! Da wohnte das Glück, da war das Leben, da war Zukunft! Aber das Glück war auch in der Stadt nur für die andern da. Und dann wollte man wieder zurück, nach Hause, in die Heimat. Doch da hatte sich das Glück für immer in die dunklen Wälder zurückgezogen. Aber man war doch zu Hause.

Plötzlich zuckte Bärbchen zusammen. Was war das? Tosender Lärm ließ die Häuser erzittern. Das Gepolter schien aus dem Wirtshaus zu kommen, drängte auf die Straße, kam näher und näher. Eine Katzenmusik drang durch die finstere Nacht. »War das vielleicht eine Abrechnung durch die Dorfgemeinschaft?« kam ihr in den Sinn. »Eine öffentliche Verurteilung, eine Bloßstellung, ein Volksgericht? Doch wen wollte man an den Pranger stellen? Hinter wem waren die Dorfleute her? Ging es um den Vergewaltiger von Gretel? Aber der saß doch im Kaschöttchen. Wem galt aber dann die Volksjustiz, das ›Tierjagen‹? Im Dorf tat doch nie jemand etwas Schlimmes. Wer wurde gerichtet?«

Das Tierjagen! Bärbchen erschauerte. Nur einmal in ihrer Kindheit hatte sie diese Art der Dorfjustiz erlebt. Eine Frau, die ihren Mann betrogen hatte, war angeklagt worden. Zuerst hatte man ihr Haus mit Steinen beworfen, dann hatte man sie aus dem Haus gezerrt, auf eine Schubkarre geladen und grölend durchs Dorf gefahren. Schließlich hatte man sie kurzerhand in den Bach geworfen. Dabei hatte man eine Katzenmusik veranstaltet. Nie hatte Bärbchen Schrecklicheres gehört. Nie hatte sie das Getöse vergessen können. Und genau so eine Geheule war jetzt zu hören.

Man hält Sensen mit der Schneide auf die Räder von mitgeführten Handwagen und Schubkarren, schlägt Deckel der größten Kochtöpfe aneinander, knallt mit Peitschen und tutet auf blechernen Gießkannen. Dazu schreit und kreischt man, kräht und grölt. Es ist ein unheimlicher, alles durchdringender Heidenlärm.

Der Krach kam näher und näher. Bärbchen war längst aus dem Bett gesprungen und hatte sich etwas übergezogen. Da stürzte Heinrich in das Zimmer. »Macht die Holzläden dicht!« rief er aufgeregt, öffnete dann selbst die Fenster und holte die Läden von außen nach innen, um sie mit einer eisernen Stange zu verschließen. »Mach das Fenster zu!« rief er seiner Schwiegermutter zu und stürzte ins nächste Zimmer. Bärbchen gehorchte. »Was ist denn los?« fragte sie. Sie beruhigte Tante Mariechen und Jüppchen, die mit weit aufgerissenen Augen im Bett saßen. Nun stürzte auch Gretchen mit den Kindern ins Zimmer.

»Sie kommen, sie kommen zu mir«, schrie Gretchen voller Entsetzen. »Sie jagen mir das Tier. Gott help, Gott help!« Auch Gretchen erinnerte sich an das Kindheitserlebnis. Und sie wußte, was im Dorf über das Tierjagen erzählt wurde. Wer etwas Schlechtes oder Unanständiges getan hatte, wurde öffentlich verurteilt, angeprangert, wie ein wildes Tier gejagt, in die Hölle getrieben. Der Himmel stürzte ein. Es war schlimmer als zur Zeit der Hexenverfolgung. Der Gejagte war für alle Zeiten geächtet, recht- und schutzlos. Es blieb ihm gar nichts anderes übrig, als zu flüchten und für immer aus dem Dorf zu verschwinden.

»Du hast doch nichts Schlimmes getan, Gretchen«, beruhigte Bärbchen ihre aufgeregte Schwester. »Du nicht, nein, du hast nichts Schlechtes getan; die anderen haben dir etwas getan. Dir wurde etwas angetan, dir und deinem Kind.« Gretchen zog ein weinerliches Gesicht. Wurden nicht immer die Gedemütigten und die Geknechteten verfolgt? Die Unschuldigen? Die Schwachen? Und besonders die Frauen, die sich nicht wehren konnten! Stets wurden sie verraten und verkauft! Und beim Tierjagen hatten Frauen nicht die geringste Chance, sich zur Wehr zu setzen. Die Männer konnten sich vielleicht mit Hochprozentigem freikaufen. Aber die Frauen?

Bärbchen wollte es nicht wahrhaben. Aber der lärmende Haufen kam tatsächlich zu ihrem Haus. Wie war das möglich? Bei ihnen war doch nichts zu verurteilen? Und außerdem – sie waren doch mit dem halben Dorf verwandt! Nun standen sie wohl draußen. Nochmals schwoll in voller Lautstärke das Spektakel an – und dann war es wie auf ein Zeichen hin plötzlich still, unheimlich still. Und nun begann das traditionelle Frage- und Antwortspiel.

Ein Mann, der wohl den Richter spielte, rief laut:

Wat wollt ihr Lückchen hier?*

Und die grölende Antwort:

Mir jaage zweien dat Dier!**

Und die Frage:

Wat haan se dann gedohn?***

Und die nichtssagende Antwort:

Dat darf man kenem sohn.****

Nach alter Eifeler Sitte nennt man das Vergehen nicht mit Namen. Wenn man das Böse ausspricht, erhält es große Macht. Wenn man den Teufel nennt, dann kommt er gerennt, sagt der Volksmund. Und warum soll man denn auch die Verfehlung in Worten ausdrücken! Jeder weiß doch im Dorf, um was es sich handelt und um wen es geht. Jeder! Jede! Nur die oder der Betroffene selbst nicht, die waren ahnungslos. Bärbchen zuckte die Schultern. Was sollte das alles? Und doch packte sie die Angst. Sie sprang ihr in den Nacken, krallte sich fest. Eine unerklärbare Angst, Todesangst.

Nun flogen die ersten Steine. Wer hatte begonnen? Wer ohne Schuld ist, der werfe den ersten Stein. Ohne Schuld! Wer hatte es gewagt? Steine polterten gegen die Hauswand, schlugen auf das niedrige Strohdach, donnerten gegen die Fensterläden. Dazu wurden einzelne Worte gerufen. Jetzt verstand Bärbchen ganz deutlich: »Hannes! Voatzert°! Tina! Väääch°°!« Immer wieder wurden diese Worte gerufen. Bärbchen verstand – und verstand doch nicht. Was hatte Hannes denn Schlimmes getan? Und Tina? Nichts! Und wenn, – wenn doch – was ging es die anderen an?

Doch nun stürzte sie nach unten, fiel fast die Treppe hinunter, Gretchen mit der kleinen Maria auf dem Arm und die Kinder hinterher. Tina hatte sich in die dunkelste Ecke der Stube verkrochen. Hannes stand mitten in der Küche. Auch er schien

* Was wollt ihr Leute hier? ** Wir klagen zwei Menschen an. *** Was haben sie denn getan? **** Das darf man keinem sagen.

° einer, der den Frauen nachsteigt °° allzu flottes junges Mädchen irgendwie nicht zu verstehen, wollte nicht wahrnehmen, was er hörte, wollte nicht glauben, was er doch glauben mußte. Was wollte die Meute denn von ihm? Warum ließen sie ihn nicht in Ruhe? Er konnte doch tun und lassen, was er wollte. Er konnte doch so leben, wie es ihm gefiel. Er brauchte niemandem Rechenschaft zu geben. Niemandem!

Bärbchen schüttelte ihn. »Tu was, Hannes, tu endlich was«, drängte sie, »mach' dem Spuk ein Ende. Mach ein Ende!«

Hannes nickte. Dann griff er hoch oben auf den Küchenschrank. Dort stand die letzte Flasche Aufgesetzter. Selbstgemachter Birnenschnaps! Hannes nahm die Flasche, schaute Bärbchen an, schaute Tina an, dann öffnete er die Tür. Mit hoch erhobener Flasche trat er nach draußen, schloß sorgfältig wieder die Haustür, bevor er ganz ins Freie trat. Ein paar Sekunden war es draußen still, ganz still, und man hörte das ängstliche Jaulen von Senta.

Doch dann setzt der Krach wieder ein. Erneut saust ein Stein gegen das Haus, einer und noch einer und noch einer und immer mehr. Das pfeift, das zischt, das knallt. Blitzschnell geht das vor sich, so, als ob taubeneiergroße Hagelkörner vom Himmel prasseln. Und plötzlich ein Schrei! Ein Schmerzensschrei, der alles Gekreische übertönt. Und dann ist es still – ganz still. Lautlos tritt die Horde den Rückzug an. Der Spuk ist vorbei. Es ist, als ob nichts geschehen sei. War etwas? Hat jemand etwas gesehen? Gehört? Nein! Nichts!

Angestrengt lauschten die Frauen und Kinder im Haus. Heinrich spinste durch einen Spalt der Fensterlade in die dunkle Nacht. Schließlich nahm er ein Licht und ging nach draußen. Auch er zog sorgfältig die Türe hinter sich zu. Nun war es ganz still. Nichts war mehr zu hören. Bärbchen wurde unruhig und unruhiger. Warum kam Heinrich nicht wieder ins Haus? Und wo blieb Hannes? Nichts geschah, rein gar nichts! Nur Tina schrie plötzlich auf, stürzte zur Tür, wollte sie öffnen, traute sich jedoch nicht und verkroch sich wieder in ihre Ecke. Vielleicht sausten noch immer die Teufelgeschosse durch die Luft!

Bärbchen setzte sich auf einen Küchenstuhl und sprach das Gebet, das sie schon manches Mal in ihrem Leben hatte beten müssen:

Hilf, Maria, es ist Zeit!
Hilf Mutter der Barmherzigkeit!
Du bist mächtig uns aus Nöten
und Gefahren zu erretten.
Denn, wo Menschen Hilfe bricht,
mangelt doch die deine nicht.
Nein, du kannst das heiße Flehen
deiner Kinder nicht verschmähen.
Zeige, daß du Mutter bist,
wo die Not am größten ist.
Hilf, Maria, es ist Zeit!

Nach einer Ewigkeit kam Heinrich wieder ins Haus. »Ich habe den Pastor gerufen«, sagte er leise. »Er ist tot. Ich werde ihn ins Haus tragen.« Bärbchen starrte entsetzt ihren Schwiegersohn an. Auch jetzt verstand sie nicht. Wer war tot? Nein, sie verstand wirklich nicht. Und es wurde ihr klar, daß sie nie etwas begriffen hatte, nie wirklich begriffen. Sie hatte gesorgt, umsorgt und Tag für Tag Alltägliches bewältigt, aber anscheinend ging es um etwas ganz Anderes. Sie hatte ihr ganze Leben lang gearbeitet, gelitten, gebetet – an Gott geglaubt, auf Gott gehofft, Gott geliebt. Aber anscheinend waren im Leben ganz andere Dinge wichtig, Dinge, von denen sie nichts wußte, nichts begriff.

Tina schrie plötzlich auf wie ein wildes Tier. Schrie und konnte nicht mehr aufhören. Bärbchen starrte sie an, hilflos. Warum schrie die denn? Warum? Da betrat Anna das Haus, außer Atem und doch ruhig. Sie legte Bärbchen die Hand auf die Schultern, beruhigend, tröstend. Dann ging sie zu Tina, streichelte ganz langsam die Knöchel ihrer Handrücken, ganz sanft und doch sehr intensiv. Leise sprach sie auf ihre Patentochter ein. Tina wurde ruhiger und hörte auf zu schreien. Aber ihr Mund blieb weit geöffnet, bereit zum nächsten Schrei.

Erst als Heinrich den Toten auf das Sofa in der guten Stube gezerrt hatte, erst als der Priester die Sterbegebete sprach, erst als Bärbchen ihren Bruder Hannes erkannte, erst als sie die klaffende Wunde am Kopf sah, das Blut, erst da wurde es etwas klarer in ihrem Kopf. Der Tod hatte zugepackt, grausam und sinnlos. Kiwitt! Kiwitt! Und dann breitete sich der schreckliche Gedanke in ihrem gemarterten Hirn aus: Hatte sie ihren Bruder in den Tod geschickt? Hatte sie nicht gesagt: Geh raus! Mach ein Ende! Ein Ende! Das Ende! Aber dann schloß sie die Augen. Nein, sie wollte nicht darüber nachdenken, nicht begreifen, was sie nicht begreifen konnte. Hannes, was haben sie dir angetan? Hannes, was hast du uns angetan!

»Ich bringe die Kinder zu Bett«, sagte sie zu Gretchen und mit schwerem, müdem Schritt trieb Bärbchen die drei Kinder nach oben. Auf ihren Armen trug sie die kleine Maria. Sanft wiegte sie das winzige Wickelkind. Das kleine Wesen schien ihr so hilfsbedürftig, so angewiesen auf ihre Fürsorge. »Meine Kleine«, sagte sie leise. »Irgendwann wird alles besser werden. Dann können die Menschen ohne Angst und Schrecken leben. Es muß anders werden! Es wird anders werden! Ich werde es vielleicht nicht mehr erleben, aber du, kleine Maria, du wirst es gewiß erleben.«

Teil III

1966

Personen

Bärbchen	82 Jahre
ihre Schwester Kätchen	79 Jahre
ihre Schwester Anna	66 Jahre
ihre Tochter Marianne	53 Jahre
deren Mann Heinrich	63 Jahre
Bärbel, beider Tochter	33 Jahre
ihr Sohn Pater Hans	52 Jahre
ihre Tochter Tina (Rademacher)	51 Jahre
deren Sohn Johannes	32 Jahre
ihr zweiter Mann Martin	73 Jahre
gemeinsame Tochter Mar-Tina	16 Jahre
Maria, Tochter von Gretchen	33 Jahre
deren Mann Peter	30 Jahre
Barbara, beider Tochter, Säugling	
Hans Peter Remer	28 Jahre
Mary Cramer	25 Jahre
ihre Kinder	
Lorenz	5 Jahre
Mary-Ann	3 Jahre
Pfarrer Reinartz	

1. Sonntag, 31. Juli 1966

Der Juli verabschiedete sich hochsommerlich. Bärbchen hatte ihren sonntäglichen Gang zum Friedhof auf den Abend verlegt. Doch auch jetzt war es noch drückend heiß. Nur ein sanfter Wind wirbelte um den Kirchturm und machte die Schwüle etwas erträglicher. Sie warf einen Blick zur Kirche. Kein Stein war im Krieg beschädigt worden, so wie ganz Bedenich von feindlichen Angriffen verschont worden war. Während die Flugzeuge über den Ort kreisten, hatte Bärbchen auf dem Hollerberg im Kapellchen die gütige Mutter Maria um Schutz angefleht:

Maria, breit dein' Mantel aus,
mach Schirm und Schild für uns daraus ...

... bleib du bei uns, sei du uns Schutz!
So bieten wir dem Feinde Trutz.

Und Maria hatte ihr Segensgewand schützend über den Ort gespannt. Die feindlichen Flugzeuge waren abgebogen. Die Dorfbewohner hatten es wie ein Wunder empfunden und Bärbchen tausendmal für ihr Gebet gedankt. Doch nicht ihr, sondern einzig und allein der Muttergottes gebührte Dank und Ehre. Inzwischen war das aber längst Vergangenheit. Die Menschen wollten die schrecklichen Zeiten vergessen. Jetzt geht es ihnen so gut wie nie zuvor. Alles ist in Fülle vorhanden, sogar in Überfülle. Man hat nicht nur genug zum Leben, sondern mehr als genug. So kann man gut essen, noch besser wohnen und sich schöne Tage machen. Wer möchte da noch an Kampf und Krieg, Not und Leid, Tod und Trauer denken?

Bärbchen wandte sich dem Kirchhof zu. Es waren so viele Gräber zu versorgen – ach, so viele Familiengräber, und außerdem kümmerte sie sich noch um die Soldatengräber. Auf allen Gräbern ließen die Blumen ihre Köpfe hängen: Männertreu, Maßliebchen und Fleißiges Lieschen. Da mußte tüchtig gegossen werden. Zum Glück war heute alles einfacher als früher. Gleich an einem Wasserhahn an der Kirchenmauer am Friedhofseingang konnte man mit der Gießkanne das Wasser holen und brauchte es nicht erst mühsam vom Dorfbrunnen hoch zu schleppen.

Bärbchen nahm sich das Grab von Hannes vor. Oh, so lange war der Bruder schon tot, 33 lange Jahre. Bärbchen goß die Blumen und rupfte hier und da ein Unkraut-Pflänzchen aus. Wildblühende Blumen ließ sie aber stehen. Sogar einige in der Eifel seltenen Kornblumen streckten ihre blaue Blütenpracht dem hölzernen Kreuz entgegen. Bärbchen nahm ein Tuch aus der großen Tasche ihrer Sonntagsschürze und wischte damit das Kreuz am Kopfende des Grabes ab. »Ruhe sanft« stand auf dem Kreuz geschrieben. Diese Worte rieb Bärbchen besonders eifrig. Hannes war ja ohne Wegzehrung* gestorben. Erst nach dem Tod hatte der Pastor ihm hastig die letzte Ölung gespendet. Zur Beerdigung waren alle Dorfbewohner gekommen – alle –, und doch stand Bärbchen allein am Grab – so ganz allein. Aber nun ruhte er sanft – im Schutz eines üppig wachsenden Holunderstrauchs.

»Die du unter dem Kreuze standst, bitte für ihn!« betete Bärbchen. Mit diesem Gebet schloß sie auch ihren Bruder Michel ein. Er war vor drei Jahren gestorben und im Grab seiner Ehefrau im Nachbarort begraben worden.

Nun kam noch das Grab von Jüppchen an die Reihe. Er war ebenfalls im Jahr 1933 gestorben, ein zurückgebliebenes Wickelkind vom ersten bis zum letzten Tag seines Lebens. Und doch – oder gerade deswegen? – hatte er ein glückliches Leben gehabt. Auch Tante Mariechen war im gleichen Jahr gestorben. Gleich dreimal hatte Bärbchen innerhalb von wenigen Monaten eine Beerdigung ausrichten müssen. Ja, ein Toter im Haus zog immer einen weiteren Toten nach – oder sogar mehrere. Dieser Volksglauben hatte sich schon manches Mal bestätigt.

Die Gräber waren Bärbchens einziger Trost geblieben. Wenn sie sich nicht dafür eingesetzt hätte, wären die Gräber bereits eingeebnet worden. Nur 30 Jahre hatte ein Toter die Berechtigung auf eine Grabstätte. Als wenn sich die Erinnerung an liebe Menschen auf einen Tag festlegen ließe!

* Kommunion

Auch das Grab von Gretchen fiel schon unter die Sperrfrist, die Bärbchen ebenfalls verlängert hatte. Die Schwester war im folgenden Jahr gestorben. Sie war so glücklich gewesen, daß sie wieder in der Heimat leben konnte. Doch schon bald wurde sie krank und schwach und starb nach einigen Wochen. Ihr Mann war zur Beerdigung gekommen. Er tat freundlich und begrüßte die Kinder überschwenglich liebevoll. Doch Bärbchen wußte es besser. Den beiden Buben Walter und Paulchen erklärte er kurz und bündig, daß er sie mit ins Ruhrgebiet nehme. Nur um Gretel hatte es einiges Hin und Her gegeben. Bärbchen hätte sie gerne behalten. Doch als der Schwager – mehr zufällig – von der versuchten Vergewaltigung seiner Tochter erfuhr, nahm er auch Gretel von der Eifel weg. Wenn die liebe Verwandtschaft nicht in der Lage war, auf ein 10jähriges Mädchen aufzupassen – dann Prost Mahlzeit. Seine Frau – Gott hab sie selig – hatte immer behauptet, daß alles Schlechte sich von der Eifel fernhalte. Na, das hatte sich ja nun wirklich anders gezeigt. Da war ein Mädchen in der Stadt doch viel besser aufgehoben. Zu Hause konnte Gretel sich um den Haushalt kümmern. Und wenn er wieder heiratete – das sagte er bei der Beerdigung seiner Frau! – dann konnte sie gleich Geld verdienen. Der Kontakt zu den Kindern der Schwester war damit abgebrochen und nie mehr zustande gekommen.

Nur die kleine Maria hatte der Vater in Bedenich gelassen – und sich nie mehr um sie gekümmert. Für Bärbchen war die Nichte die einzige Erinnerung an Gretchen. So hatte sie Mariechen liebevoll großgezogen. Ihre Nichte stand ihr viel näher als ihre Töchter Marianne und Tina. Marianne kam nur selten zu Besuch und Tina – ach, Tina. Maria war 33 Jahre alt. Sie hatte studiert, richtig studiert und war als Lehrerin in der nahen Kreisstadt beschäftigt. Sie wohnte aber in Bedenich. Bärbchen war mächtig stolz auf »ihr Mariechen«. Seit einigen Jahren war Maria verheiratet. Nun war sie schwanger. Jetzt machte Bärbchen sich erstmals große Sorgen um die Nichte. Wie ernst und verschlossen diese plötzlich war! Was bedrückte sie nur?

Bärbchen erhob sich aus der gebückten Haltung. Ach, der Rücken schmerzte so sehr! Sie schaute sich um und geriet ins

Grübeln. Nun waren nur noch sie selbst und ihre beiden Schwestern Kätchen und Anna von ihrer Generation übrig geblieben. Ja, auch bei Anna, die gleichzeitig ihre Patentochter war, hatte sie Mutterstelle vertreten. Es war ganz selbstverständlich gewesen, daß sie die Geschwister großzog, als die Mutter gestorben war. So war die 16 Jahre jüngere Anna mehr eine Tochter als eine Schwester. Erst jetzt im Alter war ihr richtig bewußt geworden, daß Anna ihre Schwester war, die jüngere Schwester. Wenn Anna auch das alte Hexenhäuschen der früheren Weisen ihrem Elternhaus vorzog, so kam sie doch häufig zu ihr – fast täglich. Als Hebamme war sie kaum noch gefragt, denn die Geburten fanden inzwischen fast ausschließlich im Krankenhaus statt. Doch für alte Heilkünste wie Verbeten und Kräuterkunde war Anna noch immer im Dorf zuständig.

Froh war Bärbchen, daß Kätchen vor einigen Jahren wieder nach Hause gekommen war. Bei ihrer Stadt-Familie wollte man sie nicht mehr haben. Elektrische Geräte erledigten jetzt die Hausarbeit. Eine Haushälterin war überflüssig – und erst recht eine Haushaltshilfe, die auf die 80 zuging – mag sie noch so sehr Bestandteil des Hauses und der Familie sein. Bärbchen hatte Kätchen mit Freuden aufgenommen – nicht nur wegen der Rente, die Kätchen bezog. Nein, das Haus schien Bärbchen manchmal so verlassen, so leer. Früher war alles eng und voller Menschen gewesen, heute hatte sie Platz in Hülle und Fülle. Die Landwirtschaft hatte sie schon längst aufgegeben, so wie die meisten Kleinbauern im Dorf. Der einzige Großbauer hatte einen Aussiedlerhof einige Kilometer außerhalb des Dorfes gebaut. So war heute keine einzige Kuh mehr im Dorf. Einst hatte Hannes gespottet, daß Bedenich ein »Kuhdorf« sei. Er hatte es wohl abfällig gemeint, obwohl ein Kuhdorf doch eigentlich ein reiches Dorf war. Wo viele Kühe waren, hungerte man nicht so leicht. Jetzt war Bedenich ein Dorf ohne Kuh! Wenn ein Eifeldorf kein Kuhdorf mehr ist, was ist es dann? Was blieb dann noch? Nur ein Kaff, ein erbärmliches Kaff!

Bärbchen vermißte die Menschen, doch noch mehr fehlten ihr die Tiere: keine Maiblum', keine Agatha, keine Hühner, noch nicht mal eine Senta! Nur eine rotfuchsige Katze schlich ums Haus.

Bärbchen seufzte abgrundtief. Von so vielem hatte sie in ihrem langen Leben Abschied nehmen müssen, nicht nur von Menschen und Tieren, sondern auch von Wünschen, Träumen, Sehnsüchten. Immer mehr Erwartungen hatte sie begraben müssen – in aller Stille. Auch auf diesen »Gräbern« hatte sie ein Kreuz aufstellen müssen. Auf manchem stehen die Worte: Hier ruht in Frieden! Andere begrabene Hoffnungen tragen einen Stein, einen schweren, kantigen Grabstein. Es fehlen die Worte.

Nun hatte Bärbchen nur noch den Wunsch, auf diesem alten Friedhof ihre letzte Ruhe zu finden – hier inmitten ihrer Lieben im geweihten Schoß der Mutter Erde. Im nächsten Jahr sollte ein neuer Friedhof angelegt werden mit einem großen Parkplatz, draußen vor dem Ort an der Landstraße. Bärbchen schüttelte den Kopf. Tote gehören doch zum Dorf, und der Kirchhof ist doch Teil der Kirche! Wie konnten die Toten an einem unruhigen Ort an der Straße die ewige Ruhe finden? Hier – an dieser Stelle – ist doch der heilige Boden, hier stehen doch die uralten Bäume, hier herrscht doch die andächtige, weihevolle Stimmung, hier ist doch seit altersher der geweihte Gottesacker.

Nun begannen die Kirchenglocken mit dem Abendläuten. Mächtig dröhnte das Bomm-Bomm vom Kirchturm. Bärbchen erinnerte sich daran, wie Hannes gescherzt hatte, daß die Kirchenglocke stets »Bärb-chen! Bärb-chen!« läute. Damals war es noch eine einzige Glocke gewesen, jetzt hingen drei Glocken im hohen Kirchturm. Bärbchen lauschte. Ja, tatsächlich! Die Glocken riefen »Bärb-chen! Bärb-chen!« Ganz deutlich hörte sie es. Hier! Und da! Von allen Seiten! Aus der Erde und selbst vom hohen Himmelszelt dröhnte es mit wuchtigen Schlägen: »Bärbchen! Bärb-chen!« So laut! So eindringlich! Bärbchen hielt sich die Ohren zu, schloß die Augen, zitterte, wankte, sank zu Boden.

»Bärbchen! Bärbchen! Hörst du uns nicht!« Kätchen und Anna kamen über den Kirchhof geeilt. Nun rüttelten sie die Schwester. Langsam öffnete diese die Augen. »Ach, ihr seid es«, sagte sie leise.

»Was ist denn passiert?« fragte Kätchen besorgt. »Wir haben gerufen und gerufen. Aber du hast uns nicht gehört.«

»Die Glocken«, stotterte Bärbchen noch immer ganz benommen. »Die Glocken!«

»Ach, Bärbchen, haben die Glocken dich überwältigt?« scherzte Anna. »Bist du unter ihren lauten Klängen zusammengebrochen? Oder war es der Donner?«

Erst jetzt bemerkte Bärbchen das Gewitter. Es war ganz dunkel geworden, und die Luft schien gelb, ja fast grün. Tatsächlich! Der Donner schlug in das Glockengeläute hinein. Man konnte die Glockenklänge und die Gewitterschläge kaum voneinander unterscheiden. Der brüllende Donner übertönte das Bomm-Bomm der Glocken. Dabei sollten die Glocken doch die Blitze brechen und die Unwetter vertreiben. Die Donatusglocke* war doch eine Wetterglocke. »All Ungewedder verdrieven ich« war im Glockenmantel eingeritzt.

Gemeinsam zogen Kätchen und Anna ihre Schwester auf die Beine. »Du sollst nicht allein zum Friedhof gehen – nirgendwohin allein«, sprach Anna ihre Sorge aus. »Irgendwann finden wir dich tot – entweder auf dem Friedhof – oder im Heiligenhäuschen auf dem Hollerberg.«

»Oh, das wäre schön!« Bärbchens Augen strahlten richtig bei dieser Vorstellung. »Auf dem Hollerberg sterben! Das wäre die Erfüllung meines Lebens! Vom ewigen Hügel direkt in die Ewigkeit!«

Kätchen und Anna nahmen ihre ältere Schwester in die Mitte und hakten sie fest in ihre Arme ein. Bärbchen erinnerte sich, daß sie schon einmal so in der Mitte gegangen war. War sie nicht ganz jung gewesen und mußte behütet werden? Ja, sie war beschützt worden, von ihrer Mutter und von Tante Mariechen. Das hatte so gut getan. Warum brauchte sie nun wieder eine schützende, helfende Hand? Sie war doch erwachsen und in der Lage, für sich selbst zu sorgen und andere zu versorgen! Oder war sie schon in die zweite Kindheit gekommen? Kindisch geworden! »Verkindscht« sagt man in der Eifel.

* dem heiligen Donatus geweiht

Die drei Schwestern strebten dem Ausgang zu. »Komm! Bärbchen! Komm! Wir müssen nach Hause«, drängte Kätchen. Es blitzte nun von allen Seiten, und der Donner folgte Schlag auf Schlag. Sie betraten gerade den Kirchplatz, als die ersten Regentropfen fielen. Dicke, schwere Tropfen prasselten auf die Erde.

Da bremste ein Auto vor den drei Frauen. Es war Maria. Sie sprang aus dem Wagen, öffnete die Autotüren und schob ihre Tanten ins Innere. Und dann ging der Regen schlagartig in einen Wolkenbruch über, bei dem die aufgetürmten Gewitterwolken wirklich mit einem Knall auseinander »brachen«. Es regnete nicht, es goß, es schüttete wie mit Eimern vom Himmel. Na, da war Maria gerade rechtzeitig gekommen.

Bald saßen die Frauen im Trockenen im alten Remer-Haus. Sie hatten sich ihre Haare mit einem Handtuch getrocknet und dieses um den Kopf geschlungen. Bärbchen und Kätchen hatten die Kleider gewechselt. Anna hatte sich eine Wolldecke umgeschlagen. Maria betrachtete die drei und mußte lächeln. Ei, so gleichen die Tanten tatsächlich den drei matronenhaften Schwestern, die laut Eifeler Volksüberlieferung bei Mondenschein an den Bächen spuken.

Anna holte die geweihte Lichtmeßkerze und Streichhölzer aus der Schublade des Küchenschranks, zündete die Kerze an und stellte sie auf den Küchentisch. Bärbchen nahm etwas vom Krokwöusch*, der am Muttergottesbild steckte, und verbrannte davon den größten Teil im Herdfeuer. Hoffentlich war es noch nicht zu spät, denn eigentlich mußten die Kräuter bereits beim Aufziehen des Gewitters den Flammen geopfert werden. Wenn es nur nirgendwo zündete im Dorf oder auf den Feldern! Das Getreide wuchs doch der Ernte entgegen!

»Der Krokwöusch ist fast aufgebraucht«, stellte Bärbchen fest. »Anna und Maria, pflückt ihr am Mariä Himmelfahrts-Tag** wieder die Kräuter für die Kräuterweihe?« Die beiden versicherten, daß sie diese Verpflichtung am großen Frauentag mit Freude und Sorgfalt durchführen würden – wie bereits die letzten Jahre. Bärbchen hatte früher die Kräuter gesammelt, aber jetzt fühlte sie sich zu alt dazu – zu alt und zu müde.

* Kräuterstrauß ** 15. August

Nun saßen die vier Frauen schweigend beisammen. Bärbchen hatte den Rosenkranz in den Händen, aber sie betete ihn nicht. Ihr fiel ein Gedicht ein, das sie in der Schule gelernt hatte. Langsam und bedächtig trug sie es vor:

»Urahne, Großmutter, Mutter und Kind
in dumpfer Stube beisammen sind;
es spielet das Kind, die Mutter sich schmückt,
Großmutter spinnet, Urahne gebückt
sitzt hinter dem Ofen im Pfühl –
wie wehen die Lüfte so schwül.«

Alle Strophen konnte Bärbchen noch auswendig. Sie hatte sich den Text immer gut merken können, denn zu jedem Strophenbeginn sprach jemand anders: Das Kind, die Mutter, die Großmutter und die Urahne. Dreimal endete die Strophe mit der Zeile: »Hört ihr's, wie der Donner grollt?« Beim vierten Mal hieß der Schluß der Strophe: »Seht ihr, wie der Blitz dort fällt?« Und dann endete das Gedicht so traurig:

Sie hören's nicht, sie sehen's nicht,
es flammt die Stube wie lauter Licht;
Urahne, Großmutter, Mutter und Kind
vom Strahl miteinander getroffen sind,
vier Leben endet ein Schlag –
und morgen ist's Feiertag.*

»Das ist viel zu schwermütig«, sagte Kätchen. »Da wird man ja richtig bang. Meine Herrschaft hat immer ein lustiges Gedicht aufgesagt, wenn es stark gewitterte. Also, da wird ein Ehepaar auf dem Feld von einem Gewitter überrascht. Wartet mal, vielleicht bekomme ich noch etwas zusammen:

Schwazze Hemmel, Donnerkrach,
Grelle Bletz on Schlag op Schlag,
Wolke platze, emmerwies**
Störmb eronge Rähn on Ihs.***

* Gustav Schwab, 1792-1850 ** eimerweise *** Eis

Bärbchen warf einen Blick nach draußen. Ja, genau so war es jetzt. Es blitzte und donnerte, krachte und dröhnte. Der Regen klatschte gegen das Haus und ein heftiger Wind kam auf. Gott sei Dank hagelte es nicht.

Kätchen erzählte weiter: »Die beiden befürchten, daß sie vom Blitz getroffen werden. So wollen sie sich noch gegenseitig die Beichte abnehmen. Die Frau beichtet zuerst, und der Mann erfährt so manches, was er seinem braven Weib nie zugetraut hätte. Na, schließlich ist der Mann an der Reihe:

Männche, su, jetzt fängst du an!
Hannnes! Hannes! – Du beß draan?
Hüeschte wie dat bletz on deht?
Hannes, dohn de Sönd dir leed!«

»Och wat, Frau! Loß dä Verzell!
Henge* wied et wedde hell.
Wenn dä Härgott noch ens kiev**,
Weäde ich dir bichte, Wiev!«***

Kätchen hatte mit lauter Stimme, ausdrucksvoller Mimik und großer Gestik die Verse vorgetragen. Anna und Maria lachten herzhaft, doch Bärbchen verzog keine Miene. Sie hatte nur eines gehört: Hannes! Hannes! Dohn de Sönd dir leed°!

Plötzlich wurde die Tür aufgerissen. Tina stürzte hinein. Die langen, blondierten Haare hingen ihr naß und strähnig um den Kopf. Die enge Jeanshose klebte total durchnäßt an ihren Beinen, die Bluse war nur noch Wasser. Nichts trug sie darunter. Man konnte ihre Brüste sehen. Tina tat alles, um jung auszusehen, und niemand – niemand – nahm ihr ihre 51 Jahre ab. Auch jetzt sah sie irgendwie jung aus – nein, nicht jung, sie wirkte wie ein Kind, wie ein kleines, verängstigtes Mädchen.

»Tina, wo kommst du denn her?« fragte Bärbchen überrascht. »Ich wußte gar nicht, daß du hier bist. Du wolltest doch zu eurem Stadthaus.«

»Hilfe, Hilfe!« schrie Tina. »Sie kommen! Sie kommen! Sie wollen mich fangen, fassen, richten – bestrafen, verurteilen,

* hinten ** schimpft *** Josef Schregel, 1865 - 1946 °Tun dir die Sünden leid

umbringen. Hilfe!« Sie schrie immer wieder die gleichen Worte, schrie lauter und lauter. Dabei irrten ihre Blicke von einem zum anderen: von ihrer Mutter zu Tante Kätchen, von Tante Anna zu Maria. Diese drehte sich abrupt um und verließ wortlos das Haus.

»Aber Maria, wo willst du denn hin bei diesem Unwetter?« Bärbchen erhob sich mühsam, um ihr nachzugehen. Doch Kätchen hielt sie zurück: »Laß sie!« Bärbchen schaute ihre Schwestern fragend an. Ach, was war nur mit Maria los? Und mit Tina?

Anna hatte ihre Decke abgenommen und sie Tina umgelegt. Sie sprach ruhig auf ihre Nichte – ihre Patentochter – ein, streichelte ihre Hände, ihre Handknöchel und massierte schließlich ihren Nacken. Tina wurde ruhiger. Ihr Schreien ging in ein krampfhaftes Schluchzen und schließlich in ein leises Weinen über.

Und auch draußen beruhigten sich die Elemente. Der Donner wurde leiser. Die Blitze gingen in ein fernes Wetterleuchten über. Gleichmäßig und sanft fielen die letzten Regentropfen vom Himmel. Und dann brach die untergehende Sonne durch und schickte die letzten Sonnenstrahlen durch das kleine Küchenfenster. Draußen wurde ein wunderbarer Regenbogen sichtbar. Der siebenfarbig-schillernde Himmelsbogen umspannte vom Hollerberg bis zum Lichterberg das ganze Dorf Bedenich wie eine schützende Hülle.

2. Sonntag, 14. August 1966

Anna und Maria brachen am Sonntagmorgen schon lange vor Sonnenaufgang zum Kräutersammeln auf. In den Tälern lag noch der Morgendunst. Kein Laut unterbrach die feierliche Stille. Die Frauen waren schon eine ganze Weile unterwegs, als der erste Vogel sein Lied begann.

»Hörst du das Rotkehlchen, Maria?« machte Anna die Nichte auf den kleinen Sänger aufmerksam. »In einer Stunde – oder um genau zu sein – in 58 Minuten geht die Sonne auf. Auf die Uhr der Singvögel kann man sich hundertprozentig verlassen.«

Die Amsel und die Singdrossel schlossen sich schon bald dem Morgenkonzert an. Zaunkönig, Kohlmeise und Buchfink folgten im Abstand von etwa sechs bis acht Minuten. Der Grünfink hörte dem Chor eine viertel Stunde lang zu, bevor er selbst einstimmte.

»Das freche Gezwitscher der Spatzen setzt genau 3 Minuten vor Sonnenaufgang ein«, erklärte Anna, »und daß der Hahn unmittelbar vor dem Sichtbarwerden der Sonne seinen Weckruf anstimmt, weißt du ja.«

»Warum hat der Mensch nicht so eine biologische Uhr, Tante Anna?« wunderte sich Maria. »Das wäre doch ganz praktisch.«

»Sicher hat auch der Mensch eine innere Uhr«, vermutete Anna. »Aber wir haben längst verlernt, darauf zu achten. Wir wissen zwar heute soviel wie nie zuvor, doch das Naturwissen ist verlorengegangen.« Nachdenklich schritten die Frauen weiter. Die alte Weis' Frau hatte vor ihrem Tod manches Heilwissen an Anna weitergegeben und sie die Heilkraft der heimischen Kräuter gelehrt, aber trotzdem hatte Anna ein Kräuter-Bestimmungsbuch mitgebracht. Alle Kräuter konnte sie nicht kennen – es waren zu viele.

Heute mußten die »Zauberkräuter« für den Krautwisch gepflückt werden. Erst morgen am Montag war Mariä-Himmelfahrt, der »Hohe Frauentag«. Aber Pastor Reinartz hatte die Kräuterweihe auf den Sonntag vorgezogen. Es kamen ja immer weniger Gläubige mit einem Krautwisch zur Kirche. Nachmittags sollten innerhalb der Andacht die Kräuter gesegnet werden.

»Glaubst du, daß die Heilkraft der Kräuter in Zukunft noch Bedeutung hat?« fragte Maria ihre Tante auf dem Weg zu den Auenwäldern. »Die natürlichen Heilmethoden sind doch längst von chemischen Arzneien verdrängt.«

»Wenn ich nicht an das Überleben des alten Heilwissens glaubte, würde ich dich nicht in aller Herrgottsfrühe durch die Wiesen jagen«, meinte Anna lachend. Doch dann wurde sie ernst und sagte sinnend: »Im Moment glaubt der Mensch, daß er alles aus künstlichen Stoffen herstellen kann. Doch irgendwann – vielleicht schon bald – wird er erkennen, daß die Natur die größte Heilerin ist. Darum ist es wichtig, daß Frauen Kräuter bestimmen können und wissen, wie man damit umgeht. Nur bei richtiger Anwendung sind Heilkräuter heilsam und segensreich.«

»Du sprichst von altem Heilwissen, Tante Anna«, sagte Maria, »andere sprechen von Aberglauben. Was stimmt denn nun?«

»Altes Wissen ist kein Aberglaube«, sagte Anna bestimmt. »Natürlich hat im Laufe der Jahrhunderte die Volksfantasie manche Überlieferung mit Wunderglauben vermischt. Manches ist auch wirklich Hokuspokus. Wenn ich glaube, daß eine schwarze Katze, die mir über den Weg läuft, Unglück bringt, ist das finsterer Aberglauben. Wenn wir jedoch Kräuter zur Behandlung einer Krankheit einsetzen, dann ist das kein fauler Zauber, sondern alt-bewährtes Heilwissen. Der Ausdruck ›Zauberkräuter‹ ist allerdings etwas irreführend.«

»Wieviel verschiedene ›Zauberkräuter‹ müssen wir denn suchen?« wollte Maria wissen.

»Na, da haben wir viele Möglichkeiten«, erklärte Anna, »auf jeden Fall muß es eine heilige Zahl sein, zum Beispiel die Drei und einige Zahlen, die sich daraus ergeben: 6, 9, 33, 66, 99. Drei ist göttlich und seit altersher bei den Menschen mit Religion verbunden. Aber auch die sieben ist eine heilige Zahl, also können wir auch 7 oder 77 Kräuter sammeln.«

»66, 77 und 99 können wir wohl vergessen«, meinte Maria. »Aber 33 Wildkräuter finden wir vielleicht.«

»Ganz bestimmt«, versprach Anna. »Es gibt viele Wildkräuter in der Eifel; noch haben Dünger und Pflanzenschutzmittel nicht alles zerstört. Und die Getreideähren und Futterpflanzen gehören ja auch dazu. Auch Ästlein mit Blättern von Büschen und Sträuchern können wir hinzunehmen, zum Beispiel vom Weißdorn und vom Holunderstrauch, auch wenn die Blüten schon verweht und die Früchte noch nicht reif sind. Finden wir nicht genug Kräuter in der freien Natur, müssen wir noch im Hausgarten suchen: Bohnenkraut, Möhrenlaub, Anis und Basilikum, Breitlauch und Petersilie, aber auch Stiefmütterchen und Gänseblumen sind Heilpflanzen. Doch zunächst besuchen wir eine wunderschöne Königskerze. Ich weiß, wo eine steht.

Sie gehört zu den Donnerblumen. Ob sie nun wirklich bei Gewittern vor Blitzschlag schützen kann, sei dahingestellt, auf jeden Fall ist sie eine vielseitige Heilpflanze und hilft bei Husten und bei Hauterkrankungen. Ganz nebenbei gesagt – ein Sud aus den gelben Blüten ist für die Haarwäsche zu empfehlen. Das Haar wird weich und glänzend davon.«

Anna ging nun voran, einen schmalen, leicht ansteigenden Weg, der sich von den Flußauen in den Wald hinein und die Höhen hinauf schlängelte. Maria wurde es ganz eigen zumute. Obwohl ihr dieser versteckte Pfad fremd war, hatte sie das bestimmte Gefühl, daß sie diesen Weg – genau diesen – schon einmal gegangen war. Verwirrt blieb sie stehen. Anna schaute sie fragend an. »Zu anstrengend für dich und dein Baby im Bauch, Maria?« fragte sie besorgt.

»Nein, das nicht, Tante Anna«, schüttelte Maria den Kopf, »aber es kommt mir so vor, als ob ich das schon einmal erlebt habe – vor langer, langer Zeit. Ja, genau so bin ich gegangen, einen Pfad lang, ja, genau diesen Pfad. Eine Frau ging voraus und ich und viele Frauen folgten ihr – sehr viele Frauen. Alle schwiegen. Meinst du, daß ich schon einmal gelebt habe, hier gelebt habe?«

»Wer weiß!« sagte Anna mit einem Lächeln. »Da tappen wir mit unserer Weisheit noch vollkommen im Dunklen. Vielleicht haben wir schon einmal gelebt, aber unsere Erinnerung reicht nicht soweit zurück. Nur ein Ahnen überfällt uns manchmal, ein fernes Ahnen.«

Auf einem kleinen Freischlag prangte die fast zwei Meter hohe »Wetterkerze« mit ihren wollig-filzigen Blättern, übersät mit zahlreichen gelben Blüten. Maria fiel der Geruch auf, süßlich und doch kräftig-aromatisch. Neben dem großen Blütenstiel hatte sie an den Seiten einige kleinere Blütenästlein.

»Die Königskerze war die erste Kerze«, erzählte Anna, »denn die alten Griechen überzogen den Stengel der Pflanze mit Wachs – und hatten damit die Kerze erfunden. Im ›Krautwisch‹ schützt sie vor Blitzeinschlag, vor dem Himmelsbrand.«

Anna umschritt die Königskerze und sprach dabei:

»Unsere liebe Frau geht über das Land,
sie trägt den Himmelsbrand in ihrer Hand.
Brand schlag aus und nicht ein,
der Brand soll gelöscht sein.«

Dann nahm sie ein kleines sichelartiges Messer und schnitt drei der kleineren Blütenästlein ab.

Die beiden Frauen waren viele Stunden unterwegs, durch Täler und Wälder, über Auen und Kahlschläge, durch Wiesen und Felder, auf trockenen Höhen und in sumpfigen Niederungen. Die Sonne schien jetzt mit aller Kraft. Besonders Maria wischte sich mehrmals den Schweiß ab. Auf einer schattigen Bank ordneten die beiden Frauen schließlich die Ernte. Es war doch allerhand zusammengekommen: Beifuß, Salbei, Arnika, Gamander Ehrenpreis, Schafgarbe, Ackerwinde, Kamille, Baldrian, Frauenmantel, Zinnkraut, Tausendgüldenkraut, Wermut, Meisterwurz, Wegerich, Melisse, wilde Pfefferminze und einiges mehr. Sogar blühendes Johanniskraut hatten sie noch gefunden, die Heilpflanze des Johannistages. Vorsichtig hatten die Frauen auch Brennesseln abgeschnitten, die »brennende« Heilpflanze, die als »Unkraut« nicht gerade beliebt war.

Sie hatten von jeder Pflanze drei Stück mitgenommen, denn einen Krautwisch wollten sie gemeinsam für Bärbchen und Tante Kätchen zusammenstellen, einer war für Anna bestimmt und der andere für Maria.

Als sie schließlich die Kräuter, die Ästlein und Ährenhalme zählten, staunten sie nicht schlecht: Es waren genau 33 Stück, so daß die drei Sträuße zusammen die Zahl 99 ergaben.

»Na, heute haben wir aber wirklich ein gutes Zahlengefühl. So oft erscheint die Drei: 33 und 99 und das im Jahr 66«, sagte Anna lachend und erinnerte daran, daß sie immerhin 66 Jahre alt sei und im Jahr 1899 geboren sei. »Und du Maria bist im Jahre 1933 geboren und nun 33 Jahre alt. Bei uns ist die Drei heute tatsächlich allgegenwärtig – nur die dritte Frau fehlt, denn aller guten Dinge – und Menschen – sind drei.«

»Spätestens im Jahr 1999 muß sie dabei sein«, zeichnete Maria einen weiten Zeitbogen.

»Mein Wunsch wäre, daß im Jahr 1999 ganz viele Frauen hier auf Kräutersuche wären«, wurde Anna nun wieder ernster. »Vielleicht ist unser Weiberdorf dann ein Frauendorf geworden.«

»... und es wohnen hier 333 Frauen, oder 666 oder 999. Das wäre doch wunderbar«, spann Maria den Dreierfaden weiter. »Und du, liebe Tante Anna, wärst unsere weise Führerin, unsere Weis' Frau, unsere machtvolle Matrone.«

»Hei, im Dezember 1999 würde ich 100 Jahre alt werden«, sagte Anna schmunzelnd. »Ich werde mein Bestes tun, um diesen Geburtstag zu erleben und die Jahrtausendwende dazu.«

Maria betrachtete prüfend ihre Tante. Das schwarze Haar war noch fest und kein einziges graues Härchen war zu sehen. Sie trug es streng aus dem Gesicht gekämmt und hinten zu einem langen Zopf geflochten. Ihre Bewegungen waren lebendig, ihre Augen strahlten hell und jugendfrisch. »Anna hat Engelaugen«, sagte Tante Bärbchen stets. Selbst nach der stundenlangen Wanderung zeigte sie keinerlei Ermüdungserscheinungen. Na, man konnte ihr schon zutrauen, daß sie das gesegnete Alter von 100 Jahren erreichte.

Anna und Maria umwickelten die Sträuße mit langen Grashalmen, die sie etwas in den Strauß mit einflochten. So konnten sie auf dem Heimweg kein Kräutlein verlieren.

»Du hast mir heute morgen sehr viel erklärt, Tante Anna«, sagte Maria nach einiger Zeit, »das kann ich unmöglich alles behalten.«

»Ich werde alles, was ich weiß, aufschreiben«, sagte Anna ernst, »aber auch in diesem Kräuter-Büchlein der verstorbenen Weis' Frau ist manches nachzulesen. Du wirst es einmal bekommen.«

In dem alten Büchlein hatte einst die Weis' Frau auf der letzten freien Innenseite mit Bleistift einige Zeilen zu Mariä Himmelfahrt geschrieben. Anna las sie vor:

Als, o Jungfrau, ganz du entrückt der Erde,
Über Sternhöh'n zogst, an demselbigen Tage
Neigten blütumschneit sich die ew'gen Hügel
Fromm dir entgegen ...*

* Jakob Balde S. J., 1604-1668

Die ewigen Hügel! Davon erzählte doch Bärbchen so gern! Als die beiden Frauen den Blick schweifen ließen, war es ihnen, als ob die Hügel sich wirklich neigten, sich tief verbeugten vor dem Himmel, der Erde, vor einem Augenblick der Ewigkeit. Eine ganze Weile saßen die Frauen still nebeneinander, ganz von dem Zauber der Natur eingefangen. Gesegnetes Land!

Doch nun stand Anna auf. »Jetzt geht's nach Hause, Maria. Dein Peter wird schon ungeduldig auf dich warten.«

»Er wartet nicht«, sagte Maria leise. »Er ist gar nicht da – gar nicht nach Hause gekommen, vorige Nacht nicht – und die Nacht davor auch nicht.«

Anna zeigte nicht, wie erschrocken sie war. Im Dorf munkelte man so manches über Peter. Aber vom Dorftratsch hielt Anna nicht viel. Hustete jemand im unteren Teil des Dorfes, dann hatte er im Oberdorf schon eine Lungenentzündung. Und sprach oben im Dorf ein Mädchen mit einem Burschen, so waren sie unten im Dorf schon miteinander verheiratet. Aber ein Funken Wahrheit steckte meist doch in dem Dunst, der aus der dörflichen Gerüchteküche drang.

Anna schwieg und wartete, ob Maria noch einiges erklären wollte. Doch diese saß mit gesenktem Kopf da.

»Möchtest du darüber sprechen?« fragte schließlich Anna ihre Patentochter. Diese schüttelte den Kopf. »Vielleicht später, Tante Anna!« sagte sie leise.

»Du weißt, daß ich immer für dich da bin«, sagte Anna und umarmte die Jüngere fest.

Als die beiden Frauen das Dorf erreichten, kam ihnen eine Frau mit einem kläglich schreienden Kind entgegen gelaufen. »Anna, Anna, bitte hilf«, schrie die Frau. »Der Kleine hat sich verbrannt – heiße Rindfleischsuppe hat er sich über den Körper geschüttet – bitte hilf.«

Anna legte die linke Hand auf das etwa zweijährige Kind, machte mit dem rechten Daumen drei Kreuzzeichen über Kopf und Körper des Kindes und sprach leise das alte Gebet zum Verbeten von Brandwunden:

Maria reiste in ein fremdes Land.
Da sah sie ein Kind, das hatte verbrannt.
Sie nahm ihre rechte Hand und segnete den Brand.
Im Namen der heiligen fünf Wunden.*

Sogleich hörte der Kleine auf zu schreien. Er schluchzte nicht einmal. Die Frau bedankte sich mit Tränen in den Augen. »Meine Nachbarin hat den Krankenwagen bestellt«, sagte sie dann, »aber das ist jetzt wohl nicht mehr nötig.«

»Doch natürlich«, sagte Anna bestimmt. »Ich kann den Schmerz verbeten und auch die Verbrennungen teilweise heilen, aber trotzdem braucht das Kind ärztliche Hilfe – und zwar sehr schnell.«

Da hörte man auch schon den Krankenwagen heranbrausen. In wenigen Sekunden stand er vor den Leuten, die zusammengelaufen waren. Die Mutter stieg mit dem Kind ein, und schon brauste das Auto wieder los. Das Kind hatte keinen Schmerzenslaut mehr von sich gegeben.

»Das alte Wissen ist also doch noch gefragt«, sagte Anna leise zu Maria.

»Aber – das ist doch gar nicht möglich«, meinte Maria verwirrt. »Das ist doch Zauberei!«

»Nein, es hat nichts mit Hexerei oder schwarzer Kunst zu tun«, sagte Anna und schaute Maria fest an. »Es ist die Kraft des Gebetes, die den Schmerz nimmt. Und letztendlich ist es der Glaube, der hilft. Ist der Kranke ein Kind, das noch nichts weiß von Gott, dann muß ich meinen Glauben besonders stärken. So kann der Schmerz mit Gottes Hilfe besiegt werden. Aber nun will ich in die Kirche gehen. Denn nach einem ›Verbeten‹ von Brandwunden muß man neun Vaterunser beten – und das tue ich am besten im Gotteshaus.«

* Matthias Zender: »Verbeten« in unserer Zeit. In: Rheinische Vierteljahresblätter, 1953

3. Samstag, 3. September 1966

Tina erregte am meisten Aufsehen beim Kommerzabend im Festzelt. Sie war noch am Morgen nach Köln zum Friseur gefahren. Nun trug sie das blondierte Haar hoch aufgesteckt. Perlen funkelten darin. Tina besaß die Figur einer 20jährigen, einer heutigen jungen Frau. Früher hatten die Eifeler Frauen überhaupt keine Figur gehabt, auch nicht mit 20 Jahren.

Auch Tinas Kleidung zog die Aufmerksamkeit auf sich: Ein schwarzes, hautenges Minikleid mit durchsichtigem Oberteil und knallrotem Ledergürtel. Dazu trug sie hohe schwarze Stiefel. In den Städten war die minikurze Mode schon salonfähig, doch auf dem flachen Land wurde sie als unmoralisch abgelehnt. Bei einer »reifen« Frau wie Tina war die Mode eigentlich unvorstellbar. Doch Tina erhielt heute nur freundliche Blicke und liebe Worte, denn immerhin finanzierte sie den größten Teil des Festes, bezahlte das Festzelt, die Musikkapelle und die Bewirtung der geladenen Ehrengäste. Ihr Mann, der steinreiche – neureiche – Bauunternehmer aus der Stadt, hatte es ganz klar gesagt: »Meine Tina bezahlt alles – ich nicht. Übrigens gehört alles, was ich in Bedenich baue meiner lieben Frau: unsere Villa, die Ferienhäuser und das in diesem Jahr fertig werdende Hotel, das Landhotel.« Solche Bemerkungen erregten natürlich den Neid der Bedenicher, aber auch davon war heute nichts zu spüren, denn auch der große Gedenkstein, der auf dem neu errichteten Dorfplatz prangte und die Inschrift »1100 Jahre Bedenich« trug, war von Tina gestiftet.

Links neben Tina am Ehrentisch saß ihr Mann Martin und daneben Bärbchen. Rechts von Tina hatten Anna und Kätchen Platz genommen. Während Bärbchen ein schwarzes und Anna ein dunkelblaues Kleid trugen, hatte Kätchen ein chices helles Kostüm für den Abend gewählt. Von einem Eifeler Haarknoten, wie Bärbchen ihn liebte, und einen um den Kopf geschlungenen Zopf, wie Anna ihr schweres, langes Haar heute trug, wollte Kätchen nichts wissen. Sie bevorzugte einen kurzen modernen Haarschnitt. An ihrer Kleidung und an ihrem sicheren

Benehmen konnte man sehen, daß sie die größte Zeit ihres Leben in der Stadt zugebracht hatte.

Neben Bärbchen saß am Kopfende ihr Sohn Hans. Mächtig stolz war sie auf ihren Sohn, den Priester, denn morgen würde er die Festmesse in Bedenich lesen. Nach zwanzig Jahren Missionstätigkeit auf den Philippinen würde er jetzt in Deutschland bleiben und philippinische Krankenschwestern seelsorgerisch betreuen. Leider lag sein neues Wirkungsfeld in Süddeutschland und nicht in der Nähe von Bedenich.

Pater Hans unterhielt sich angeregt mit dem neben ihm sitzenden Johannes, Tinas 32jährigem Sohn. Man konnte Mutter und Sohn fast für Geschwister halten. Johannes glich Tinas geliebten Onkel Hannes aufs Haar – zumindest rein äußerlich. Vom Wesen her war er jedoch viel ernster und wohl auch solider. Geheiratet hatte er bisher nicht und von Freundinnen wußte man auch nichts.

Bärbchen schaute ihren Enkel immer wieder an. Sie hatte sich nur schwer damit abfinden können, daß Tina nach dem schrecklichen Tod von Hannes spurlos verschwunden war. Doch Ende März 1934 tauchte sie plötzlich wieder auf und präsentierte den Säugling. Auf Bärbchens scheue Frage: »Wer ist denn der Vater?« hatte sie schnippisch geantwortet: »Woher soll denn ich das wissen?« Und das »ich« hatte sie lang gezogen und stark betont. Tina war bald wieder verschwunden, und Anna hatte den kleinen Johannes aufgezogen. Er war ein heiteres Kind gewesen, aber sehr lebhaft und unruhig. Anna hatte ihn liebevoll gelenkt, war viel mit ihm in die Natur gegangen, um ihm die Heilkräfte der Natur nahezubringen. Andererseits konnte er sich nach Lust und Laune austoben. In einer ländlichen Umgebung gab es genug Gelegenheiten dazu.

Anna schaute ihren Schützling an – voller Stolz und doch besorgt. Er schien ihr heute so unruhig. Immer wieder rieb er sich die Hände, kratzte sich am Kopf, rutschte auf der hölzernen Sitzbank hin und her. Sein Blick schien Anna heute fast so unstet wie der Blick seiner Mutter.

Auch Tina war stolz auf ihren Sohn. Als sie nach einer gescheiterten Ehe zum zweiten Mal heiratete – ihren über 20 Jahre älteren Martin – konnte sie ihrem Sohn das Gymnasium und ein Studium finanzieren. Leicht war Johannes das Lernen nicht gefallen. Tina hatte Himmel und Hölle in Bewegung gesetzt, bis er endlich seinen »Doktor« gemacht hatte. Jetzt besaß er als praktischer Arzt eine gut gehende Praxis in der Kreisstadt, der Johannes Cremer. Schade, daß er nicht den Namen Remer trug!

Neben Johannes saß seine Halbschwester Mar-Tina, ihrem Vater Martin gegenüber. Die 16jährige hatte wohl etwas von dem Temperament ihrer Mutter geerbt. Aber auch die ruhige Art ihres Vaters war ihr mit in die Wiege gelegt worden. So wirkte sie recht ausgeglichen, allerdings auch ziemlich kraftlos. Das Kämpfen war bestimmt nicht ihre Sache. Sie wurde in einem feinen – teuren – Internat erzogen. Nun saß sie brav und wohlerzogen am Tisch. Man sah ihr an, daß sie sich fremd fühlte. Sie wußte kaum etwas von der Familie ihrer Mutter, und die lieben Verwandten in Bedenich wußten kaum etwas von ihr.

Bärbel, die aus dem Ruhrgebiet in die Eifel gekommen war, schloß sich am Ehrentisch an. Sie hatte ihre Eltern entschuldigt. Marianne und Heinrich hatten vor einigen Jahren eine kleine Gaststätte in Essen aufgemacht. Am Wochenende war immer Hochbetrieb, und dann konnten sie schlecht abkommen. Doch Bärbel würde sie würdig vertreten. Sie selbst war als Hilfe für die Gaststätte völlig ungeeignet. Wenn sie mal kurz in die Bierstube reinschaute, hätte sie am liebsten alle rausgeworfen. Ekelhaft, diese besoffenen Typen! Bärbel hatte die Schwesternschule in Leverkusen besucht und arbeitete als Kinderschwester in einem Krankenhaus. Sie war ganz zufrieden mit ihrem Leben – und das sah man ihr auch an.

An der anderen Seite von Bärbel saß Maria. Die beiden glichen sich wie Zwillinge. Beide hatten dunkles, festes Haar und leuchtend blaue Augen. Von der Statur waren sie groß und kräftig. Sie stellten schon etwas dar, die beiden. Verwechseln konnte man sie heute allerdings nicht, denn Maria war ja schwanger.

»Wenn wir zwei unser Alter von 33 Jahren zusammenzählen, haben wir die jetzige Jahreszahl 66«, lachte Bärbel fröhlich. Wenn Maria und Bärbel auch gleich alt waren, so stellten sie in der Familienhierarchie doch zwei Generationen da. Sie mußten es immer wieder erklären: Marias Mutter Gretchen war die Schwester von Bärbchen, und Bärbels Mutter war die Tochter von Bärbchen. Der Platz neben Maria war leer. Ihr Mann Peter hatte es nur kurz am Ehrentisch ausgehalten und sich an die Theke verzogen.

Endlich waren die Reden der hohen Männer zu Ende. Vieles war aus der Geschichte Bedenichs berichtet worden: Die langsame Entwicklung von einigen fränkischen Bauernhäusern zu einem Dorf. Hungerjahre, Kriege, Seuchen – so vieles hatte die Menschen heimgesucht. Not und Elend hatten sich oft Jahrzehntelang eingenistet, Verzweiflung mit Hoffnung abgewechselt. Doch es gab auch bessere Zeiten. Besonders als man sich auf Erzbau verlegte, ging es den Bedenichern gut. Doch dann kam die Industrialisierung, und die großen Werke in den Städten brachten den kleinen Unternehmen in den Eifeldörfern den Bankrott. Plötzlich gab es keine Arbeit mehr im Dorf und in der näheren Umgebung, so daß die Männer ins Ruhrgebiet abwandern mußten, um das tägliche Brot zu verdienen. Die Frauen blieben allein im Dorf zurück. Am heutigen Festabend erhielten sie viel Lob von den hohen Herren, die zur Feier des Tages gekommen waren. Ja, die Frauen hatten Bedenich jahrelang über Wasser gehalten – trotz allem Schweren und Traurigen.

Nun, im Jahre 1966, »pendelten« die meisten Männer. Täglich fuhren sie nach Köln oder Bonn zur Arbeit. Manche waren auch auf Montage und kamen nur am Wochenende nach Hause. Tagsüber war Bedenich noch immer ein Weiberdorf. Aber auch viele Frauen, besonders die jungen, waren inzwischen berufstätig. Auch sie mußten weit zu ihrer Arbeitsstätte fahren. Obwohl Bedenich jetzt viel mehr Einwohner zählte als vor 100 Jahren, war es doch tagsüber leer. Ja, es wirkte wie ausgestorben.

In den Festreden wurde das Kirschblütenwunder vom ersten Tag des Jahres 1900 gebührend gewürdigt, und das an ein Wunder grenzende Abbiegen der feindlichen Flieger während des letzten Krieges heraufbeschworen – nur das Tierjagen von 1933 kam nicht vor in der ehrenhaften Geschichte des Ortes. Das hatte es nie gegeben. Und der Tod von Hannes? Ein tragischer Unfall – mehr nicht.

Seltsam fand Bärbchen es, daß die hohen Herren über die Herkunft des Namens »Bedenich« rätselten. Wußten sie nichts von den drei Beden, die dem Ort den Namen gegeben haben? Oder wollten sie es nicht wissen?

Nun spielte die Musikkapelle zum Tanz auf. Da hielt es Tina nicht mehr an ihrem Platz. Sie stürzte zur Theke, stellte sich neben Peter und hakte sich bei ihm ein. Sie flirtete jedoch offenkundig mit einem jungen Burschen an der anderen Seite neben ihr. Bärbchen schüttelte den Kopf. Tinas Benehmen hatte sich nicht geändert, obwohl sie schon lange eine vornehme Dame war und eine reiche dazu. Sie nahm weder auf ihren Mann noch auf ihre Mutter und die Verwandtschaft Rücksicht. Sie schämte sich nicht einmal vor ihrem Sohn und ihrer Tochter.

»Ist es nicht schön, daß Tina so lebensfroh ist, Bärbchen?« begann Martin ein Gespräch mit seiner Schwiegermutter. Bärbchen nickte, doch man sah ihr an, daß sie anderer Meinung war. Tina und ihr Mann waren für sie eine andere Welt. Sie fand es auch sehr schlimm, daß die beiden nicht kirchlich getraut werden konnten. Tina war ja geschieden.

»Ich darf doch Bärbchen sagen?« fragte Martin nun.

»Ja, natürlich«, antwortete Bärbchen, »in der Eifel werden die Schwiegermütter schon beim »Hielig«* geduzt, Herr Rademacher.«

Martin lachte. »Also, so geht es nicht, liebe Schwiegermama, wenn ich Bärbchen sage, dann mußt du Martin zu mir sagen.« Er hob sein Weinglas. »So jetzt werden wir mal ganz offiziell Brüderschaft trinken. Also, zum Wohl, Bärbchen.« Auch Bärbchen hob das Glas und beim Anstoßen sagte sie leise: »Wohl bekomm's ... Martin!« Der Schwiegersohn gab Bärbchen einen schmatzenden Kuß auf die Wange. Bärbchen zuckte zusammen. Martin lachte.

Tina war jetzt auf der Tanzfläche zu sehen. Eng schmiegte sie sich an ihren Tanzpartner, an Peter, den Ehemann von Maria. Tief schaute sie ihm in die Augen. Die anderen Tanzenden blin-

* Verlobung

zelten verstohlen herüber. Tina und Peter! Das ganze Dorf wußte Bescheid – sogar Maria – nur Bärbchen nicht, bis jetzt nicht.

Mit viel Schmalz in der Stimme sang der Sänger der Musikgruppe:

... Es blühen viele Blumen im Garten,
es gibt viele Mädchen, die warten.
Freud und Leid gibt es zu jeder Zeit,
aber dich gibt's nur einmal für mich ...

Es gibt viele Wunder der Erde,
tausend Schiffe fahren über die Meere,
Gut und Geld gibt es viel auf der Welt,
aber dich gibt's nur einmal für mich ...

»Daß Sie ..., daß du der Tina nicht verbietest, mit anderen Männern zu ... zu tanzen, Martin«, faßte Bärbchen nun Mut, etwas zu sagen. Schon manchmal hatte sie sich vorgenommen, einmal mit dem Schwiegersohn zu sprechen. Doch sie hatte ihn in all den Jahre kaum mal zu Gesicht bekommen. Er wohnte ja in der Stadt. Erst seit Monaten, da die große Villa am Hollerberg fertig war und der Bau des Landhotels dem Ende entgegen ging, hielten er und Tina sich häufiger in Bedenich auf. Wenn das Hotel fertig war, würde Martin sich um die Verwaltung kümmern. Ein Leben ohne Arbeit war für ihn kein Leben. Außerdem hatte er einige Ferienhäuser gebaut – und baute noch immer mehr am Hang des Hollerbergs.

Nun bot sich für Bärbchen eine Gelegenheit zu einem Gespräch mit ihrem Schwiegersohn, der mit seinen 73 Jahren doch ihrer Generation angehörte. Da mußte man doch eigentlich die gleiche Sprache sprechen, die gleichen Meinungen haben, die gleichen Wertvorstellungen vertreten. Martin ging gerne auf ein Gespräch ein.

»Als wir geheiratet haben«, sagte er und legte einen Arm um Bärbchens Schultern, »also, da habe ich gewußt, daß Tina eine Nymphomanin ist.«

»Eine was ...?« fragte Bärbchen erstaunt.

»Na, ich wußte halt, daß sie nie mit einem einzigen Mann genug hat. Sie braucht Abwechslung«, erklärte Martin nun.

»Tina braucht viele Männer. Und da sie eine attraktive, begehrenswerte Frau ist, liegen ihr die Männer zu Füßen.« Das verstand Bärbchen nun ganz und gar nicht. Viele Männer? Einer war doch schon schlimm genug.

»Sieh mal, als Tina und ich uns kennenlernten – das ist ja nun schon bald 20 Jahre her-, da war ich schon einige Jahre verwitwet – und ich ließ auch nichts anbrennen«, sagte Martin nun etwas ernsthafter. »Aber jetzt bin ich ruhiger geworden. Na, mit zunehmendem Alter legt sich manches. Aber Tina gewähre ich jede Freiheit. Sie soll das Leben genießen. Zum Glück ist man heute in sexuellen Dingen nicht mehr so verkrampft wie früher. Tina braucht etwas Junges. Junge Männer halten sie jung und sexy – und davon profitiere ich schließlich auch.«

Das Leben genießen! Ja, Tina hatte auch schon ihre Jugend genießen wollen. Und jetzt das ganze Leben? War das der Sinn des Lebens? Genießen! Alles leicht nehmen, das Leben leicht nehmen. Ein leichtes Leben – leichtlebig – das war für Bärbchen unvorstellbar. Das Leben war doch schwer – so arg schwer.

»Wenn Tina jüngere Männer bevorzugt«, ordnete Bärbchen ihre Gedanken, »warum hat sie dann einen älteren Mann geheiratet?«

»Ach Bärbchen, du bist wirklich noch eine von der ahl Eärd*. So sagt ihr doch in der Eifel.« Martin lachte wieder, erklärte aber dann ernst: »Tina hat ja zuerst einen jüngeren Mann geheiratet. Die Ehe ist kaum ein Jahr lang gut gegangen. Bei mir sucht sie wohl in erster Linie Geborgenheit, Sicherheit, ein Zuhause – und doch die Freiheit. Ja, ich bemühe mich, ihr all das zu geben. Vielleicht sieht sie in mir gar nicht so sehr den Ehemann, sondern eher einen Vater, wie sie sicher auch in ihrem heißgeliebten Onkel Hannes den Vater suchte, den Vater, den sie nie gekannt hat. Sie sagt immer, daß sie ohne Eltern aufgewachsen ist. Und das entschuldigt manches.«

Die Musikkapelle hatte gerade den Tanz beendet und machte eine kurze Pause. Tina stand plötzlich – an Peters Arm hängend – hinter ihrem Mann. Sie hatte wohl die letzten Sätze gehört. Bärbchen bemerkte jedoch ihre Tochter nicht.

* alten Erde, alten Zeit

»Ohne Eltern?« Bärbchen war fassungslos. »Tina ist ohne Vater aufgewachsen, ja, das stimmt, aber doch nicht ohne Mutter.«

»Doch, ohne Mutter!« Das schrie Tina so plötzlich, daß Bärbchen und alle Umstehenden zusammenzuckten. »Ja, hört alle gut zu«, drehte sie sich nun zu den Menschen auf der Tanzfläche. »Ich habe nie eine Mutter gehabt. Nie!«

»Tina!« Bärbchen sagte es scharf. Das ging nun wirklich zu weit. »Ich bin deine Mutter – und ich habe alles für meine Kinder getan. Gearbeitet von morgens früh bis abends spät. Geschuftet ...«

»Geschuftet!« äffte Tina ihre Mutter nach. »Ein Kind braucht mehr als eine schuftende Mutter, ein Arbeitstier. Du hast mich nie verstanden, mich nie so angenommen, wie ich nun mal bin. Du hast dir sicher oft gewünscht, daß ich tot wäre, nie geboren, was weiß ich. Entschuldige, daß ich geboren bin.« Tina schaute ihre Mutter eindringlich an und sagte dann laut und hart: »Du warst mir nie eine Mutter.«

Pater Hans wollte das Gespräch beenden. Das Thema gehörte ja nun wirklich nicht in die Öffentlichkeit. »Unsere Mutter hat viel für uns getan – alles!« sagte er mit lauter Stimme. Doch Tina würgte seine Worte ab. »Auch für dich hat unsere Mutter geschuftet, viel mehr als für mich. Sie hat dich vielleicht vergöttert – ja abgöttisch vergöttert – aber eine Mutter war sie dir auch nicht.« Der Bruder wurde blaß. Martin lachte. Hei, seine Frau hatte Temperament! Endlich machte sie sich einmal Luft. Jetzt war doch etwas los im frommen Bedenich!

»Ein Kind braucht Verständnis, Zärtlichkeit, Liebe. Mutterliebe! Aber die kanntest du nur bei einer, bei Maria!« Mit schriller Stimme schrie Tina es in den Saal. »Obwohl – oder weil? – sie nicht deine leibliche Tochter war, hast du sie liebevoll großgezogen. Mit einer Affenliebe!«

Anna war aufgestanden, bereit, einzugreifen, sobald sich eine Möglichkeit ergab, bereit, Tina aufzufangen, wenn diese sich nicht mehr halten konnte. Anna war die einzige, die mit Tina umzugehen verstand.

Tina wandte sich nun Maria zu. »In dem Augenblick, als ich meine Mutter am meisten brauchte – als ihr mir das Tier jagtet –«, Tina schrie es in den Saal– »ja, ihr, ihr alle – in diesem Moment hätte ich eine Mutter gebraucht, meine Mutter. Doch was tat sie – sie nahm dich auf den Arm – dich, winziges Bündel – mich schaute sie nicht einmal an.«

Tina mußte mal Luft holen. Dann sprach sie laut und deutlich, daß alle es hören konnten: »Maria, du hast mir meine Mutter genommen, nun nehme ich dir deinen Mann. Aber mit einem Unterschied – du hast mir meine Mutter nie zurückgegeben – ich aber werde dir deinen Mann zurückgeben – schon bald – unversehrt.« Nun lachte Tina laut und schrill. Anna hörte das erste Schluchzen darin. Sie nahm Tina am Arm und drückte sie auf ihren Stuhl. Sanft streichelte sie ihre Schultern. Sie nickte Bärbel zu. »Kümmere du dich um Maria«, sagte ihr Blick.

Maria wechselte die Farbe. Wankend stand sie auf. »Ich muß hier raus«, sagte sie zu Bärbel. Diese nahm Maria im Arm, um sie nach draußen zu begleiten. Maria fielen die Worte ein, die sie zu ihrem Peter bei der Hochzeit gesagt hatte: »Ich kann ohne dich nicht leben, Peter!« Immer wieder hatte sie es ihm gesagt. Nun stand sie vor ihrem Mann – er war puterrot im Gesicht – und laut sagte sie: »Ich kann auch ohne dich leben, Peter.«

Die Bedenicher hatten neugierig den Familiendisput verfolgt. Auch die Musikanten hatten mit offenem Mund dem lauten Gespräch zugehört. Jetzt gab der Dirigent das Zeichen für das nächste Musikstück. Ende der Familien-Vorstellung! Doch die Musiker vergaßen vor lauter Aufregung, ihr Notenblatt umzudrehen und so spielten und sangen sie noch einmal:

Freud und Leid gibt es zu jeder Zeit,
aber dich gibt's nur einmal für mich ...

4. Donnerstag, 29. September 1966, Michaelstag

Am 1. Oktober sollte Pater Hans sein neues Amt in Süddeutschland antreten. Bärbchen hatte geplant, zum Abschied eine kleine Familienfeier zu veranstalten. Sie würde jede Menge Hefetaaten backen – so wie in alten Zeiten, und dann sollten alle zusammensitzen in der guten Stube: Kätchen und Anna, Tina und ihre Familie, Maria und Peter. Eventuell kamen auch Marianne, Heinrich und Bärbel für einen Tag in die Eifel.

Tina hatte die Idee begeistert aufgenommen. Aber alle in die kleine Stube pferchen? Nein! Das konnte man heutzutage keinem zumuten. Sie stelle gerne ihre Villa zur Verfügung, die Platz für eine große Gesellschaft bot, sagte sie. Im übrigen hatte sie eine Haushaltshilfe, die auftragen und bedienen konnte. Zu Hause hätte die Mamm ja doch keine Ruhe am Tisch. Immer wieder stand sie auf und meinte, hier was tun und da was richten zu müssen. Und Kuchen konnte man doch kaufen – alles vom feinsten.

Doch von einer Kaffeetafel in Tinas Haus hatte Bärbchen nichts wissen wollen. Nein, wenn man mit der Familie zusammensaß, dann sollte es doch wohl im Elternhaus sein. Man war sich nicht einig geworden. Bärbchen gab nicht nach – auch nicht um des lieben Friedens willen – und Tina erst recht nicht.

Marianne hatte dann den Vorschlag gemacht, die ganze Familie solle ins Ruhrgebiet kommen. Mit Autos sei das doch gar kein Problem. In ihrer Gaststätte könnte man ein richtiges Familientreffen organisieren. Vom Frühstück bis zum Abendessen könnte man alle bewirten. Tina sei allerdings von der Einladung ausgeschlossen. Mit solch einer Schwester wollte Marianne nichts zu tun haben.

Als dann auch noch Maria erklärte, daß sie nirgendwo erscheinen würde, wo Tina anwesend sei, wurde die ganze Aktion abgeblasen. Bärbchen belastete es sehr, daß die Familie in Zwietracht geraten war. Im Dorf herrschte immer viel Feindschaft untereinander. Oft reichten die Zwistigkeiten mehrere Generationen zurück, und keiner wußte mehr recht, um was es eigentlich ging. Häufig waren irgendwelche Erbangelegenheiten schuld am Familienstreit. Bärbchen verstand gar nicht, daß die Deutschen sich wegen der Mauer aufregten, die Berlin durchzog. In jedem kleinsten Eifeldorf gab es doch mehrere solcher Mauern – unsichtbar, aber massiv und unüberwindbar. Überall baute der Mensch Mauern aus Stein, und sollte er wirklich einmal auf dem Mond landen, dann würde er dort zuerst seinen Besitz abstecken – und Mauern bauen.

In ihrer eigenen Familie hatte bisher einigermaßen Frieden geherrscht. Besonders in schweren Zeiten hatten die Geschwister zusammengehalten. Doch Bärbchens Kinder hatten diesen Zusammenhalt nie gefunden. Jedes war seinen eigenen Weg gegangen. Marianne hatte im Ruhrgebiet ihre neue Heimat gefunden, Hans war durch sein Studium und seinen Missionsdienst dem Dorf und der Familie entfremdet, und Tina war mehr in der Stadt als in Bedenich zu Hause. Nun konnte man die drei nur schlecht unter einen Hut bringen. Doch Streit hatte es – bisher – nicht unter ihnen gegeben. Erst jetzt war offener Krieg. Und das wegen eines Mannes!

Pater Hans hatte schließlich vorgeschlagen, eine Eifeltour zu machen. Er wollte mit dem ihm zur Verfügung gestellten alten Käfer fahren und seine Mutter und seine beiden Tanten mitnehmen. Dann könnte man unterwegs irgendwo essen und einen Kaffee trinken. Bärbchen war auch von diesem Vorschlag nicht begeistert. Doch als der Sohn sagte, er hätte bei seinem jetzigen Aufenthalt so wenig von der Eifel gesehen, willigte Bärbchen ein. Kätchen und Anna wollten jedoch zu Hause bleiben. Bärbchen sollte Gelegenheit haben, mit ihrem Sohn allein zu sein. Daraufhin lud Tina die beiden Tanten zu einem Ausflug ein – zu einer Fahrt an die Ahr oder Mosel – in ihrer großen Luxuslimousine.

Das erste Ziel, das Hans anstrebte, war die Michelskapelle auf dem Michelsberg. Dort waren viele Menschen, denn es war ja der Festtag des Erzengels. Einige Prozessionen hatten sie unterwegs gesehen. Bärbchen wußte jedoch zu berichten, daß zu ihrer Jugendzeit viel mehr Menschen zum Michelsberg pilgerten. An seinem Festtag war die ganze Eifel dorthin unterwegs. Bärbchen zitierte das lustige Prozessionsgebet, bei dem der Vorbeter sagt:

O, Sankt Michel, möt dengem Schwäet*
hau den Düvel** an de Äed***!

Die Pilger in der Prozession ergänzen dann:

Gangk dem Düvel su se Liev,
dat net Stupp noch Stätz draa bliev!°

Pater Hans erzählte aus der Geschichte des Berges, der bei den frühen Vorfahren ein Thingplatz°° gewesen war. Bärbchen staunte über das Wissen ihres Sohnes. Er war doch kaum in der Eifel gewesen!

»Ein ehemaliger Studienfreund hat mich reichhaltig mit Eifelliteratur versorgt«, erklärte er, »und Geschichte war immer mein Lieblingsfach in der Schule – und das habe ich noch nicht vergessen.« Hans erzählte von der Schulzeit und von seinem Geschichtslehrer, den er sehr verehrt hatte. Nun war das nächste Ziel klar: sein früherer Schulort.

Auch dort herrschte reger Betrieb. Der Ort war ein bekanntes Kurstädtchen geworden und ein beliebtes Ausflugsziel dazu. Bärbchen staunte immer mehr. Wo kamen denn nur die ganzen Menschen her? Und dann noch an einem Werktag! Da gab es doch soviel zu tun, im Haus, im Feld oder »auf der Arbeit«!

Bald saßen Mutter und Sohn in einem Restaurant. Bärbchen fühlte sich unsicher. Nicht ein einziges Mal war sie in ihrem Leben auswärts essen gegangen, obwohl Tina sie in letzter Zeit mehrmals eingeladen hatte. Essen gehen! Das war doch glatte Geldverschwendung! Zu Hause war doch alles viel billiger.

Hans erledigte alles für seine Mutter, wies ihr einen bequemen Platz an, wählte das Essen aus, bestellte etwas zu trinken. Bärbchen konnte doch mächtig stolz sein auf ihren Sohn. Welche Mutter hatte schon einen Priester zum Sohn! Welche Eifeler Mutter hatte einen Sohn, der so weit in der Welt herumgekommen war wie ihr Hans? Wie zuvorkommend ihn alle Menschen behandelten! Und doch! Er war ihr so fremd, so unsagbar fremd. Und sie war schuld, sie ganz allein. Tina hatte es laut genug gesagt: eine schlechte Mutter! Gar keine Mutter!

* Schwert ** Teufel *** Erde ° Rück dem Teufel so zu Leibe, daß nicht Stumpf noch Stiel dran bleibt! °° Gerichtsplatz

Bärbchen hatte bisher kaum ein paar Sätze gesagt. Doch nun wollte sie mit ihrem Sohn sprechen, über Dinge reden, die sonst kaum zur Sprache kamen: über die Familie, über Tina, über Maria, über sich selbst. Alles war irgendwie ins Wanken geraten. Hatte sie alles falsch gemacht in ihrem Leben? War sie am Familienstreit schuld?

Als das Essen beendet war, tastete Bärbchen sich behutsam an eine Aussprache heran. »Der Festabend in Bedenich«, begann sie, »wie – wie hat er dir gefallen?«

Hans bestellte noch ein Kännchen Kaffee für sich und seine Mutter und sagte dann: »Ich habe lange mit den Herren gesprochen, mit einem Historiker und einem Archäologen. Beide halten es für möglich, daß Bedenich viel älter ist als 1100 Jahre. Das ist ja nur die erste urkundliche Nennung des Ortes. Eventuell haben schon Urmenschen in der Nähe von Bedenich gesiedelt, vielleicht auch die Kelten, ganz gewiß kannten die römischen Besatzungsmächte das Gebiet. Man müßte nur einmal einen Beweis finden – einen bedeutenden Fund aus alter Zeit.«

Hans erzählte nun sehr ausführlich von der Ortsgeschichte. Er sprach fast wie sein Onkel Hannes. Aber nur fast! Es fehlte ihm etwas, etwas ganz Maßgebliches. Bärbchen erkannte es jetzt ganz klar. Er sprach sachlich, kalt, ohne Begeisterung, ohne Leidenschaft – sowohl über Dinge als über Menschen – und er wollte nicht über Familiäres – über Persönliches sprechen. Bärbchen wurde traurig – aber trotzdem hörte sie aufmerksam zu. Bedenich – älter als 1100 Jahre – ein Fund aus früher Zeit. Ein bedeutender Fund!

Erst am Spätnachmittag waren die beiden wieder zu Hause. Kreuz und quer waren sie noch durch die Eifel gefahren. Zum Schluß hatten sie die Kartsteinhöhle besucht. Dort waren Arbeiter eifrig damit beschäftigt, Treppen und Wege anzulegen, um dadurch den Wanderern und den Urlaubsgästen – Touristen nannte man sie nun – den Besuch des Höhlengebietes zu erleichtern. Noch nie hatte Bärbchen den uralten Kartsteinfelsen mit seinen Höhlen und Felsvorsprüngen besucht, obwohl er gar nicht so weit von Bedenich entfernt war.

Nun war Bärbchen müde. Doch sie hatte noch etwas auf dem Herzen. Das mußte sie noch heute loswerden. Wenn ihr Sohn schon nicht über die Familie sprach – dann vielleicht darüber.

Auf dem Küchentisch lag ein Buch. Wie immer hatte Anna es aus der Borromäus-Bibliothek geholt. »Lies mir bitte vor – von der zweiten Kindheit – nur den ersten Abschnitt!« Bärbchen zeigte ihrem Sohn die Stelle, und Pater Hans las:

Eine alte Frau,
die die Arme nicht mehr rühren kann zur Arbeit,
ist ein Kreuz für das Haus.
Da sitzt sie Tag um Tag hinter dem Ofen
und grammelt dem Jungvolk die Ohren voll,
hat hier etwas auszusetzen und dort etwas;
zum Bessermachen aber ist sie zu alt geworden.
Darum ist man heilfroh,
wenn der Tod kommt und die Alte holt.
Zum Leichenbegräbnis vergießen die Weiber ein paar Tränen,
gehen heim und sagen:
Der Herrgott hat's gut gemeint!
Sie ist schon in die zweite Kindheit gekommen,
*und das tut kein gut!«**

»Na, so ist es ja nun nicht!« Hans schob das Buch beiseite. »Alte Menschen sind ein ganz besonderer Segen.«

»Sie sind eine Last – für sich selbst, für das Haus, für die anderen, ein Kreuz«, sagte Bärbchen leise. »Auch ich komme in die zweite Kindheit, von der mich der Herrgott hoffentlich bald erlöst.«

Es blieb eine Weile still, dann sagte Bärbchen: »Ich habe eine Frage, Pater Hans, eine Frage an dich als Priester.« Sie setzte sich sehr aufrecht hin und sprach dann weiter: »Wenn jemand einen Eid leistet – so wahr mir Gott helfe –, schwört, etwas für sich zu behalten, eine Mitteilung an niemanden weiterzugeben – niemals – und erst viel später erkennt dieser Jemand, daß er es viel-

* Otto Stückrath: Die alt' Lissebet, in: Richard Wenz: Tausend Jahre rheinische Geschichte, 1925

leicht doch weitersagen soll – kann er dann seinen Schwur brechen? Kann er ihn brechen, ohne eine Todsünde zu begehen?«

Pater Hans kratzte sich am Kopf. Mit welchen theologischen Feinheiten sich seine Mutter herumplagte! »Es handelt sich dann wohl um ein Gelübde in Unwissenheit gegeben. Aber brechen darf man einen Schwur nicht. Niemals! Man kann jedoch zur Beichte gehen und es dem Beichtvater sagen«, erklärte er.

»Aber dann muß ja der Priester es für sich behalten.« Bärbchen hatte sich schon alles genau überlegt. »Dann bleibt das Geheimnis ja ein Geheimnis, ein Beichtgeheimnis, und die Wahrheit kommt doch nicht ans Tageslicht.«

Das war ja nun wirklich knifflig. Pater Hans überlegte und sagte dann: »Stellt der Priester eine neue Werteordnung fest, so kann er einem bestimmten Menschen einen Hinweis geben, ohne jedoch den Namen des Beichtenden preiszugeben. Dann kann das gegebene Versprechen eingehalten werden und trotzdem kann etwas unternommen werden – wenn es wichtig ist.«

»Dann möchte ich beichten, jetzt, hier, sofort. Das geht doch in der modernen Kirche!« Bärbchen sagte es mit großer Bestimmtheit. »Ich selbst habe so einen Schwur geleistet, vor vielen Jahren. Ich hielt die Sache zuerst für ganz unwichtig, aber inzwischen sagt mir mein Gewissen, daß ich das Geheimnis jemanden anvertrauen sollte – bevor es zu spät ist.«

Und dann beichtete sie ihrem Sohn, dem Pater Hans, alles, was ihr der Bruder einige Tage vor seinem Tod erzählt hatte. Atemlos berichtete sie von dem großen Stein, von den drei schönen Frauen, von dem Baum und der Inschrift – und wo der Stein verschwunden war, tief unten im Fundament des Heiligenhäuschens.

Pater Hans saß sprachlos da. So stimmte die Geschichte also doch, die der damalige Amtsbruder erzählt und sogar aufgeschrieben hatte. Doch keiner hatte ihm geglaubt. Er war als Phantast und Spinner belächelt worden. Nun konnte er rehabilitiert werden. Und Teile der Bedenicher Geschichte mußten neu geschrieben werden.

»Ja, das ist wirklich eine äußerst wichtige Sache. Ich werde mich darum kümmern«, versprach Hans seiner Mutter. »Ich werde Pfarrer Reinartz einen versteckten Hinweis geben. Ich werde ihm sagen, daß ich die begründete Vermutung hege, daß im Heiligenhäuschen ein antiker Weihestein eingemauert ist. Er wird dann alles Notwendige in die Wege leiten, damit die Sache von Archäologen überprüft werden kann.«

Bärbchen atmete erleichtert auf. Ein schwerer Stein fiel ihr vom Herzen – andere würden wohl nie entfernt werden können.

5. Freitag, 7. Oktober 1966

Tina stolpert durch einen Wald. Es ist dunkel, stockfinster. Wie blind sucht sie tastend den Weg, den sie verloren hat – oder nie gekannt. Irgendwo muß doch der richtige Pfad sein, irgendwann muß sie ihn doch finden. Sie eilt durch dichtes Buschwerk, stößt gegen Bäume, stolpert über Schlingwurzeln, rutscht aus, stürzt hin, rappelt sich auf. Plötzlich sieht sie in der Ferne einen Weg. Er leuchtet hell in der Finsternis, wie ein Lichtband, wie der Schweif eines Kometen. Dorthin will sie. Mit neuem Mut geht sie weiter. Sie läuft schnell und schneller, doch der Weg bleibt stets gleich weit entfernt. Unerreichbar. Sie bleibt stehen, sucht Halt, klammert sich an einen dicken, alten Baum. Dieser ist stark und fest. »Niemals werde ich den Weg aus der Dunkelheit ins Licht finden. Alleine nicht!« spürt Tina und weiß gleichzeitig, daß sie es alleine schaffen muß. Ganz alleine! Sie will wieder weiter. Doch sie kann sich nicht von der Stelle bewegen. Der Baum hält sie in seinem Bann. Zweige senken sich auf sie hernieder, Fangarme umschlingen sie, Blätter hüllen sie ein. Tina ringt nach Atem. Sie schreit laut – aber kein Ton ist zu hören, und doch echot der Schrei von ferne. Da wird es mit einem tosenden Schlag himmelhell. Alles leuchtet, strahlt und – bricht zusammen. Himmel, Wolken, Bäume, Äste, alles stürzt auf Tina ein und sie selbst stürzt, fällt tiefer und tiefer, unaufhaltsam, haltlos – und dann schlägt sie auf, hart – und doch weich. – Schweißgebadet erwachte Tina.

Beim Frühstück war sie unruhig, konnte kaum eine Minute ruhig sitzen bleiben. Unstet ging ihr Blick von einem Gegenstand zum andern. So liebevoll hat Martin ihren Stadtpalast eingerichtet! Alles vom Feinsten und Teuersten! Tina lachte. Doch mitten in ihrem Lachen erstarrte sie. Von irgendwoher spürte sie einen Schatten kommen. Die mit den dunklen Flügeln schien über ihr zu schweben, die Melancholie, die Depression, die Angst, die Verzweiflung. Tina kennt nur zu gut dieses Gespenst der tausend Qualen und Fragen. Sie muß es verjagen, bevor die schweren, schwarzen Flügel sich ganz auf sie niedersenken, wegschieben mit beiden Händen und dann nicht mehr daran denken. Tina lacht wieder, doch nur ihr Mund lacht. In ihren Augen haben sich die dunklen Flügel der ewigen Traurigkeit fest eingenistet, für alle Zeiten.

»Ich fahre heute in die Eifel«, sagte Tina unvermittelt zu ihrem Mann. Dieser schaute sie besorgt an. Immer häufiger kamen diese unruhigen Tage bei seiner Ehefrau. Dann war sie einfach nicht aufzuhalten. Die Frage, ob er mitfahren sollte, konnte er sich sparen. Tina wollte allein sein.

»Wir haben einen Termin beim Notar«, sagte Martin und griff zum Terminkalender. »Um 11 Uhr. Wegen des neuen Grundstücks am Hollerberg in Bedenich.«

Auch Tina holte ihren kleinen Taschenkalender, klein ist er und hat nur wenig Platz für Termine. Und doch steht soviel darin. Tatsächlich! Sie hat den Termin eingetragen. »Ja, dann eben danach«, sagte sie und studierte dabei eine winzige Eintragung: P 17. Ach ja, da hat sie doch irgendeinem Bubi ein Rendezvous versprochen. Wer war das nur? Keine Ahnung. Hauptsache, sie wußte Zeit und Treffpunkt, 17 Uhr auf »ihrem« Waldparkplatz.

Der Termin beim Notar verlief zunächst ganz normal. Routine. Doch dann schockte Tina ihren Mann und den Notar mit den Worten: »Ich möchte mein Testament machen, jetzt und hier.« Alle Einwände wehrte sie ab. »Es geht ganz schnell. Bitte schreiben Sie.« Und dann diktierte sie der Notarhelferin: »Mein erster und mein letzter Wille. Meinen ganzen Besitz in Bedenich – Grundstücke, Häuser und Inventar – vermache ich meiner Tante Anna, Fräulein Anna Remer, Bedenich.«

Martin hatte zuerst über den verrückten Einfall seiner Frau gelacht. Doch jetzt verging ihm das Lachen. »Tina, wenn du das wirklich ernst meinst, solltest du dir deinen letzten Willen gut überlegen. Du hast Kinder!« sagte er mit ungewohnter Schärfe.

»Ich habe mir das gut überlegt«, sagte Tina fest. »Mar-Tina ist durch deinen Besitz bestens versorgt, und Johannes hat sein Auskommen – und wenn er wirklich mal Probleme bekommt, dann geht er sowieso zu Tante Anna. Im übrigen bin ich eine schlechte Mutter, gar keine Mutter.« Tina atmete tief durch und fuhr dann ruhig fort: »Tante Anna ist die richtige. Sie wird die Villa, das Hotel und die Ferienhäuser genau richtig nutzen.«

»Aber Tina!« Martin war fassungslos. »Anna ist 15 Jahre älter als du. Du wirst sie um viele Jahre überleben. Und mich wirst du erst recht überleben.« Tina zuckte die Schultern und unterschrieb wortlos das Schriftstück.

Tina fuhr gerne die Strecke in die Eifel. Doch sie mied die verkehrsreichen Straßen, durchquerte viel lieber winzige Dörfer, wählte Feldwege und scheute auch vor holprigen Waldwegen nicht zurück. Man konnte beim langsamen Fahren so gut seinen Gedanken nachhängen, immer wieder neuen Gedanken. Diese waren dann leicht und nisteten sich nicht zentnerschwer in die Seele ein. Sie flogen schnell vorbei, so schnell wie die Landschaft, die man vom Auto aus genießerisch betrachten konnte. Tina schaltete das Autoradio ein und suchte den Sender, der hauptsächlich Volksmusik im Programm hatte. Eigentlich mochte sie diese Musik nicht besonders, doch für eine Fahrt durch die Eifel war sie genau das richtige. Bald hatte sie den Sender eingestellt und tatsächlich erklangen Volkslieder: Im schönsten Wiesengrunde ..., Bunt sind schon die Wälder ..., Ich weiß nicht, was soll es bedeuten, daß ich so traurig bin ... Leise summte Tina die Melodien mit.

Die herbstliche Eifel hat etwas Melancholisches, Geheimnisvolles an sich, etwas, was einen ganz einfängt – ob man nun will oder nicht. Tina liebte die trüben Tage, die dichten Nebel, die sterbende Natur. Sie spottete in der Stadt manchmal über die Eifel, und doch übte diese »bucklige Landschaft« auf sie eine große Anziehungskraft aus, der sie sich nicht entziehen konnte. Liebte sie das Land ihrer Ahninnen und Ahnen oder haßte sie dieses? Liebte sie nur die Landschaft und verachtete die Menschen? Wie hatte doch ein Kaiser gesagt: »Die Eifel ist ein herrliches Jagdrevier, nur schade, daß dort Menschen leben.«* Ja, ohne Menschen wäre die Eifel ein Paradies, ein wildes, verwunschenes Märchenland.

Kurz vor Bedenich bog Tina in einen Waldweg ein. Im Schritttempo fuhr sie weiter. Abwechselnd ging es durch lichtdurchfluteten Buchenwald und finsteren Tannenforst. Uralte Bäume säumen den Weg, dichtes Buschwerk verdeckt kahle Flächen, hohe Brennesseln wuchern am Waldrand, verästeltes Gesträuch läßt eine Hecke entstehen, undurchdringlich. Hier ist ein Wanderparkplatz, Tinas Waldparkplatz, ein Treffpunkt für Pärchen, die das Dunkel suchen.

Plötzlich lichtet sich der dunkle Wald. Felder tauchen auf, karge Wiesen, steinige Äcker. Dächer leuchten auf der Höhe, ein Kapellchen wird sichtbar, Häuser erkennbar, etwas abseits eine Kirche, ein Eifelnest – Bedenich.

Tina war immer wieder von diesem Überraschungseffekt fasziniert. Da ist man mitten im Wald und dann – eine Siedlung – Menschen – Leben. Heimat! Geliebt und gehaßt! Anziehend und abschreckend! Geborgenheit und Enge, Familie und Unterdrückung, Mitgefühl und Kontrolle! Gefängnis der Kindheit! Gefesselt an Ketten, an eisernen Ketten! Und doch!

In ihrer Bedenicher Villa wanderte Tina ruhelos umher. Es war ein so schönes Haus und doch war es tot. Das Leben fehlte darin, das Leben. Eine Hausangestellte sorgte dafür, daß stets alles blitzblank und aufgeräumt war. Für Tina gab es nichts zu tun. Nach einigem Überlegen ging sie zum Telefon und rief Peters Arbeitsstelle an, ein Industrieunternehmen in der Kreisstadt. »Peter ist auf Dienstreise«, sagte ein Kollege und fügte hinzu, daß er nähere Auskünfte nicht geben könnte. Wetten, daß Peter neben ihm saß und grinste? Männer hielten doch zusammen wie Pech und Schwefel! Na gut, wenn er nichts mehr von ihr wissen wollte, dann sollte ihn der Teufel holen. Tina knallte den Hörer auf den Apparat.

* Wilhelm II.

Endlich war es soweit. Tina fuhr zum Parkplatz. Sie ist für Pünktlichkeit. Mit dem Auto gar kein Problem. Die Technik, ein Segen für die Menschheit! Für sie! Aber auch für die braven Hausfrauen, die in einem Eifelkaff wohnen und ebenfalls ein bißchen Freude genießen wollen! Das Auto – das Freiheitssymbol der modernen Zeit, der Emanzipation!

Fünf Minuten vor der Zeit war Tina auf dem Parkplatz am Waldrand. Ein anderes Auto stand schon da. Der war ja noch pünktlicher! Jemand stieg aus. Ach, der war es. Jetzt erinnerte Tina sich: Irgendein Freund von irgendeinem Freund, Name unbekannt, jung, dynamisch, langes, blondes Haar, bis auf die Schultern. So etwas gefiel Tina.

»Wie heißt du eigentlich?« fragte sie sanft.

»Peter«, stellte sich der Bubi vor und fügte an: »Ich hatte nicht gedacht, daß du kommst.«

»Versprochen ist versprochen«, gab Tina einen ihrer Grundsätze kund und überlegte dabei, wieso sie immer wieder mit »Peters« zusammenkam. Irgendwie verfolgte sie dieser Name. Peter! Na, das vereinfachte die Sache doch ganz erheblich. Mit einer Handbewegung entschied sie sich für das Auto des anderen. Ab ging's in den Wald.

Der Peter mit den langen blonden Haaren war gar nicht so übel. Na, mit Mitte 20 hat man heute schon allerhand hinter sich. Als sie selbst in diesem Alter war, war sie nur ängstlich und verklemmt. Bloß kein Kind! Hätte es damals schon die Anti-Baby-Pille gegeben, wäre Johannes nie geboren. Da hätte die medizinische Wissenschaft noch so warnen und der Papst noch so laut sein »Nein« predigen können. Dank der modernen Verhütungsmittel können Frauen das Liebesleben doch voll genießen – auch außerhalb der Ehe. Die Männer sind die Nutznießer dieser sexuellen Befreiung – oder vielmehr – die Nutz-Genießer.

Tina verscheuchte ihre Gedanken. Wenn sie sich schon in einem Auto abquälte – das sie aber auf jedem Fall einem Bett vorzog –, dann wollte sie wenigstens etwas davon haben. Sie blickte in den Buchenwald; die Sonne flimmerte durch das Blattwerk, ließ Baumstämme aufflammen, Lichtungen leuchten; alles funkelte, glitzerte, glühte, strahlte, versprach Licht und

Freude. Es war doch schön im Auto, mitten im Grünen, mitten in der Welt, verbunden mit Himmel und Erde.

Tina ließ sich einfangen von dem Zauber des Waldes, von der Ungeduld des jungen Blutes ihres Partners, von ihrer eigenen Körperlichkeit. Sie ging ganz schön mit, aber dann war es doch zu schnell vorbei, für sie zu schnell. Macht aber nichts. Der Himmel war noch immer hell, der Wald noch immer lichtdurchflutet – und der Abend noch frei und die Nacht lang. Dann war der Wald dunkel.

»Rauchst du eine mit?« fragte der Bubi-Peter und zückte die Zigarettenschachtel. Tina schüttelte den Kopf. Sie war ein guter Mensch und dachte daran, daß auch die Nachkommen noch im grünen Wald lieben wollen.

Er erriet wohl ihre Gedanken. »Ist doch alles scheißegal«, meinte er jungenhaft-lässig. »Die Menschheit hat es sowieso bald hinter sich.«

Tina war bemüht, ihr Äußeres wieder in Ordnung zu bringen. Um ihr Inneres brauchte sie sich nicht zu kümmern, das lag sorgsam verwahrt unter einem dicken Eispanzer. Bloß nicht daran kratzen! Ein winziger Riß konnte die ganze Eisdecke sprengen.

»Du hast einen tollen Schlitten«, paßte sie sich dem Jargon ihres Kumpels an. Bloß keine tiefsinnigen Gespräche! Jetzt hatte das Bürschchen für eine Zigarettenlänge genug Gesprächsstoff: sein Super-Auto! Und dann war man wieder am Parkplatz. »Du bist ein Klasseweib!« sagte das Bürschchen zum Abschied. »Da haben die anderen nicht zuviel versprochen.« Er drückte die Zigarette aus, drehte die Kippe hin und her, hin und her, immer wieder, um sie dann energisch und endgültig zu zerdrücken. Tina beobachtete es mit einem Schauder. Genau so fühlte sie sich: Genutzt, genossen, ausgelöscht, zerdrückt, zermalmt, weggeworfen, energisch und endgültig. Trotzdem strich sie zum Abschied sanft über sein langes Haar. Peter!

Tina hätte gerne Anna besucht. Aber etwas hielt sie zurück. Es war das erste Mal, das etwas zwischen sie getreten war. Anna hatte ihr keine Vorwürfe gemacht, aber sie hatte sie so traurig angeschaut. Tina hatte so etwas wie – ja – sie wollte es sich eigentlich nicht eingestehen – aber sie mußte es doch so nennen

– sie hatte Scham gefühlt. Doch dieses ihr fremde Empfinden wollte sie sich nicht eingestehen – und erst recht nicht hochkommen lassen. Nie und nimmer!

Menschen fügen sich stets soviel Leid zu. Es gibt nichts Böses unter dem Himmel, wozu Menschen nicht fähig sind. Die Menschen entwickeln eine beispiellose Fantasie, um sich gegenseitig zu quälen. Besonders Frauen sind begehrte Opfer. Das hatte Anna neulich gesagt. Ganz unverständlich fand sie es, daß Frauen sich gegenseitig schikanierten. »Warum fügen Frauen sich gegenseitig Leid zu?« hatte Anna gefragt. »Warum sehen sie sich immer als Konkurrentinnen? Warum geben sie der Beziehung zu einem Mann Vorrang vor einer Frauenfreundschaft? Eine einzige wahre Freundin ist für eine Frau doch hundertmal bedeutsamer als jede Männerbeziehung.« Damals hatte Tina nicht viel mit diesen Gedanken anfangen können. Doch jetzt verstand sie schon besser, was Anna meinte. Eine Freundin! An die man sich anlehnen konnte, die stark und zuverlässig war wie ein alter Baum! Die immer da war – immer erreichbar. Tante Anna war wohl so etwas wie eine Freundin, eine mütterliche Freundin – aber eine gleichaltrige Freundin hatte Tina nie besessen. Nie!

Als Tina durchs Dorf fuhr, fiel ihr ein, daß der neue Pfarrer Reinartz für seine Pfarrkinder stets gesprächsbereit war. Er bot nicht nur seelsorgerischen Rat an, sondern auch therapeutische Hilfe in allen Lebenslagen. Etwas ganz Modernes! Ganz neue Wege ging da ein Vertreter der doch so konservativen katholischen Kirche.

Ja, ein Unbeteiligter, ein Fremder konnte ihr vielleicht helfen, ihr zeigen, wo der richtige Weg lang ging, ihr Weg. Hatte ihr Traum ihr nicht deutlich gezeigt, daß sie es allein nicht schaffen würde? Spontan und ohne langes Nachdenken hielt Tina am Pfarrhaus an und klingelte. Der Pfarrer öffnete selbst. Doch nun wußte Tina überhaupt nicht, was sie sagen sollte. »Ich möchte gerne 'mal mit Ihnen sprechen«, stotterte sie schließlich. »Ein Gespräch führen! Persönlich!« Der Pfarrer bat sie ins Haus. »Ich bin gerne zu einem Gespräch bereit. Wir können gleich einen Termin ausgucken«, sagte er und griff gleichzeitig zu seinem Terminkalender. Genau diese Geste hatte Tina heute schon einmal erlebt. »Nein!« sagte sie fast erschrocken. Der Pfarrer schaute sie an. Er erkannte, daß ein Mensch vor ihm stand, der Hilfe brauchte, sofort. Doch seine pfarramtlichen Pflichten riefen. »Ich habe jetzt einen Gottesdienst«, erklärte er, »heute ist ja das Rosenkranzfest. Und später, hm, ja, da ist eine Kirchenvorstands-Sitzung angesagt.« – Neue Wege? Nein, es waren die alten Muster. Tina verließ wortlos das Pfarrhaus. Der Pfarrer stieß ein ganz und gar unfeines Wort zwischen den Zähnen hervor.

Nun wußte Tina, daß sie weder ihre Mutter noch ihre Tanten zu besuchen brauchte. Alle frommen Frauen des Ortes würden zur Kirche gehen. Wieso es Frauen immer in die doch so frauenfeindliche Kirche zog? Suchten sie die Strafpredigt Gottes, die Unterdrückung durch die hohen kirchlichen Würdenträger? Na, dann sollten sie doch rennen, sich demütigen und knechten lassen. Tina brauchte dafür keinen Gott und keine Kirche. Das konnte sie anders bekommen, ganz anders.

Alle weniger frommen Männer des Ortes würden in der Kneipe sein. Da war der richtige Platz für Tina.

Tina nahm Platz auf einem Hocker an der Theke und bestellte sich ein Mineralwasser. Damit kam sie einen ganzen Abend aus und – wenn es sein mußte – eine lange Nacht. Alkohol rührte Tina nicht an, nicht mehr seit jener Zeit mit Onkel Hannes. Damit der Wirt doch etwas an ihr verdiente, spendierte sie gleich eine Lokalrunde und ließ später noch mehrere folgen. Etwa 20 Dorfmänner waren in der Kneipe.

Tina starrte in ihr Glas und hing ihren Gedanken nach. Für Männer gibt es in einem Dorf mehrere Freizeitmöglichkeiten, um mit dem Scheiß-Leben zurecht zu kommen. Sie können regelmäßig in die Kirche gehen und inbrünstig beten, daß der alte Herr da oben drei Augen zumacht. Sie können einem Verein beitreten, der ihnen einen unkontrollierbaren Freiraum zusichert. Sie können auch regelmäßig in die Kneipe gehen, sich besaufen und anschließend ihre ihnen angetraute Ehefrauen vergewaltigen – oder außerehelich tätig werden, wobei Letzeres auf jeden Fall humaner ist. Die meisten gut christlich-katholischen Männer in einem gut christlich-katholischen Dorf praktizieren alle Möglichkeiten.

Damit Frauen das Scheiß-Leben in einem öden Eifelnest ertragen können, rennen sie frommgläubig in die Kirche, beten andächtig »Herr, erbarme dich unser«, zünden ein Kerzchen an und erwarten irgendein Wunder, irgendeins. Doch nichts geschieht. Auch sie können einem Verein beitreten, dem Kirchenchor oder dem Turnverein – ganz egal, Hauptsache, er gewährt etwas Freiraum. Um die Vergewaltigungen ihres Ehemannes ertragen zu können, suchen sie irdischen Trost bei einem guten Freund außerhalb der gesetzlichen Ehepflicht. Frauen bis zu einem gewissen Alter nutzen alle Möglichkeiten; alte Frauen können nur noch gottergeben seufzen: Herr, ich bin nicht würdig!

»Genau so ist es in einem Dorf!« sagte Tina plötzlich laut aus ihrem Grübeln heraus. Und ergänzte für sich: Genau so! Und wer in der Stadt wohnt und ein Kaff nur vom Sonntagsausflug kennt, der glaubt es nicht – kann es sich nicht vorstellen.

»Wie wär's denn mit uns zwei heute Abend?« wurde Tina aus ihren Gedanken gerissen. »Okay!« sagte Tina. »In einer Viertelstunde am Waldparkplatz.« Erst dann schaute sie sich den Sprecher an: auch so ein Bubi, jung, dynamisch, aber mit dunklem, nicht ganz so langem Haar. Dieser verschwand, Tina folgte etwas später. »Laß mein Glas stehen«, sagte sie zum Wirt, »es dauert nicht lange.«

Tatsächlich war Tina bald wieder da und stierte erneut in ihr Glas.

»Warum tust du das?« fragte ein junger Mann neben ihr. Es war Hans-Peter Remer, ein Neffe aus der großen Remer-Sippschaft – ein hellhäutiger, feingliedriger Remer-Typ – aber doch kräftig gebaut. Mit seinen 28 Jahren war er noch immer Student, ein ewiger Student. »Du demütigst dich, erniedrigst dich, ruinierst dich. Sag mir bloß einmal, warum du das tust, immer wieder«, regte er sich auf.

»Ist der Ruf erst ruiniert, lebt es sich ganz ungeniert!« zitierte Tina ein Sprichwort.

»Mit dir kann man einfach nicht reden. Du bist wie ein Stein«, seufzte Hans-Peter.

»Hast du auch Lust?« fragte Tina.

»Nein!« sagte Hans-Peter energisch. »Im übrigen sind wir verwandt.« Tina lachte. »Das hat die Männer im frommen Bedenich noch nie gestört, und außerdem sind wir beide um sieben Ecken miteinander verwandt. Das gilt nicht.«

Hans-Peter reagierte nicht auf die Begründung von Tina. Er wiederholte seine Frage: »Warum tust du das?« Tina runzelte die Stirn. Warum? Warum tue ich das? Diese Frage schien ihr einiger Überlegungen wert. Doch dann schüttelte sie den Kopf. Nein! Warum tut man überhaupt irgendetwas? Wenn man sich diese Frage stellt, gibt es nur eine Antwort: Es gibt keinen Grund, überhaupt irgendetwas zu tun. Im Leben hat nichts einen Sinn! Alles ist sinnlos!

»Ich tue nur das, was jeder in Bedenich macht, oder fast jeder«, meinte sie schließlich mißmutig.

»... aber nicht in aller Öffentlichkeit«, sagte Hans-Peter. »Niemand tut das!«

Tina zuckte nur die Schultern. »Ich tue es aus reiner Nächstenliebe. Laß mich in Ruhe!« brummte sie.

»Es ist Sünde«, ließ Hans-Peter nicht locker, »außerhalb der Ehe ist es Sünde, schwere Sünde.« Tina lachte. Na, dann hatte der liebe Gott aber viele Sünden zu registrieren. So schnell wie gesündigt wurde, konnte er gar nicht zählen. Jeden Tag, jede Minute! Da ratterten im Himmel wohl jede Menge Rechenmaschinen, rattatatam. Tina lachte wieder, schrill und verkrampft.

»Mir machst du nichts vor«, sagte Hans-Peter und schaute Tina ernst an. »Ich weiß, daß du im Innern deines Selbst ganz anders bist. Du bist eigentlich genau wie deine Mutter, fromm und gottesfürchtig.«

Tina staunte. Da kam sie ja doch noch zu ihrer psychologischen Therapiestunde. »Ich bin nicht wie meine Mutter«, sagte sie energisch. »Sie lebt in der Enge eines Hauses, eines Dorfes, in der Engstirnigkeit ihrer beschränkten Gedankenwelt und ihrer christlichen Moralvorstellungen. Ich lebe frei.«

»Der Kern deines Wesen ist die Frömmigkeit der Familie Remer«, ließ Hans-Peter sich nicht aus seinem Konzept bringen. »Dein Problem ist, daß du das nicht wahrhaben willst. Darum bist du hin und her gerissen.«

»Studierst du jetzt Psychologie?« fragte Tina.

»Das ist mehr ein Hobby«, sagte Hans-Peter und fuhr in seiner Analyse fort. Tina sagte nichts mehr, schaute nur noch verbissener in ihr Glas. Sie tat so, als wenn sie nicht mehr zuhörte. Aber manches drang doch in ihr Inneres. Hans-Peter erklärte, daß jedes Kind stets das Richtige findet, um beachtet zu werden. Kann es das »Liebsein« von Geschwistern oder von einem Elternteil – zum Beispiel der Mutter – nicht überbieten, dann muß es böse sein, bitterböse, um beachtet zu werden. »Du tust alles, um beachtet zu werden«, fand Hans-Peter eine Begründung für Tinas ausgeflipptes Leben.

Doch dann fand er auch noch andere Theorien, warum Tina so »unleidlich« war. »Du kannst dich selbst nicht leiden, nicht lieben!« sagte er. »Das wird sich erst ändern, wenn du zu deinem wahren Wesen zurückkehrst, zu deinem echten Kern. Versteckst du dich weiterhin hinter einer Maske, so wirst du unglücklich bleiben und ständig auf der Flucht vor dir selbst. Solange wirst du ein Stein sein.« Tina reagierte nicht, und schließlich gab Hans-Peter seine unausgereiften Belehrungen auf.

Irgendwann kam die kleine Schwarze, die von irgendwoher in Bedenich gestrandet war und in einer heruntergekommenen Bruchbude haust. Sie schmiegte sich an einen der Männer. »Asoziales Pack!« brummte dieser und schob sie beiseite. Da ging sie zu einem, der mehr getrunken hatte – und der gab ihr einen aus.

Tina winkte sie zu sich heran. »Wie heißt du?« fragte sie. »Ich ... Mary – Mary Cramer«, stotterte diese. »Mary, du kannst in einem Ferienhaus bei mir wohnen. Hausnummer 8 ist frei«, sagte Tina in ihrer kurz angebundenen Art und schloß die Frage an: »Hast du Kinder?«

Die junge Frau nickte: »Ein Junge von fünf Jahren, Lorenz, und ein Mädchen von drei Jahren.«

»Lorenz?« fragte Tina verblüfft. Na, da wurde sie ganz nebenbei an ihren Großvater mütterlicherseits erinnert. »Ja, nach meinem Vater«, erklärte Mary, »und das Mädchen heißt Mary-Ann, nach mir und meiner Mutter. Englisch: Määrii-Änn!« Tina nahm einen Zettel aus ihrer Handtasche und schrieb darauf: »Mary Cramer kann mit ihren Kindern kostenlos in einem Ferienhaus wohnen, so lange sie will. Bedingung: Sie muß das Haus sauber und in Ordnung halten.« Sie unterschrieb den Zettel und hielt ihr der Fremden hin. Diese schaute sie fragend an, ohne den Zettel zu nehmen.

Da betraten zwei Männer den Gastraum. Kirchenvorstandsmitglieder! Sie hatten genug im Dienste der Kirche beraten und beschlossen. »Ihr kommt gerade richtig« sagte Tina, »unterschreibt das mal, zur Beglaubigung.« Tina legte ihnen den Zettel vor. Auch die Männer schauten Tina fragend an. »Nun macht schon«, drängte diese ungeduldig.

Die beiden unterschrieben – wenn auch kopfschüttelnd. Tina gab den Zettel der Fremden und drückte ihr noch einige Geldscheine in die Hand. »Danke!« sagte Mary, packte alles und eilte nach draußen. Nur schnell weg, bevor die gnädige Frau sich das anders überlegt hatte.

Einer der Kirchenvorstandsherren, ein Zugezogener, stellte sich neben Tina. »Frau Rademacher, Sie würden mir eine große Freude machen, wenn ich Sie einmal einladen könnte«, sagte er höflich, »zu einem feinen Essen und so!«

Tina schaute ihn an, zuerst verblüfft, dann wütend. »Was erlauben Sie sich!« fauchte sie ihn an. »Wofür halten Sie mich?«

»Oh! Entschuldigung!« Der Mann war verwirrt. »Da ... da bin ich wohl falsch informiert.« Schnell bezahlte er sein bestelltes, aber nicht getrunkenes Bier und verließ fluchtartig das Lokal. Tina war wirklich ärgerlich. Eine Unverschämtheit! Fein essen! Nobel geht die Welt zu Grunde! Und mit dem »und so!« meinte der feine Herr wohl Kuschelsex in einem weichen Hotelbett. Stundenlanger Kuschelsex! Widerlich! Ekelhaft! So ein eingebildeter Lackaffe! Huvvardsböggel!* Fiese Möpp!** Sie schüttelte sich.

* Eitler Geck ** Ekeliger Kerl

Der Wirt drängte zum Aufbruch. Er wollte ins Bett. Die Männer bezahlten murrend ihre Zeche und torkelten auf die Straße.

»Bleibst du diese Nacht hier in Bedenich?« fragte Hans-Peter.

»Nein«, sagte Tina, »ich fahre nach Hause, in die Stadt.«

»Ich habe so ein ungutes Gefühl«, stotterte Hans-Peter verlegen. »Willst du nicht lieber hier bleiben? Ein wirklich ungutes Gefühl!«

»Ich halte nichts von Gefühlen«, sagte Tina mürrisch, »weder von guten, noch von unguten.« Hans-Peter zögerte noch, murmelte etwas von tückischen Oktobernebeln und verabschiedete sich schließlich abrupt.

Tina war die letzte in der Kneipe. Sie bezahlte, gab ein großzügiges Trinkgeld, blieb aber an der Theke stehen und schlürfte langsam ihr Wasser. Geduldig wartete der Wirt. Die arme Tina Cremer hätte er hinauswerfen können, die reiche Tina Rademacher jedoch nicht. Langsam zählte er das Geld. Nur die Einnahmen zählen. Was die mit Alkohol abgefüllten Männer heute noch im Ehebett anstellen – das ist nicht sein Bier. Und was sonst noch geschieht zwischen Nachtnebel und Morgentau – was geht es ihn an. Tür zu – fertig – aus.

Nach einer Weile hatte Tina auch den letzten Tropfen aus ihrem Wasserglas gesaugt. Noch einige Male führte sie das Glas an den Mund. Nein, es war wirklich nichts mehr darin. Jetzt mußte sie wohl aufbrechen. Sie starrte zu dem Thekenschrank gegenüber. Hoch oben standen einige Schnapsflaschen aufgereiht. Plötzlich geht Tina mit schnellen Schritten hinter die Theke, schiebt einen Stuhl heran, steigt darauf, greift nach oben, nimmt eine Flasche, öffnet diese, setzt sie an den Mund und nimmt einen kräftigen Schluck. Dann stellte sie die Flasche auf die Theke, verließ ohne ein Wort die Gaststätte und ging zum Auto. Sie startete den Wagen und fuhr los.

Langsam drehte sie eine Runde durchs Dorf. Alle Häuser lagen im tiefen Dunkel. Nicht das kleinste Licht drang durch die winzigen Fenster der alten Eifelhäuser oder durch die hinuntergelassenen Rolladen der neueren Häuser. In der Eifel geht man früh zu Bett. Auch die »Suffköppe« aus der Kneipe waren wohl gleich ins Bett geplumpst – ins vorgewärmte, breite Ehebett.

Auch ihr Elternhaus war dunkel, doch da, bei Peter – oder wohl besser gesagt bei Maria – war im Wohnzimmer noch ein winziger Lichtschimmer. In denjenigen Häusern, in denen ein Mensch alleine wohnt, brennt nachts am längsten Licht. Das hatte Tina mehrmals beobachtet. Dieses kleine Licht bei Maria bewegte Tina sehr. Maria! »Es tut mir leid!« brummte Tina und erschrak gleichzeitig über diese Worte. Leid! Anderen Leid zufügen! Leiden lassen! Nein, das wollte sie nicht, hatte sie nie gewollt. Dann schon eher sich selber quälen. Wie hatte Hans-Peter gesagt? Du kannst dich selbst nicht leiden! Sich selbst nicht leiden können – sich selbst Leid zufügen – sich ein Leids antun.

Auch bei Anna brannte noch Licht. Tina ging auf die Bremse. Doch just in diesem Moment wurde das Licht ausgemacht. Eine ganze Weile blieb Tina etwas vom Haus entfernt mit dem Auto stehen. »Ich schäme mich, Tante Anna«, sagte sie leise und auch über diese Worte erschrak sie zutiefst.

Tina fuhr weiter und schaltete das Autoradio ein. Sie hatte noch den Volkslieder-Sender eingeschaltet. Tina kaute auf ihrer Unterlippe. Nirgendwo konnte sie in Bedenich hingehen, nirgendwohin, obwohl doch hier ihre Familie wohnte, ihre Vorfahren zu Hause waren. Sie war allein, hatte sich wohl selbst ausgeschlossen und hinter eine hohe Mauer verkrochen. Da hockte sie nun.

Der Sprecher im Radio sagte gerade ein neues Lied an, wohl das bekannteste und beliebteste Volkslied in Deutschland. Nun erklang eine tiefe Männerstimme:

Kein schöner Land in dieser Zeit
als hier das uns're weit und breit,
wo wir uns finden
wohl unter Linden
zur Abendzeit ...

Tina lacht laut auf. Welch trautes Dorfleben wird da besungen! Längst vorbei oder nie gewesen? Und plötzlich – ganz plötzlich – ist wieder die mit den dunklen Flügeln da, die Melancholie, die Depression, die Angst, die Verzweiflung. Die dunklen Flügeln der ewigen Traurigkeit sinken hernieder, nein, sie sinken nicht, sie stürzen – fallen auf sie hinab, begraben sie.

Tina biegt in den Waldweg ein. Nebel wallen wogend durch den Wald, der jetzt dunkel ist, nachtdunkel. Das Scheinwerferlicht durchschneidet die Dunkelheit wie ein Schwert. Der Weg leuchtet hell in der Finsternis, wie ein Lichtband, wie der Schweif eines Kometen. Tina nimmt einen wuchtigen Baumstamm wahr, macht das Licht aus – der Weg ist verschwunden, fort, niemals da gewesen. Da schließt sie die Augen, gibt Gas, drückt das Gaspedal durch bis zum Anschlag. Es gibt einen ohrenbetörenden Knall, ein Bersten und Brechen. Himmel und Erde erbeben, explodieren. Tina schreit auf, aber kein Ton ist zu hören, und doch echot der Schrei in der Ferne – weit – so weit in der Ferne. Da wird es mit einem Schlag himmelhell. Alles leuchtet, strahlt und – bricht zusammen. Himmel, Bäume, Äste, alles stürzt auf Tina ein und sie selbst stürzt, fällt tiefer und tiefer, unaufhaltsam, haltlos – und dann schlägt sie auf, hart, hart – und dann doch unsagbar weich.

Es ist still im Wald, nachtstill, totenstill. Nur aus dem Autoradio klingt eine dunkle Männerstimme:

Nun, Brüder, eine gute Nacht,
der Herr im hohen Himmel wacht.
In seiner Güten
uns zu behüten
ist ER bedacht.

6. Mittwoch, 16. November 1966, Buß- und Bettag

Maria las den Brief, der unter der Tür gesteckt hatte, wohl schon zum zehnten Mal: »Meine liebe Maria, ich möchte Dich um Entschuldigung bitten und würde gerne wieder mit Dir zusammenleben. Ich freue mich doch so auf mein Kind – auf unser Kind. Ich liebe Dich. Peter«

Das Telefon läutete. Doch Maria hob den Hörer nicht ab – so wie sie seit Tagen das Läuten ignorierte. Sie starrte auf den Brief.

Ihr fiel ein Satz ein, den Peter immer wieder sagte: »So einfach ist das.« Damit schob er alle Probleme beiseite. Er hatte ihr so weh getan und er – er entschuldigte sich mit knappen, nichtssagenden Worten. Und schon war alles vergessen – vergessen und vergeben. So einfach ist das – seiner Meinung nach.

Es läutete an der Tür. Anna stand draußen. »Da du nicht ans Telefon gehst, muß ich mich wohl bis hierher bemühen«, sagte sie in ihrer freundlich-schelmischen »Remer«-Art. Doch wer sie näher kannte, erblickte den dunklen Schatten in ihren Augen. Tinas Tod hatte ihr schwer zugesetzt. Immer wieder stellte sie sich die Frage, warum Tina nicht an jenem Abend zu ihr gekommen war? Warum hatte sie nicht bei ihr Hilfe gesucht, sie um Rat gefragt?

»Schön, daß du mich besuchst«, begrüßte Maria ihre Tante.

»Ich bin ja wohl kein Besuch«, sagte Anna lächelnd. »Der richtige Besuch kommt erst, der Gast – oder vielmehr die Gästin – ist bereits unterwegs und kann jeden Moment hier eintreffen.«

Maria schaute sie fragend an: »Nun rück schon raus mit der Sprache, Tante Anna.« Nun erzählte Anna, daß Bärbel unterwegs in die Eifel sei. Da sie trotz Bemühen Maria nicht telefonisch erreichen konnte, hatte sie bei Anna Bescheid gesagt. »Sie hat noch den ganzen Jahresurlaub zu bekommen und den hat sie jetzt genommen und möchte ihn gerne bei dir verbringen – wenn du nichts dagegen hast. Wenn du sie aber nicht haben willst, dann nehme ich sie mit Freuden auf.«

»Bärbel kommt?« Marias Augen strahlten. »Wirklich? Hast du ihr gesagt daß in der Eifel Schnee liegt?«

»Das konnte sie nicht abhalten«, erklärte Anna.

»Wie lange hat sie denn Urlaub?« wollte Maria wissen.

»Na, sie hat gesagt, daß sie mindestens solange bleibt, bis sie die kleine Barbara übers Taufbecken gehalten hat, aber vielleicht auch so lange, bis diese das Abitur geschafft hat«, sagte Anna lachend. »Aber im Ernst, sie überlegt, ob sie sich nicht hier in der Nähe eine Arbeitsstelle sucht und in Bedenich wohnt. Vielleicht kann ich ihr diese Arbeitsstelle anbieten. Ich kann mir vorstellen, das Hotel als Erholungsheim für Mutter und Kind zu nutzen, und da brauche ich Bärbels Hilfe – und deine, Maria.«

Maria führte die Hände vors Gesicht. Sie konnte es nicht verhindern, daß Tränen kamen, Tränen der Erleichterung und der Hoffnung. Die Zukunft war doch nicht so duster, wie sie gedacht hatte. Sie hatte gute Freundinnen, tatkräftige Verwandte.

»Aber zunächst sorgen wir dafür, daß dein Kind heil zur Welt kommt«, kam Anna wieder zum Nächstliegenden zurück.

»Dann habe ich ja eine Hebamme in der Nähe und eine Krankenschwester im Haus«, sagte Maria unter Schluchzen. »Bärbel muß bei mir wohnen – sie muß.« Maria hatte in der letzten Zeit manche Ängste durchgestanden. Wenn es nun vorzeitig und ganz plötzlich mit der Geburt losging? Und sie war ganz allein im Haus? Sollte sie Peter wieder ins Haus holen, nur weil sie sich fürchtete? Sie hatte ihm gesagt: Ich kann auch ohne dich leben. Aber konnte sie wirklich ohne ihn leben? Ohne ihren Mann? Ohne einen Mann?

Sie reichte Anna den Brief mit der Bitte, diesen zu lesen. Anna las und schüttelte den Kopf: »Der macht es sich leicht«, sagte sie. »Aber Maria, ich will dich nicht beeinflussen. Du mußt die Entscheidung treffen, du ganz allein.«

»Aber einen Rat darfst du mir geben«, bat Maria. »Du hast soviel Lebenserfahrung, Tante Anna.«

»Na, in Liebesdingen bin ich total unerfahren«, stellte Anna klar, »aber als Hebamme kann ich dir den guten Rat geben, jetzt – während der letzten Schwangerschaftswochen – keine Entscheidung zu treffen. In dieser Zeit ist die Frau äußerst empfindlich und sehr empfindsam. Warte, bis alles vorbei ist, bis wieder der normale Alltag läuft.«

»So viele Mütter erziehen heute ihre Kinder allein«, überlegte Maria, »da werde ich das auch schaffen – und ich bin ja gar nicht allein.« Sie dachte eine Weile nach. »Peter schreibt zunächst ›mein‹ Kind – und dann fällt ihm ein, daß ihm das Kind wohl nicht allein ›gehört‹ – und erst dann schreibt er ›unser‹ Kind. Ein Mann zeugt ein Kind und dann hat er neun Monate überhaupt nichts damit zu tun – und später kümmert er sich um ›seinen‹ Nachwuchs auch viel weniger als die Mutter – und dann schreibt er ›mein‹ Kind!« Nun war Maria doch etwas in Zorn geraten. Anna beruhigte sie.

»Weißt du, Tante Anna«, fuhr Maria etwas ruhiger fort. »Zuerst habe ich ja Tina als die Schuldige betrachtet, ich war sehr böse auf sie. Sie hat mein Leben zerstört, eiskalt und egoistisch. Aber ich kann ihr verzeihen. Erst jetzt habe ich erkannt, wie einsam sie eigentlich war. Das Leben nicht mehr ertragen können! Nicht mehr so weiterleben können, wie man lebt. Und keinen Weg sehen, nur noch den Tod als Ausweg wissen! Das muß schrecklich sein. Ja, für sie kann ich aus tiefstem Herzen beten. Doch Peter? Da ist mir alles so unklar. Ich glaube, daß ich ihn trotz allem liebe. Aber was ist eigentlich Liebe?«

Maria redete nun unaufhaltsam. So viele Fragen stellte sie sich. War Peter gefühlskalt? Oder konnten Männer gar nicht so empfinden wie Frauen? Waren sie von Natur aus eigennützig und berechnend? Merkten sie gar nicht, daß sie Frauen nur nutzten – oder sogar aus-nutzten?

»Als Ehefrau komme ich mir manchmal wie ein Staubsauger vor«, sagte Maria. »Wenn man ihn braucht, holt man ihn hervor, und dann erwartet man, daß er funktioniert. Und dann stellt man ihn wieder in die Ecke. So fühle ich mich von Peter behandelt. – Ja, Tante Anna, ich will deinen Rat befolgen und vorerst keine Entscheidung treffen. Abwarten!«

Da hupte es draußen. »Da kommt Bärbel!« Maria sprang auf und eilte nach draußen. Anna verzog sich unauffällig.

Sie ging zur Feriensiedlung am Hollerberg. Sie konnte es noch gar nicht fassen, daß ihr das ganze Terrain gehören sollte. Auch Bärbchen hatte jetzt ihr angeheiratetes Land an sie überschrieben. Es sollte alles in einer Hand sein. So vieles kam auf Anna zu, so vieles, was ihr fremd war. Zum Glück wollte Martin noch die Aufsicht über die Fertigstellung des Hotels übernehmen. Doch wenn alles unter Dach und Fach war, wollte er sich ganz aus Bedenich zurückziehen. Er war ein gebrochener Mann. Er konnte es einfach nicht verstehen, nicht begreifen. Er hatte doch alles für Tina getan! Ihr alles gegeben, ihr jeden Luxus gewährt – und ihr doch die Freiheit gelassen.

»Ach, wäre ich nur mit ihr gefahren – in die Eifel – an diesem Tag, einfach mitgefahren – dann wäre es nicht passiert«, jammerte er. »Wäre ich nur strenger zu ihr gewesen, viel strenger.«

»Tina war krank«, hatte Anna ihm einen Trost angeboten, »psychisch krank. Niemand konnte ihr helfen.« Daran klammerte Martin sich. Krank! Dann war man nicht mehr verantwortlich für das, was man tat.

Als Anna weiterging, kam ihr die kleine Schwarze, Mary Cramer, entgegengelaufen. »Fräulein Remer– oder heute sagt man ja Frau Remer«, sagte sie freundlich. »Ich möchte Sie etwas fragen. Hm, na ja, also: Was Frau Rademacher geschrieben hat, gilt das auch bei Ihnen? Für immer?«

»Es gilt! Für immer!« sagte Anna und sah die junge Frau fest an. Diese hatte sich in den paar Wochen, in denen sie im Ferienhaus lebte, total verändert. Sie sah gepflegt aus– und irgendwie erwachsener. Daß jemand ihr Vertrauen entgegenbrachte, hatte ihr Selbstbewußtsein ungemein gestärkt.

»Die Frau Studienrätin von Haus Nr. 10 hat mich gefragt, ob ich bei ihr putzen kann«, erzählte Mary nun weiter. »So kann ich mir etwas Geld verdienen. Und im Sommer gibt es vielleicht auch in den anderen Ferienhäusern Arbeit für mich. Ich kann auch gerne für Sie etwas tun – natürlich umsonst – ich wohne ja auch unentgeltlich hier.«

»Darauf komme ich gerne zurück«, sagte Anna herzlich. »Es wird noch viel Arbeit geben – und da ist jede hilfreiche Hand willkommen.«

»Frau Rademacher war eine so gute Frau«, sagte Mary leise, »eine so gute Frau, wie ich noch keine in meinem Leben kennen gelernt habe. Allen werde ich erzählen, was für eine gute Frau sie war.« Anna dachte an die Beerdigung von Tina. Alle waren bestürzt gewesen, alle hatten mit versteinerten Gesichtern am offenen Grab gestanden. Nur diese junge Frau hatte ihre Gefühle offen gezeigt. Mit herunterhängenden Armen stand sie da. Tränen liefen über ihr Gesicht, unaufhörlich. Und sie ließ sie rinnen, wischte sie nicht einmal weg.

Tinas letzte Tat an diese Fremde war für Anna wie eine Botschaft: In Not geratenen Frauen helfen, ihnen irgendwie helfen, ihnen eine neue Chance geben. Aber wie und auf welche Art und Weise konnte sie das möglich machen? Wie konnte sie die Räumlichkeiten für Frauen am besten nutzen? Sie mußte darüber nachdenken, mußte sich Rat holen, Hilfe. Aber sie war zuversichtlich. Irgendwie würde sie es mit Hilfe von Maria und Bärbel schon schaffen, irgendwie würde sie alles unter einen Hut bringen – unter einen riesigen Frauenhut. Und dann wurde vielleicht einmal der ganze Hollerberg ein Refugium für Frauen – ein geschütztes Frauendorf – ein Weiberdorf, so wie Bedenich es einmal gewesen war, allerdings jetzt auf freiwilliger Basis und von Frauen gewollt.

7. Sonntag, 4. Dezember 1966

Es war noch stockfinster, aber Bärbchen war schon hellwach. Sie hörte, wie Kätchen zur Toilette ging und dann wieder ins Bett stieg. Bärbchen wußte, daß ihre Schwester nun noch einige Stunden fest schlafen würde. Ja, der Morgenschlaf war für alte Menschen der tiefste. Da machte auch Bärbchen keine Ausnahme. Doch heute mußte sie Wichtiges erledigen.

Leise stand sie auf und zog sich an. In aller Herrgottsfrühe war die Welt noch halbwegs klar und der Nebel in ihrem Kopf noch licht und durchlässig. Doch schon im Laufe des Morgens wurden die Nebelschwaden so dicht, daß sie alles verschluckten. Dann vermischten sich Vergangenheit und Gegenwart, Traum und Wirklichkeit, Tod und Leben.

Bärbchen ging in die Küche. Sie war unsicher, ob das noch ihre Küche war. Da standen zwar der große Herd, der alte Schrank und der schwere Tisch, aber der Kühlschrank und der Elektroherd gehörten gar nicht hierher. Tina hatte wohl alles besorgt, genau wie das Telefon, das Radio und den Fernsehapparat in der guten Stube – und das Badezimmer in der kleinen Kammer oben. Bärbchen war jedesmal entsetzt gewesen, wenn Tina wieder so etwas Modernes angeschleppt hatte. Was sollte dieser »Luxus«. Das waren doch unnütze Dinge! Tina, ach Tina! Wie kam das Nachbarmädchen nur dazu, solche teure Geschenke zu machen? Ach nein – Bärbchen schlug sich mit der flachen Hand an den Kopf – das war ja eine andere Tina. Die reiche Tina, die alles kaufen konnte, war doch ihre Tochter. Sie war noch jung, so jung – und jetzt war sie verschwunden. Immer wieder verschwand sie, aber immer wieder tauchte sie auf. Wer hatte nur gesagt, daß Tina nie mehr zurückkehren würde? Unsinn! Tina kam doch immer wieder nach Hause. Es konnte nur eine ganze Weile dauern, eine lange Weile.

Bärbchen hob den Vorhang von der kleinen Stellage in der Küchenecke. Wo waren nur ihre beschlagenen Schuhe? Sie hatten doch immer hier gestanden. Sie waren verschwunden. Auf nichts konnte man sich mehr verlassen. Dann mußte sie also mit ihren Sonntagsschuhen den Weg machen. Ach ja, heute war ja Sonntag, der zweite Adventssonntag – und ihr Namenstag. Da mußte sie Barbarazweige pflücken, damit man Weihnachten einen Blütenstrauß im Haus hatte.

Und sie mußte in die Kirche gehen. Aber in der Kirche war neulich der Teufel los gewesen. Eine ohrenbetäubende Musik! Teufelswerk! Die alten Marienlieder seien nicht mehr gefragt, hatte der Priester gesagt. Es sei eine neue Zeit angebrochen. Ein anderes Mal hatten die Kinder Haustiere zum Gottesdienst mitbringen dürfen: Katzen, Hunde, Meerschweinchen. Das war der reinste Zirkus gewesen. Nein, da wollte Bärbchen nicht hin. Einst war sie als junge Mutter unrein gewesen und hatte die Kirche nicht betreten dürfen, heute war die Kirche unrein – besessen von Dämonen einer Zeit, die Bärbchen nicht verstand. Das war nicht mehr »ihre« Zeit.

Bärbchen zog den schweren Wintermantel an und legte ein wollenes Tuch um den Kopf. Sie öffnete die Schublade des Küchenschranks und nahm eine Kerze und Streichhölzer heraus. So, jetzt konnte sie losgehen. Halt, zuerst mußte sie ja noch nach dem Herdfeuer sehen. Sie legte Reisigholz auf und einige dicke Holzscheite. Nun mußte sie noch nach der kleinen Barbara schauen, dem in der vorigen Woche geborenen Mädchen. Doch kein Kindchen war da. Nun fiel es Bärbchen wieder ein: Die kleine Barbara war ja gar nicht ihr Töchterchen, sondern Marias Kind. Sie wohnte doch in einem anderen Haus.

Gleich von der Küche aus betrat Bärbchen den Stall – den ehemaligen –, ging von hier durch den Heuschober – den gähnend–

leeren – und schlich durch das Hintertürchen ins Freie. Leise, damit keiner merkte, was sie Verbotenes tat! Ganz heimlich das Haus verlassen und die Kullang nicht überschreiten! Das hatte die Mamm einmal erzählt. Aber was es bedeutete, das wußte Bärbchen nicht mehr. Sie rief Senta. Doch nichts bewegte sich im Stall, nichts in der Scheune. Wo war die Hündin nur? Wo hatte sie sich versteckt?

Es lag Schnee. Das ganze Jahr hindurch hatte das Wetter verrückt gespielt. Zuerst war es brüllend heiß gewesen, dann hatte es nur noch geregnet. Felder und Wiesen waren vom Regen so durchtränkt, daß man beim Gehen fast einsank. Und die schweren Traktoren versanken erst recht im schlammigen Erdreich. Man sprach von einem Regenjahr. Im Oktober hatte es eine Überschwemmung gegeben, und Anfang November war der erste Schnee gefallen. Und dann hatten Kühe den Friedhof zertrampelt, so zertrampelt, daß die heilige Stätte wie ein Acker aussah, ja wie ein Acker, aber nicht wie ein Gottesacker.

Was war das für eine Zeit! Was für eine Welt! Alles geriet durcheinander. Sogar die Kühe konnten nicht mehr zwischen gut und böse unterscheiden. Früher waren die Wiesen längst nicht so eingezäunt wie heute, aber daß Kühe den Friedhof zerwühlten – das war nie vorgekommen! Nie!

Tief sank Bärbchen in den Schnee ein. Schon bald waren ihre Schuhe durchnäßt, ihre Füße kalt. Sie merkte es nicht. Doch dann fror sie mit einem Mal am ganzen Körper. Aus dieser Kälte entstand ein dichter Nebel, der sie wie ein Schleier umhüllte. Sie wollte den Weg zum Hollerberg einschlagen, aber dann fiel ihr ein, daß sie den Rundgang rund um das Dorf zu Ende gehen mußte. Hannes hatte es doch versprochen. Aber er war heute nicht da und allein durfte sie den Weg nicht gehen. Irgendwann würde Hannes kommen und dann würden sie den Weg zu Ende gehen. Nur heute nicht. Hannes, das war ein Mann gewesen. Ihr Mann? Ihr Bruder? Ihr Sohn? Ihr Enkel? Oder alles zusammen? Egal! Hannes hatte so schön das Kapellchen ausgebaut für die Muttergottes, die plötzlich als Dreieinigkeit erschienen war. Und dann war er Priester geworden. Oder Arzt? Oder gar nichts? Ach, Bärbchen wußte es nicht mehr. Es war wohl auch nicht so wichtig. Nichts war mehr wichtig.

Es begann zu schneien. Bärbchens Schritt wurde noch schwerfälliger. Tief gebückt ging sie, ganz der Erde zugewandt. Der Weg war gar nicht zu sehen in der Dunkelheit. Aber Bärbchen kannte ihn im Schlaf. Hunderte Male, nein, tausende Male war sie ihn in ihrem Leben gegangen. Immer wieder mußte sie den Weg gehen, so oft wie möglich, Tag für Tag. Sie hatte es versprochen, ein Gelübde getan, ein heiliges Versprechen, und das galt bis zum Lebensende. Sie mußte beten, damit die schwere Stunde nicht allzu schwer wurde. Schwere Stunde! Was war damit gemeint? »Eines Tages wirst du es genau wissen!« Das hatte die Weise gesagt. Und dann hatte Bärbchen es gewußt, ganz sicher und klar. So vieles hatte sie als junges Mädchen gewußt, genau gewußt. Doch jetzt hatte sie alles vergessen. Sie hatte sogar gewußt, was sie wollte, was sie tun wollte, was sie erreichen wollte im Leben. Oder hatte sie es doch nicht gewußt! Doch auch das war nicht mehr wichtig. Schwere Stunde? Ach, damit konnte doch nur die Sterbestunde gemeint sein. »Es wird alles gut, wenn, ja, wenn der liebe Gott es will.« Auch das hatte die Weise gesagt.

Nur langsam kam Bärbchen von der Stelle, dabei mußte sie sich doch beeilen. Sie mußte die Kinder versorgen, die Zwillinge, den Michel und das Jüppchen. Die Mutter war doch schwach, so arg schwach. Und Kätchen und Gretchen mußte sie die Zöpfe flechten. Nachmittags mußte sie den Geschwistern etwas vorlesen, aber nichts aus den schlechten Büchern, auch nichts aus dem »Weiberdorf«, dem berühmten Eifelroman der berühmten – so sehr berühmten – Eifeldichterin. Nein, es mußte etwas Frommes sein, zum Beispiel von den Engeln, von den guten Engeln.

Und kamen nicht heute die Frauen zum Kindchenskaffee? Da mußte sie die gute Stube herrichten. Hoffentlich prügelten sich die Frauen nicht, denn dann mußten sie den Papp aus der Gaststätte holen. Und die Maiblum! Ach Gott! Sie hatte doch ganz vergessen, heute morgen die Kuh zu melken! So viel war Tag für Tag zu tun!

Der Weg nahm kein Ende. So lang war er noch nie gewesen! Eine Ewigkeit dauerte es, nein, nur eine halbe Ewigkeit. »Du gehst langsam, ganz langsam«, hatte die Mamm gesagt, und so ging Bärbchen Schritt für Schritt den Weg zum ewigen Hügel, zum Hügel der Verzweiflung und der Hoffnung, der Sehnsucht und der Erfüllung, des Lebens und des Sterbens. Tatsächlich erreichte Bärbchen nach einiger Zeit ihr Heiligenhäuschen.

Sie begann zu beten: Gegrüßet seist du Maria ... Dann fiel ihr die Kerze ein. Sie nahm sie aus ihrem Mantel und versuchte ein Streichholz zu entzünden. Erst der dritte Versuch glückte. Bärbchen wollte die Kerze in die Nische stellen, doch da zuckte sie zusammen. Wo war denn die Muttergottes? Die Kerze flackerte, sie erlosch.

Bärbchen tastet mit der Hand die Nische ab, sucht, oben, unten, an den Wänden. Da ist das Bildchen der drei Beden: Barbara, Katharina, Margareta. Das sind doch die drei heiligen Frauen aus Bedenich oder sind damit ihre beiden Schwestern und sie selbst gemeint? Ein neues Bild hat sie erst kürzlich hier angespießt und mit einigen Papierrosen geschmückt. Aber die Marienstatue? Das Muttergötteschen? Bärbchen beginnt zu zittern. Weiter tasten ihre Hände im Dunkel des frühen Morgens. Sie kniet sich hin, wühlt im Schnee, sucht die Erde ab, versucht sie aufzukratzen – nichts!

»Ich muß mich zusammennehmen«, dachte sie. »Ich muß klarsehen, muß den Nebel vertreiben. Oh, mein Kopf! Was ist nur mit meinem Kopf los. Alles geht darin drunter und drüber.« Sie faltete die Hände, betete inbrünstig:

Jungfrau Mutter Gottes mein,
Du kannst mir doch helfen, oooh Mächtigste,
oooh Maria hilf!

Tatsächlich half die mächtige Himmelskönigin. Bärbchen konnte wieder einen klaren Gedanken fassen: Also, der alte Häär hatte die Statue einmal ins Pfarrhaus geholt, als Hannes das Kapellchen baute. Aber das war schon lange her. Ja, und dann sollte das Heiligenhäuschen abgebaut werden, um nach dem Frauenstein zu gucken – aber das sollte erst im kommenden

Frühjahr geschehen. Das hatte Hans ihr geschrieben. Wo war aber dann die Statue? Bärbchen zog die Stirn kraus, kniff die Augen zusammen, überlegte ganz scharf, und plötzlich wußte sie es: Gestohlen! Ja, die Figur war gestohlen worden. Verschiedentlich war in letzter Zeit von Einbrüchen in Kirchen zu hören gewesen. In einer kleinen Kapelle weitab von einem Eifeldorf hatten Räuber eine Fensterscheibe zertrümmert, waren eingestiegen und hatten Heiligenfiguren mitgenommen. Bärbchen hatte es in der Zeitung gelesen. Sie hatte es gar nicht glauben wollen, aber wenn es in der Zeitung stand, dann mußte es wohl stimmen. Nichts war den Menschen mehr heilig! Nichts! Und nun die Muttersgottesfigur vom Hollerberg! Seit Menschengedenken hatte sie hier gestanden. Nie hatte sich jemand daran vergriffen. Die Strafe würde doch furchtbar sein! Und nun! Die Hölle hatte ihre Pforten geöffnet! Das bedeutete den Untergang der Welt.

Bärbchen setzte sich auf das Kniebänkchen – so, daß sie der leeren Nische den Rücken zukehrte. Sie starrte auf das Dorf hinunter. Es war kaum zu erkennen, noch war alles dunkel. Es ist ja immer dunkel in der Eifel, dunkles Land – finstere Menschen, trübes Land – schwermütige Menschen. Aber trotz der tiefen Dunkelheit kann man von hier aus weit ins Land sehen. Die Michelskapelle kann man erkennen und sogar den Kölner Dom! Hannes hatte es gesagt.

Doch da, was war das? Ein heller Schimmer dringt aus der Dunkelheit. Es wird heller und lichter. Ein Licht! Nein! Das ist ja Feuer! Eine Feuerkugel! Sie rollt durch die Straßen, schlägt gegen jedes einzelne Haus, zündet es an, rollt weiter, verwandelt das ganze Dorf in eine riesige Feuerbrunst. Ein Höllenfeuer! Die Hölle! Bärbchen will aufstehen – sie muß doch ins Dorf eilen – zu den Geschwistern, den Kindern. Aber sie kommt nicht hoch von dem tiefen Kniebänkchen, schafft es nicht, sich zu erheben. Sie wird festgehalten, festgebannt. Da schlägt sie die Hände vors Gesicht. Nichts sehen! Doch das Höllenfeuer dringt durch die Hände, durchstrahlt alles. Da schließt Bärbchen die Augen, kneift sie ganz fest zu. Es ist dunkel.

Doch was ist das! Lauter Lärm dringt vom Dorf hoch. Ein Heidenspektakel! Eine Katzenmusik! Es kreischt, es pfeift, es heult und tost. Lauter und lauter wird das Gejohle. Und Namen werden gerufen: »Hannes! Tina!« Immer wieder. »Tu was, mach ein Ende!« ruft Bärbchen in das Spektakel hinein. Und dann schreit sie, laut und durchdringend: »Hannes! Hannes!« Der Teufelspuk ist jetzt furchtbar, furchterregend. Bärbchen kann es nicht mehr ertragen. Sie nimmt die Hände von den Augen, legt sie auf die Ohren. Noch fester kneift sie die Augen zu. Nichts sehen! Nichts hören! Und auch nichts sagen! Und nicht schreien! Fest beißt sie mit den Oberzähnen auf die Unterlippe. Schweig! Sei still! Um des lieben Friedens willen.

Erst nach einer Weile traute sie sich, die Hände von den Ohren zu nehmen und die Augen zu öffnen. Es war ruhig, ganz ruhig. Bedenich lag friedlich im Tal. Der Spuk war vorbei. Es war heller geworden, morgenhell, und der Himmel färbte sich rot, glühend rot. Das Christkindchen backte wohl schon für Weihnachten.

Da erklingen die Kirchenglocken. Bärb-chen! Bärb-chen! Von der Kirche tönt es ganz leise hoch zum ewigen Hügel, und doch hört Bärbchen es ganz genau. Sie rufen ihren Namen, immer wieder: Bärb-chen! Bärb-chen! Da wird ihr ganz leicht ums Herz. Der Nebel in ihrem Kopf wird vom hellen Sonnenglanz aufgesaugt. Die Sonne geht auf und – da – mitten in der gleißenden Himmelskugel steht – ja, wirklich – Maria – die Statue – ihr schönes Muttergötteschen. Sie lächelt Bärbchen an. »Da bist du ja, Gott sei Dank!« sagt Bärbchen, »ich dachte schon, es hätte dich jemand geklaut!«

Sie sieht die lichte Gestalt wie einen dünnen Schleier, der am Himmel schwebt, weiß und doch golddurchflutet. Und jetzt verneigen sich die Hügel vor der großen Himmelsmutter, und auch die Bäume und Sträucher verbeugen sich tief vor der hehren Königin. Da neigt auch Bärbchen sich, andächtig und ehrfurchtsvoll. Ganz tief fällt ihr Oberkörper nach vorne. Doch nun kann sie sich nicht mehr halten, nicht mehr aufrecht halten, kippt um, fällt vom Kniebänkchen, rollt zu Boden – und liegt nun im weißen Schnee. Mit einem süßen Lächeln schwebt sie vom ewigen Hügel in die Ewigkeit, dorthin, wo die Sehnsucht der ewigen Hügel ihre Erfüllung findet.

Teil IV

1999 / 2000

Personen

Anna Remer	100 Jahre
Bärbel, Tochter von Marianne	66 Jahre
Maria, Tochter von Gretchen	66 Jahre
deren Mann Peter	63 Jahre
deren Tochter Barbara, Ärztin	33 Jahre
deren Mann Lorenz Cramer (Sohn von Mary)	38 Jahre
Mar-Tina, Tochter von Tina	49 Jahre
deren Mann Hans-Peter Remer	63 Jahre
ihr Sohn Hannes	27 Jahre
ihre Tochter Tina	25 Jahre
Mary Cramer	58 Jahre
ihr Sohn Lorenz	38 Jahre
ihre Tochter Mary-Ann	36 Jahre

1. Donnerstag, 16. Dezember 1999

Hundert Jahre sind vor mir wie ein Tag! Dieser Satz spukte seit dem gestrigen Abend in Annas Kopf herum, und auch jetzt beim Frühstück mit Bärbel und Maria ging er ihr nicht aus dem Sinn. Stand der Satz nicht in der Bibel? Dann sprach Gott wohl diese Worte. Ach, es hieß ja richtig: Tausend Jahre sind vor mir wie ein Tag.* Wenn für Gott tausend Jahre wie ein Tag waren – für Anna war ein Jahrhundert wie ein Tag. Hundert Jahre alt würde sie heute werden und damit erfüllte sich ihr Lebenswunsch, dieses »gesegnete« Alter zu erreichen. Ein Jahrhundert – und es war doch nur ein einziger Tag, ein Tag mit vielen Augenblicken, traurigen und frohen – und jeder mit Mühe belastet. Wie hatte Bärbchen doch immer gesagt:

Ein jeder Tag
hat seine Plag.
Ein jedes Heim
hat seine Pein.
Ein jeder Tod
hat seine Not.

Anna griff behutsam das Butterbrot, das vor ihr lag, führte es zum Mund und kaute sorgfältig. Dabei betrachtete sie den Kalender, der an der Küchenwand hing. Der 16. Dezember war mit einem dicken, roten Kreis eingerahmt. Bärbel oder Maria mochten die Kennzeichnung vorgenommen haben.

Heute fühlte Anna sich gar nicht alt. Wenn sie die anderen betrachtete, – ja, die waren alt geworden. Daß sie selbst hoch betagt war, empfand sie gar nicht, heute nicht. An anderen Tagen, in anderen Augenblicken, da trug sie schwer am Alter. Doch jetzt war sie jung und frisch. Sie richtete sich auf – sie war noch kräftig –, doch im gleichen Moment sank sie wieder in sich zusammen. Ach, der Körper gehorchte nicht mehr, ließ sich nicht mehr den Willen des Geistes aufdrücken. Alt war er, steinalt, uralt. Die Kräfte waren geschwunden, verbraucht, aufgebraucht. Die Beine wollten nicht mehr. Nur mit Hilfe eines Roll-

* Zitiert bei Clara Viebig: Mein Eifelland, Eifelkalender 1929

stuhls konnte sie sich fortbewegen. Aber ihr Geist war – Gott sei Dank – noch wach und rege.

»Du brauchst dich um gar nichts zu kümmern«, sagte nun Maria, die neben Anna saß. »Es ist alles geregelt.« Sie beobachtete die Tante voller Stolz und Bewunderung. Wie eh und je schauten ihre klaren Augen wißbegierig in die Welt. Schlohweiß war ihr Haar, aber es hatte noch seine Fülle, so daß der nach hinten hängende Zopf kaum etwas von seiner Festigkeit verloren hatte.

Anna betrachtete ihrerseits Maria. Die Nichte war immer ihr Sorgenkind gewesen. Wie verhärmt sie aussah mit ihren 66 Jahren! Schon manches Mal hatte Maria sich von Peter trennen wollen, doch den letzten Schritt hatte sie nie getan. Irgend etwas stieß die beiden voneinander ab, aber irgend etwas verband sie auch. Was dieses geheimnisvolle Band ausmachte, hatte Anna nie herausgefunden – und Maria wohl auch nicht. Von einem ehelichen Zusammenleben konnte man allerdings längst nicht mehr sprechen. Peter belegte das gemeinsame Haus im Dorf – wenn er nicht gerade mal wieder auf Reisen war –, und Maria übernachtete bei Anna. Man konnte die Greisin doch nicht alleine lassen in ihrem alten Hexenhäuschen.

»Du mußt nur alle Gäste freundlich begrüßen, liebe Tante Anna«, sagte Bärbel nun und reichte Anna noch ein Brot mit Kräuterquark. Anna nickte Bärbel dankbar zu. Die Tochter von Marianne war 1967 nach Bedenich gezogen. Sie hatte nach Bärbchens Tod – ihrer Großmutter – mit Kätchen im alten Remerhaus gewohnt, war aber dann in das Landhotel umgezogen, als dieses als Erholungsheim für Mutter und Kind eingerichtet wurde. Bärbels Mutter Marianne war nach dem Tod ihres Mannes im Jahre 1971 wieder zurück in die Eifel gekommen. Sie hatte bei Kätchen gewohnt und einen schönen Lebensabend verbracht. Nach Kätchens Tod hatte Bärbel sich um ihre Mutter gekümmert, bis diese vor einigen Jahren gestorben war, still und friedlich.

»Das Dorf ist wunderschön geschmückt«, erzählte Maria nun. »Von hier bis zum Dorfsaal und bis zur Kirche ist die Straße mit grünen Girlanden und mit unzähligen Papierrosen –

weißen, roten und goldenen – eingezäunt. Und die Kirchentür ist mit einem Triumphbogen eingerahmt. Alle Dorfbewohner haben beim Schmücken geholfen. Du wirst staunen, Tante Anna.«

Anna seufzte. »Ach, ich möchte doch keinen Rummel«, sagte sie.

»Es gibt auch keinen Rummel«, versicherte Bärbel. »Doch ohne ein bißchen Öffentlichkeit kann eine Anna Remer – als Heilerin in der ganzen weiten Eifel bekannt – keine hundert Jahre alt werden. Wir feiern halt ein bißchen.«

»Wir feiern!« war Anna nun wieder fröhlich. »Wir feiern hundert Jahre! Hundert Jahre Leben! Hundert Jahre Dasein! Hundert Jahre Frausein – und doch nur ein Tag! Wir feiern, heute und morgen. Auf das Jahrhundertfest morgen mit den Frauen im ›Weiberdorf‹ freue ich mich – doch heute muß erst einmal der offizielle Teil überstanden werden.«

»Es geht ja erst am Nachmittag los«, tröstete Bärbel. »Um drei Uhr ist der Festgottesdienst angesagt und danach ist im Dorfsaal der ›Aufmarsch der Gratulanten‹ mit anschließendem ›Kaffee‹. Du hast also noch Zeit, um dich auszuruhen.«

»Ich bin ja auch noch keine hundert Jahre alt«, gab Anna zu bedenken, »ich bin ja erst nachmittags geboren.«

»Weißt du die genaue Uhrzeit?« wollte Maria wissen.

»Nein, leider nicht«, mußte Anna zugeben. »Bärbchen hat nur immer erzählt, daß die damalige Weis' Frau am Nachmittag zu den Kindern gekommen sei und gesagt habe, daß sie zwei Schwesterchen bekommen hätten. Die Mutter muß sehr traurig gewesen sein über die ›Tagkinder‹, denn früher war man fest davon überzeugt, daß Kinder nur nachts geboren werden durften. Tagkinder waren mit Sünde behaftet.«

»Wieso das denn?« fragte Bärbel interessiert.

»Ich glaube, es hat mit der Zeugung zu tun«, überlegte Anna. »Kinder durften nach altem Volksglauben nur nachts im Schutz der Dunkelheit gezeugt werden – und dann wurden sie auch nachts geboren. Wurden sie am Tag geboren, waren sie auch bei hellem Tageslicht gezeugt worden. Und das war Sünde! Das glaubte man!«

»So 'n Quatsch!« Maria schüttelte den Kopf. »Na, mir ist es ganz egal, wann meine Enkelkinder auf die Welt kommen – ob tagsüber oder nachts – ob werktags oder sonntags. Hauptsache, die Geburt verläuft unkompliziert, und die Kinder sind gesund.«

Barbara, die Tochter von Maria und Peter, erwartete täglich Nachwuchs. Zwillinge würden es sein – und Mädchen, das hatte man bei der Ultraschalluntersuchung festgestellt. Barbara und ihr Mann Lorenz freuten sich schon sehr auf ihre Kinder. Anna und Maria sollten die beiden Mädchen heißen, so wie die Zwillinge von Bäbb vor 100 Jahren. Neben den Rufnamen sollten sie aber auch noch die weiteren alten Namen der Familie tragen. Anna Katharina Barbara und Maria Margareta Barbara sollten ins Taufregister eingetragen werden.

»Auch als Winterkind hat man nach altem Glauben keinen guten Lebensstart«, erklärte nun Anna. »Das beteuerte man überall in der Eifel.«

»Das läßt sich ja noch irgendwie begründen«, überlegte Bärbel. »Im Winter gibt es wenig Sonne, und daher wenig Licht und Wärme für die neuen Erdenbürger. Außerdem stand früher den stillenden Frauen im Winter kaum eine vitaminreiche Kost zur Verfügung. Im übrigen sind Winterkinder ja eigentlich Frühjahrskinder. Denn der Augenblick der Zeugung ist ja im Grunde der Lebensbeginn.«

»Dann bin ich ja ein Frühlingskind«, freute sich Anna. »Der Gedanke ist mir bisher nicht gekommen. Und die noch nicht geborenen Zwillinge sind auf jeden Fall auch Frühjahrskinder, ob sie nun heute oder morgen oder erst in einer Woche das Licht der Welt erblicken.«

»Vielleicht kommen die Babies am heutigen Tag zur Welt«, sagte Bärbel fröhlich. »Das wäre wirklich eine Sensation. Auf den Tag hundert Jahre später als die Remer-Zwillinge Maria und Anna werden die Cramer-Zwillinge Anna und Maria geboren. Außerdem haben die Eltern den gleichen Namen wie die damaligen Eltern: Bäbb, vielmehr Barbara und Lorenz.«

»Nein, bloß nicht heute«, wehrte Maria den Gedanken energisch ab. »Es gibt noch allerhand zu tun. Da Barbara ja bereits drei Tage den berechneten Termin überschritten hat, kommt es auf einen Tag mehr auch nicht an. Na, ich gehe mal zu meiner Tochter und schaue, wie es ihr geht.«

Maria hatte gerade das Haus verlassen, als Mary eintrat. Liebevoll begrüßte sie Tante Anna. Auch sie konnte es gar nicht mehr erwarten, daß ihre Enkelkinder zur Welt kamen. Durch die Heirat ihres Sohnes Lorenz mit Barbara gehörte sie nun wirklich zur Remer-Cremer-Familie. Mary wohnte noch immer in dem kleinen Ferienhaus Nr. 8, das Tina ihr einst zugewiesen hatte und das Häuschen wollte sie auch nicht verlassen – bis zum letzten Tag ihres Lebens.

Mary half Bärbel den Tisch abdecken und die Küche aufräumen. »Eigentlich müßten wir mal zum Dorfsaal«, sagte Mary leise zu Bärbel. »Tischdecken, Blumenschmuck arrangieren und und und ... Meinst du, wir können Tante Anna alleine lassen?«

»Natürlich könnt ihr mich alleine lassen«, sagte Anna. Daß die anderen doch immer glaubten, sie höre nicht gut. Sie verstand alles – wenn sie wollte. »Ich bin froh, wenn ich etwas Ruhe habe.«

Bärbel drückte Anna ein Kissen in den Rücken, und Mary schob ihr ein Glas Saft hin. »Wir sind bald wieder da!« versprachen die beiden. »Solange paßt Senta auf dich auf.« Die Hündin, die es sich unter dem Küchentisch bequem gemacht hatte, knurrte bestätigend.

»Hundert Jahre sind wie ein Tag!« fanden Annas Gedanken nun wieder zurück. So schnell verging die Zeit. Das hatten sie schon in der Schule gelernt. Wie hieß es doch in der »Glocke« von Schiller:

Die Jahre fliegen pfeilgeschwind!

Anna überlegte, welcher Augenblick der schönste gewesen war in ihrem langen, kurzen Leben. Sie wußte es nicht. Und welcher war der traurigste? Da fiel ihr gleich mehreres ein: Der Tod ihrer Patentochter Tina, der Tod von Bärbchen, die bei ihr Mutterstelle vertreten hatte, der Tod ihres Bruders Hannes – ach nein, es war zwar ein schrecklicher Augenblick gewesen, aber der Bruder hatte ihr nie sehr nahe gestanden. Viel tiefer hatte sie da die Krankheit von Johannes getroffen. Wenn dieser auch Tinas Sohn gewesen war, so war er ein Teil doch auch ihr Kind, ihr Sohn, den sie großgezogen hatte, auf den sie so große Hoffnungen gesetzt hatte.

Einige Wochen nach Tinas Tod hatte sie ihn an einem eisigen Morgen auf dem Friedhof gefunden, auf dem Grab seiner Mutter. Er war total verwirrt, sprach nur von Erfrieren und rief nach seiner »Mama«. Irgend etwas war in seinem Kopf durcheinander geraten. Dabei war er doch höchst intelligent. »Durchgedreht«, hatte man im Dorf gesagt. Er war dann in ein Heim eingewiesen worden und dort bis zu seinem Tod vor einigen Jahren geblieben. Seine schöne Arztpraxis in der Stadt hatten sie verkauft.

Der traurigste Augenblick aller traurigen Augenblicke in ihrem Leben war aber doch der Tod ihrer Zwillingsschwester Maria gewesen. Auch wenn sie ein winziges Kindchen gewesen war – sie hatte diesen Tod gespürt, äußerst schmerzhaft gespürt – da war sie sich ganz sicher. Und manche nicht bestimmbare Traurigkeit in ihrem Leben war wohl stets die Trauer um den Tod ihrer Schwester gewesen – mit ihr war ein Teil von ihr selbst gestorben. Doch andererseits hatte sie immer zwei Leben gelebt, ihr eigenes und das Leben ihrer Zwillingsschwester – vielleicht war sie deshalb so alt geworden. Sie hatte doppelte Kraft besessen, doppelte Lebensfreude erfahren, aber auch doppelte Verpflichtungen auf sich genommen. Zwei Leben! Ein Leben!

Es schien allen wie ein Wunder, daß Anna – die uralte Greisin – geistig noch so frisch war. Für Anna war das ganz selbstverständlich. Sie hatte ja auch doppelte Geisteskraft. Trotzdem betrachtete sie diese Geisteskraft – wie ihr ganzes Leben – als ein großes Geschenk Gottes. Sie war doppelt beschenkt durch ein zweifaches Leben!

Anna richtete sich plötzlich auf – ja, wenn ihre alten Knochen es erlaubt hätten, wäre sie aufgesprungen. Plötzlich erkannte sie den schönsten Augenblick ihres Lebens. Dieser war noch gar nicht eingetreten, lag erst in der Zukunft, obwohl sie doch gar keine Zukunft hatte. Der schönste Moment stand noch bevor –

kurz bevor: die Geburt von Anna und Maria. Diese würden leben! Beide! Gemeinsam würden diese das Leben führen können, um das sie sich alleine bemüht hatte, das sie alleine hatte bewältigen müssen, alleine, ganz alleine. Die beiden waren die Zukunft, ihre hoffnungsfrohe Zukunft.

Plötzlich schlug Senta an. Ein Auto fuhr vor. Vielleicht kommen jetzt die Kölner, dachte Anna und lag genau richtig mit ihrer Vermutung. Mit den »Kölnern« war Mar-Tina und ihre Familie gemeint. Nach dem Tod von Tina hatte Hans-Peter Remer sich des damals jungen Mädchens angenommen. Er fühlte sich irgendwie – zwar nicht schuldig – aber doch mitverantwortlich an den Tod ihrer Mutter. Hätte er Tina doch nicht allein gelassen an jenem verhängnisvollen Abend! Hätte er seine Pseudo-Psychoanalyse nur für sich behalten! Dann hätte er das Drama in jener Nacht vielleicht verhindern können – in jener Nacht –, auf Dauer aber wohl kaum.

Der Suizid Tinas – die schrecklichen Worte Selbstmord und Freitod mied er, obwohl Suizid dasselbe aussagt – sich selbst töten –, der Suizid hatte ihn so aufgerüttelt, daß er Psychologie studiert hatte. Wenn man schon anderen Menschen helfen will, dann auch fachmännisch. Als zwei Jahre nach Tinas Tod auch Martin starb, hatte Hans-Peter sich ganz für Mar-Tina verantwortlich gefühlt. 1971 hatten die beiden geheiratet und die Stadtvilla bezogen. Dort hatte Hans-Peter eine Praxis eingerichtet, in der er als Psychotherapeut und Heilpraktiker arbeitete. Mar-Tina war ganz aufgegangen in dem Wirkungskreis von Ehefrau, Mutter und Hausfrau.

In Bedenich hatten die Kölner Remers ein Wochenendhaus gebaut – allerdings nicht am Hollerberg, sondern am anderen Ende des Ortes. Die inzwischen erwachsenen Kinder Tina und Hannes waren zwar richtige Stadtkinder, doch auch sie zog es oft in die Eifel, das Land ihrer Vorfahren. Besonders Hannes war in letzter Zeit auffällig häufig in Bedenich anzutreffen.

»Da seid ihr ja! Die Familie Remer!« sagte Anna und ließ sich von den Vieren einen Kuß auf die Wange drücken. Anna war glücklich, daß durch Hans-Peter der Familienname Remer wieder in die Familie gekommen war und durch Hannes weitergetragen werden konnte. Der alte Name Remer würde nicht aussterben. Und es gab wieder eine Tina in der Familie, keine Tina Cremer, keine Tina Rademacher, nein, eine echte Tina Remer.

»Wir waren in einen Stau geraten«, erzählte Mar-Tina, »eine endlos lange Autoschlange.« Anna schüttelte verständnislos den Kopf. Ein Stau zwischen Köln und Bedenich? Was wollten die Kölner denn alle in der Eifel? Doch nicht zu ihrem Geburtstag kommen!

»Jetzt bleiben wir eine ganze Weile hier«, sagte Hans-Peter, »heute werden wir deinen Geburtstag feiern, liebe Tante Anna, hoffentlich bald die Geburt von Anna und Maria, dann Weihnachten und schließlich den Jahrtausendwechsel.« Hannes nickte eifrig, während Tina vor sich hinbrummte: »Ich nicht, ich bin bald wieder weg.« Sie hoffte, noch eine Last-Minute-Reise buchen zu können, egal wohin, nur weit weg vom trauten Heim der trauten, so sehr vertrauten Familie.

Die 25-jährige Tina hatte sich auf die Küchenbank fallen gelassen, doch dann stand sie abrupt auf und ließ sich in einen Sessel in der Zimmerecke plumpsen. Sie starrte vor sich hin, verzog den Mund und kaute auf ihrer Unterlippe. Anna beobachtete sie unauffällig. Tina war relativ groß, sehr schlank – früher hätte man in der Eifel »lang Laatsch« zu ihr gesagt – und ausgesprochen hübsch mit ihrem langen blonden Haar und ihren dunklen Augen. Ja, sie war eine regelrechte Schönheit, die überall Aufmerksamkeit erregte. In ihrem Blick lag jedoch manchmal etwas Unstetes, Gehetztes, aber nur manchmal, oftmals strahlten ihre Augen, dann hatte Tina leuchtende Remer-Augen. Oftmals wirkte sie gelangweilt. Dann schien sie – wie so viele junge Menschen heutzutage – an einen Katzenjammer zu leiden – an einen seelischen Katzenjammer –, hervorgerufen von einem Zuviel – einem Zuviel von allem.

Hans-Peter bemühte sich sehr um seine Tochter – aber an ihr scheiterte sein ganzes psychologisches Wissen. Sie ließ ihn einfach nicht an sich ran – war wie ein Stein –, hatte zwar stets lockere Sprüche bereit, aber was sie wirklich dachte und fühlte, das behielt sie für sich. Ganz für sich. Von der Schule hatte Tina nicht viel gehalten und ohne Abschluß das Gymnasium verlassen.

Auf Drängen des Vaters hatte sie dann eine kaufmännische Schule besucht. Von Arbeit hielt sie auch nicht viel. Sie hatte es doch nicht nötig, sich zu mühen und zu plagen – meinte sie. Dabei war von dem einstigen Reichtum ihres Großvaters gar nicht mehr viel übrig. Ab und an – wenn sie Lust hatte – half sie ihrem Vater in seiner Praxis: Termine vereinbaren, Rechnungen schreiben, Schriftverkehr erledigen.

»Hast du dich auch auf die Fragen der Reporter vorbereitet?« wollte Hans-Peter von Anna wissen.

»Verraten Sie uns das Rezept für ein langes Leben?« spielte Tina nun eine wißbegierige Reporterin. Anna ging gerne auf das Spiel ein. Sie zuckte die Achseln und sagte: »Das Rezept für ein langes Leben kenne ich leider nicht, aber wenn Sie es herausfinden, junges Fräulein, würde es mich sehr interessieren.« Alle lachten.

»Welches war der glücklichste Augenblick in Ihrem Leben?« Diese Frage stellte Hannes mit einem schelmischen Augenzwinkern.

»Da habe ich die Antwort gefunden«, sagte Anna ernst, »aber einem neugierigen Reporter werde ich sie nicht verraten.«

»Warum haben Sie nie geheiratet, Frau Remer?« hatte Tina sich eine persönliche Frage ausgedacht.

»Da ich nie geheiratet habe, möchte ich auch nach altem Brauch ›Fräulein‹ genannt werden, mein Fräulein«, antwortete Anna lächelnd. »Also, ich habe mich an das Sprichwort gehalten:

Heiraten ist gut,
Nicht-heiraten ist besser.«

»Das waren sehr gute Antworten«, sagte Hans-Peter. »Aber, Tante Anna, wenn dich ein ›Paparazzo‹ zu sehr bedrängt, kann ich dir gerne zur Seite stehen.«

»Ich denke, es wird kaum jemand von der Presse da sein«, sagte Anna. »Wer hat schon Interesse an einer alten Frau?«

»Na, sage das nicht!« meinte Hans-Peter. »Übrigens, wenn Fragen zum Erholungsheim und Bildungshaus kommen, werde ich den Zeitungsleuten ein Informationsblatt überreichen –

wie wir es besprochen haben. Und wer trotzdem noch fragt, kriegt einen Überweisungsauftrag zugesteckt für eine Spende.«

»Was können wir denn jetzt für dich tun, Tante Anna«, schaltete sich Mar-Tina ins Gespräch ein.

»Eigentlich nur eins: Mich allein lassen!« sagte Anna. »Ich möchte mich ausruhen für die Festlichkeiten am Nachmittag.« Nun verließen die Kölner das Haus. Anna war allein, und ihre Gedanken gingen wieder zurück in die Vergangenheit.

Eine große Aufgabe war auf sie zugekommen, als sie den Hollerberg mit seinen Häusern geerbt hatte. Sie war so hilflos gewesen. Sie hatte nur gewußt, daß sie in Not geratenen Frauen helfen, ihnen eine Zufluchtsstätte schaffen wollte. Doch wie sie das bewerkstelligen konnte, war ihr völlig unklar. Auch Maria und Bärbel waren dabei überfordert. Und Johannes, auf dessen Hilfe sie so sehr gehofft hatte, fiel durch seine psychische Krankheit ganz aus. Doch dann hatte sie es mit Hilfe von anderen Frauen, Fachfrauen, doch noch geschafft. Frauenvereine und caritative Einrichtungen hatten sie unterstützt.

Das Bildungshaus in der Villa lief eigentlich ganz von selbst mit den dort beschäftigten Teamfrauen, die meist aus den Städten kamen, aber dann doch – auch nach einem Berufswechsel – in der Eifel hängen blieben, oftmals auch in Bedenich. So hatte sich ein dichtes Netz von Frauen vom Weiberdorf aus über die ganze Eifel gebreitet.

Die Frauen, die Seminare belegten, wohnten in den Ferienhäusern, die aber auch wirklich als Ferienhäuser für Frauen genutzt werden konnten. Das Landhotel – zuerst Müttererholungsheim, jetzt Frauenhaus – unterstand einem Frauenverein. Bärbel und Maria waren mit im Vorstand, sie selbst Ehrenvorsitzende.

Anna war ihren Weg gegangen, so wie es in ihren Möglichkeiten lag. Nun war ihr Leben vorbei. Sie hatte nicht viel bewegt, aber doch das erreicht, was sie sich vorgenommen hatte. Es gab einen Ort in der Eifel, an dem Mädchen und Frauen altes und neues Frauenwissen erlernen konnten. Und es gab einen Ort, wo zu jeder Tag- und Nachtzeit für Frauen in Not ein Wohnplatz bereit war, wo sie liebevoll aufgenommen wurden, wo sie sich sicher und geborgen fühlen konnten – sicher vor Gewalt, Vergewaltigungen, Demütigungen – im Schutz von anderen Frauen, in der Obhut der Gemeinschaft – in einem Ort für Frauen, im Weiberdorf von Bedenich.

Bärbel und Maria schieden aus Altersgründen bald aus ihrem Dienst aus. Mary-Ann würde sich an Marias Stelle sicher gut gewähren, doch für Bärbel hatte man überhaupt noch keinen Ersatz gefunden. Von den dort beschäftigten Frauen war eigentlich keine geeignet, die Leitung des Hauses zu übernehmen. Mary war für die Verpflegung beider Häuser zuständig. Sie dachte zum Glück mit ihren 58 Jahren noch nicht ans Aufhören.

Anna hatte ihr Testament bei einem Notar hinterlegt. Das ganze Terrain hatte sie aufgeteilt an die lieben Verwandten: an Bärbel, Maria und Barbara sowie an Mar-Tina und ihre Familie. Auch Mary und ihre Kinder hatte sie nicht vergessen.

Sie konnte ihr Leben abschließen – aber halt, eines mußte sie noch erledigen. Sie schob ihren Rollstuhl zum Küchenschrank, öffnete eine Schublade und kramte aus der hintersten Ecke ein fest verschnürtes Bündel heraus, das einige dünne Schulhefte, dicht beschriebene Zettel und alte Zeitungsausschnitte enthielt. Hier hatte sie alles aufbewahrt, was mit der »Kunst«, dem alten Eifeler Heilwissen, zu tun hatte: Gebete, Segensprüche, praktische Anweisungen, Regeln und kritische Berichte dazu. Die alte Weise hatte bereits vor Jahrzehnten damit begonnen, die Rezepte der »Kunst«, die eigentlich mündlich überliefert werden sollten, aufzuschreiben, und Anna hatte die Arbeit weitergeführt. Durch die mündliche Weitergabe kamen zu leicht Fehler in die alten Rezepte! Das mußte vermieden werden.

Das alte Heilwissen mußte Anna noch an jemanden weitergeben. Laut Eifeler Volksglauben sollen die Geheimüberlieferungen stets von einem Geschlecht zum anderen Geschlecht wandern, also ein Mann soll das Wissen einer Frau mitteilen, eine Frau einem Mann. Aber davon hatte die alte Weise nichts wissen wollen. »Du darfst die ›Kunst‹ nur einer Frau erklären«, hatte sie Anna eingeschärft, als sie dieser das Amt der Weisen übertrug. »Es handelt sich hier um Frauenwissen, das von Frauen erforscht wurde und das nur für Frauen bestimmt ist.«

Anna blätterte in einem Heft, las Bannsprüche, Heilverse, Beschwörungen. Manchmal schüttelte sie den Kopf. Ach, welche seltsamen Vorstellungen hatten die Menschen doch früher gehabt. Ihr Blick fiel auf einen Spruch, mit dem man Warzen, Hühneraugen und Geschwüre vertreiben kann. Wenn man einen alten Menschen begräbt, und es »zur Leiche« läutet, muß man sprechen:

Man läutet zur Leich,
und was ich greif, das weich',
was ich greif, nehm ab,
wie der Tote im Grab!

Im Dorf kannte man den Spruch etwas kürzer und benutzte ihn – auch heute noch – vornehmlich, um Warzen verschwinden zu lassen:

Et lück dem Duede in et Grav,
ich wasche all meen Waarzele av.*

Unter fließendes Wasser, am besten in der Nähe einer Quelle, mußte man dabei die mit Warzen befallenen Körperteile halten, dann nahm der Tote diese Wucherungen mit ins Grab und somit ins Erdreich. Andere Sprüche versprachen Hilfe bei Blutungen und konnten das Bluten zum Stillstand bringen. Bei Geburten hatte Anna meistens den Spruch angewandt:

Es blühen drei Blumen in Gottes Au:
die erste heißt Demut,
die zweite heißt Armut,
die dritte heißt Gottes Wille –
Blut, steh stille!

Ach, Worte wie Demut, Armut, Gottes Wille paßten sicher nicht mehr in die heutige Zeit. Und vielleicht waren die Heilsprüche auch nicht mehr aktuell. Einige waren für die heutige Zeit viel zu fromm, andere mit magischem Aberglauben behaftet. Man müßte sie einmal reinigen, befreien von jedem Hokuspokus, um wieder zu dem Kern ihrer Aussage zu finden. Viel-

* Es läutet dem Toten ins Grab, ich wasche alle meine Warzen ab

leicht schaffte es irgendwann einmal eine fachkundige Frau. Vergessen werden durften die alten Heilkünste aber auf keinen Fall!

Anna hatte sich schon oft Gedanken gemacht, an wen sie die »Kunst« weitergeben sollte. Zuerst hatte sie Maria ins Auge gefaßt. Doch Maria war durch ihren ewigen »Beziehungsknatsch« dann doch zu sehr mit sich selbst beschäftigt. Bärbel war zwar eine gute Seele, aber an altem Eifelwissen war sie nicht interessiert. Inzwischen waren die beiden mit ihren 66 Jahren auch schon zu alt, um neu anzufangen. Da blieb nur noch Barbara – ja, als Ärztin konnte sie mit alternativen Heilverfahren – wozu die Eifeler Heilkunst gerechnet werden kann – sicher verantwortungsvoll umgehen. Doch bei einem zaghaften Gespräch mit Barbara hatte diese abgewinkt. Ach nein, uralte Eifeler Frauenweisheit ließe sich nicht mit der modernen Schulmedizin vereinbaren – und sie selbst hatte da auch noch gar nicht ihren eigenen Weg gefunden.

Anna hatte zwar durch ihre Bekanntheit als »Heilerin« viele Menschen kennengelernt, darunter auch Frauen, die sich für das alte, gute »Hexenwissen« interessierten, aber die »Kunst« sollte doch in der Familie bleiben, wünschte sich Anna. Aber wer blieb in der Familie?

Anna drehte das Päckchen in den Händen hin und her. Doch dann hielt sie plötzlich inne. Ja, jetzt wußte sie, was sie zu tun hatte, tun mußte. Sie suchte einen Kugelschreiber und schrieb mit zittriger Hand auf das oberste Blatt: Für Anna Katharina Barbara und Maria Margareta Barbara.

Als Anna das Bündel wieder zusammenschnüren wollte, fiel ein kleines Büchlein hinaus: Geistliche Schild-Wacht*. Es enthielt Gebete an Heilige für jede Stunde des Tages und der Nacht. Anna blätterte darin und betrachtete die kleinen Bilder. Sie sollten geheime Botschaften enthalten, hatte die Weis' Frau damals gesagt. Doch niemand konnte sie entschlüsseln. Anna fand ihre Namenspatronin. Sie war mit Maria und Jesus gemeinsam abgebildet**. Sie zeigten die göttliche Dreiheit einmal etwas anders als Gott Vater, Sohn und Heiliger Geist. Es war ein Bild von fraulicher Macht. Gott Vater blickte vom Himmel auf das

* Gedruckt im Jahre Christi 1705 ** Anna Selbdritt

traute Bild der Drei und ließ eine Taube hinabgleiten. Mühsam las Anna einige Zeilen:

O du heilige Anna!
Du Gebärerin der allerreinesten Jungfrau
und Mutter Gottes Maria,
die du gottselig gelebt
und gottselig gestorben ...

Gottselig! Das Wort wägte Anna hin und her. Gottselig. Selig in Gott leben und sterben, in Gott Vater, trotz der weiblichen Göttlichkeit von Mutter und Tochter. Langsam und bedächtig buchstabierte Anna weiter. Doch sie bekam den Text nicht mehr zusammen. Nur einige Zeilen erfaßte sie:

Dir befehle ich mein letztes Sterbstündlein ...
Nicht in Versuchung ...
sondern Gnade erlangen ...
deine liebe jungfräuliche Tochter ...
daß sie mir in meinem letzten Sterbstündchen
mütterlich beystehe.

Nun schnürte sie das Bündel wieder zusammen und legte es in die Schublade – nahm es aber gleich wieder hinaus und plazierte es auf den Küchenschrank, damit jeder es sehen konnte. Sie würde es den beiden Mädchen in die Wiege legen – sobald diese geboren waren – und dazu würde sie die geheimen Worte sprechen, mit denen man die »Kunst« auf andere übertrug.

Anna atmete auf. Das war erledigt. Jetzt konnte sie Abschied nehmen vom Leben. Doch heute war es noch nicht so weit. Sie erinnerte sich, daß vor Jahren ein Mann an seinem hundersten Geburtstag gestorben war, genau an diesem Tag. Er hatte sich sein ganzes Leben lang gewünscht, diesen Geburtstag zu erleben – und er erlebte ihn – und starb. Doch Anna würde diesen Tag nicht nur »er«leben, sondern auch »über«leben, diesen Tag, diese Woche, diesen Monat, dieses Jahr, dieses Jahrtausend. Erst dann! Irgendwann!

Anna fielen die Augen zu. Sie schlief nur wenig, hatte in ihrem ganzen Leben nur wenig Schlaf gebraucht. Doch in letzter Zeit hielt sie fast stündlich ein kurzes Nickerchen, dann schlief sie und schlief doch nicht. Auch jetzt war Anna nicht ganz »weggetreten«. Ihre Gedanken wurden zwar spärlicher, doch dafür breiteten Gefühle sich intensiver aus. Ach, jetzt fühlte sie sich auf einmal alt, uralt. Keine – keiner – lebte mehr von ihrer Generation! Die Geschwister waren längst tot, die Gefährten der Kindheit, ja selbst zahlreiche Jüngere hatte sie mit begraben müssen. Sie war übriggeblieben, vergessen, überfällig wie eine vertrocknete Birne am Baum. So alleine wie jetzt hatte sie sich noch nie gefühlt, noch nie. Sie hatte zwar liebe Menschen um sich, allein war sie trotzdem, allein als alter Mensch unter jüngeren Menschen, allein im hohen Alter. Und schwach war sie, so schwach. Aber das durfte niemand merken. Sie war ja die Starke, immer die Starke – die Stärkste – gewesen. Hundert Jahre lang! Diese waren doch mehr als nur ein Tag gewesen. Unendlich viele, unzählbar viele mühselige Tage – nicht hundert Jahre, tausend Jahre, eine Ewigkeit – so schien es ihr jetzt.

Nur an einem einzigen Tag ihres langen Lebens wäre sie gerne einmal schwach gewesen – nur einmal in ihrem Leben – schwach und hilflos – und dann jemanden wissen, an den sie sich anlehnen konnte, dem sie sagen konnte: Ich kann nicht mehr. Und dann weinen dürfen.

Nun war Anna doch richtig eingeschlafen. Kraftlos fiel ihr Kopf nach hinten. Einige dicke Tränen rannen über ihr Gesicht. Die Tränen des Alters sind schwer und schmerzhaft. Doch dann hörte sie in einem süßen Traum: Tausend Jahre sind vor mir wie ein Tag. Tausend Jahre!

2. Freitag, 17. Dezember 1999

Maria stellte im großen Aufenthaltsraum der »Villa« Stühle auf. Festlich hatten einige Frauen den Raum geschmückt, überall Blumen, Weihnachtsgestecke und Kerzen. Bereits 1967 war Tinas »Villa« als ein Frauenbildungshaus eingerichtet worden. Als Name hatte Bärbel »Schola«* vorgeschlagen, doch im Dorf hieß das Haus noch immer »die Villa« – oder nach den Namen von Tina und Anna »Villa Ti-Anna«. Das ganze Terrain am Hollerberg hatte nur einen einzigen Namen: »Das Weiberdorf«. Von Frauen wurde der Name voller Stolz gebraucht, von Männern aber häufig abwertend und spöttisch.

Ein Team von Frauen hatte die Organisation der »Scholavilla« übernommen. Maria war zunächst einer dieser Teamfrauen gewesen, dann später zur Verwaltungs-Leiterin aufgestiegen. Hier hatte sie ihre Lebensaufgabe gefunden, hier konnte sie ihre Eheprobleme vergessen. Sie war die einzige, die von Anfang an bis heute dabei war, auch wenn sie offiziell »in Rente« war. Mit dem Stichtag 1. Januar 2000 sollte sie von Mary-Ann abgelöst werden. Diese hatte zuerst in der Kreisstadt eine Banklehre gemacht. Doch Tag für Tag nichts anderes hören als Geld, Geld und nochmals Geld! Nein, das war nichts für sie. So hatte sie – wohl auf Drängen von Anna – den Beruf der Hebamme erlernt und bisher als solche im Krankenhaus in der Kreisstadt gearbeitet.

Das ganze Jahr hindurch wurden in der »Villa« Seminare, Fortbildungen und Kurse mit den unterschiedlichsten Frauenthemen abgehalten – von Maria und Anna sorgfältig ausgewählt. Nur in dieser Woche waren keine Bildungsveranstaltungen geplant, damit man heute im großen Aufenthaltsraum mit vielen Frauen Annas Geburtstag feiern konnte.

»Es kommen immer mehr Frauen!« Bärbel war eingetreten, um Maria zu helfen. Sie berichtete: »Anna ist ganz in ihrem Element. Heute ist sie überglücklich mit ›ihren‹ Frauen. Sie sitzt wie eine Matrone in ihrem Sessel im kleinen ›Salon‹ und nimmt die

* Bildungshaus, Lehrstätte

›Huldigungen‹ der Frauen entgegen.« Bärbel lachte und auch Maria mußte lächeln.

Gestern hatte der »Rummel« sich doch nicht ganz vermeiden lassen. So viele Menschen waren gekommen, um der Hundertjährigen zu gratulieren – soviel liebe Zuwendung hatte Anna erfahren, soviel Anerkennung und Wertschätzung war ihr entgegengebracht worden. Honorationen der ganzen Eifel waren erschienen und hatten große Worte für Anna und das Weiberdorf gefunden. Anna hatte manchmal energisch den Kopf geschüttelt – ach nein, so wollte sie gar nicht gesehen werden, sie war nichts Besonderes, sondern eine ganz einfache, normale Eifeler Frau wie alle anderen – aus einer Bauernfamilie stammend; sie hatte es sogar viel einfacher gehabt als die meisten Eiflerinnen. Andere Frauen, die Kinder geboren und großgezogen hatten, leisteten viel mehr im Alltag als sie. Und diese mußten sich außerdem mit ihren Männern herumärgern, Tag für Tag, Nacht für Nacht.

Für heute hatte Anna nur einen Wunsch geäußert: Eine Lesestunde in der Villa im Kreise der Frauen. »Wenn die Frauen alle zur Lesung kommen, wird es eng hier«, überlegte Maria. Doch Bärbel beruhigte sie: »Notfalls hocken sich die jüngeren Frauen auch auf dem Fußboden. Wir wollen die Stunde ja ganz locker angehen – das ist der ausdrückliche Wunsch von Anna.«

Gleich von Anfang an hatte man an Tagen, an denen in der »Schola« kein Kurs oder Seminar war, eine Lesestunde eingerichtet, zu der Frauen aus dem Erholungsheim eingeladen wurden. In dem »Landhotel« war 1967 nach vielem Hin und Her durch eine caritative Organisation ein Erholungsheim für Mutter und Kind entstanden, eine Art Kurhaus. Gestreßte Mütter konnten hier bei Kuranwendungen frische Kräfte sammeln, während ihre Kinder betreut wurden. Diese erholten sich prächtig in der gesunden Eifelluft.

Das Kurhaus hatte bis vor fünf Jahren bestanden, doch dann war eine Änderung vorgenommen worden. Durch einen Frauenverein war ein Frauenhaus eingerichtet worden, eine Zufluchtsstätte, in der schon unzählige Frauen eine vorübergehende Bleibe gefunden hatten: Frauen in Not, Frauen, die sich von Männern bedroht fühlten, mißhandelt wurden, mißbraucht, Frauen, die nicht wußten wohin. Nach außen hin galt das Haus jedoch noch immer als Erholungsheim für Mutter und Kind, denn ein Frauenhaus muß möglichst anonym bleiben, damit die Männer ihre Frauen nicht finden.

Im Erholungsheim und jetzigen Frauenhaus hatte Bärbel ihren Hauptwirkungskreis, als Ansprechpartnerin der Mütter und Betreuerin der Kinder. Sie war sehr beliebt und verstand es, ihr Selbstbewußtsein auf die Frauen zu übertragen. Immer heiter, gut gelaunt und strahlend war sie der gute Geist des Hauses.

Gerade die Kurz-Bewohnerinnen des Frauenhauses sollten durch eine Lesung etwas anderes kennenlernen als das Fernsehprogramm. Sie konnten stundenlang vor der »Flimmerkiste« hocken und sich wahllos irgendeinen geschmacklosen Schund anschauen, »reinziehen« sagte man wohl besser. Gerade diejenigen Frauen, die in gespannten Familiensituationen lebten, waren der Diktatur und dem Terror der Fernsehsender ausgeliefert. Sie waren total aufs Fernsehen fixiert, man kann schon sagen, sie waren fernsehkrank. Sie hatten manchmal regelrechte Wahrnehmungsstörungen, flüchteten aus der Realität in eine Traumwelt, unterschieden kaum noch Fantasie und Wirklichkeit.

Alle Frauen des Frauenhauses, von Eingeweihten »Asylia«* genannt, waren zur Lesung eingeladen. Doch manche würden aus Angst, daß ihr Aufenthaltsort bekannt würde, wohl nicht erscheinen, denn es kamen ja viele Frauen vom Dorf und aus der weiteren Umgebung zur heutigen Jubiläumsveranstaltung. Und Frauen aus dem »Asylia« waren nirgendwo sicher.

Es war schlimm, daß in den letzten Jahren die Gewalt gegen Frauen immens zugenommen hatte. Dabei hatten die Frauen vor Jahrzehnten doch so sehr gehofft, daß durch die Emanzipation und durch die Schaffung gleicher Rechte die Unterdrückung in den häuslichen vier Wänden endgültig der Vergangenheit angehörte. Doch es war nur noch schlimmer geworden. Unvor-

* Zufluchtstätte

stellbar, was nachts in ehelichen Schlafzimmern für Grausamkeiten geschahen!

Eine Lesestunde sollte nicht nur etwas Abwechslung bringen, sondern auch neue Gedanken an die Frauen herantragen. Es war schon manche bekannte Autorin ins Weiberdorf gekommen und hatte aus ihren Werken vorgelesen. Das war dann stets ein besonderes Ereignis gewesen. Heute sollte jedoch ein ruhiger Lesenachmittag stattfinden. Eine »ruhige« Lesestunde bedeutete, daß eine der Teamfrauen etwas vorlas. Dazu wurde ein Buch aus der reichhaltigen Bibliothek gewählt, die sich aus Büchern der früheren Borromäus-Bücherei, aber auch aus dem privaten Buchbestand von Maria, Bärbel, Johannes und Pater Hans zusammensetzte. Ein kleiner Fonds machte es möglich, laufend Neues vom Büchermarkt anzuschaffen. So war eine ansehnliche, wertvolle und aktuelle Sammlung zusammengekommen, die sowohl den Frauen der Schola als auch den Frauen der Stätte »Asylia« zur kostenlosen Verfügung stand.

An einem ruhigen Lesenachmittag konnten aber auch Besucherinnen etwas vorlesen oder etwas Selbstverfaßtes vortragen, ein Gedicht, eine Geschichte oder eigene Gedanken.

Anna hatte für heute ihre Wünsche äußern dürfen. Sie hatte sich etwas aus alter Zeit gewünscht und etwas aus der modernen Literatur. Aus alter Zeit bedeutete wohl nichts anderes als Annas Lieblingsgeschichte: Clara Viebigs »Weiberdorf« von 1900. Etwas Modernes war dann schon schwieriger.

Maria hatte Bärbel gebeten, am heutigen Tag die Lesung zu übernehmen, wozu Bärbel gerne bereit war. Für die moderne Literatur hatten Maria und Bärbel an Tina gedacht. Sie konnte sehr gut etwas vortragen. Tina hatte zuerst gemurrt – da hab ich nun ganz und gar keinen Bock zu –, aber dann fühlte sie sich doch geehrt. Von dem ganzen Getue um das Weiberdorf hielt Tina nicht viel. »Eröffnet doch besser eine Schönheitsfarm mit Fitneßstudio und Sauna hier – oder eine Disco«, sah Tina eine rentablere Nutzung für Villa, Erholungsheim und Ferienhäuser.

Doch heute wollte sie etwas zu Ehren von Anna vorlesen – aber was es war, das würde sie vorher nicht verraten. Bärbel war zwar ein bißchen besorgt, daß Tina ein umstrittenes Werk auswählte– aber sie ließ ihr doch die freie Wahl. Daß man einer Frau vorschrieb, was sie lesen durfte und was nicht – das gehörte nun wirklich der Vergangenheit an.

Auch Barbara wollte einen kurzen Text vorlesen. »Ich habe etwas ganz Bestimmtes für Anna ausgesucht«, hatte sie schon vor Wochen angekündigt. »Aber wahrscheinlich muß ich die Zwillinge mitbringen. Na, dann lese ich eben mit je einem Kind an jeder Brust.« Jetzt war Barbara gekommen, allerdings brauchte sie ihre Kinder nicht zu stillen. Denn diese ruhten noch immer im Mutterleib. Barbara wirkte etwas unförmig mit ihrem dicken Bauch, aber sie fühlte sich »den Umständen entsprechend« wohl. »Hoffentlich werde ich nicht andauernd gefragt, wann es denn endlich soweit ist«, flüsterte sie Bärbel zu. »Das nervt unheimlich!«

Nun kamen die Frauen in den Raum, an erster Stelle Anna, deren Rollstuhl von Mary geschoben wurde. Bald waren alle Stühle besetzt – und noch immer mehr Frauen strömten hinein. Einige mußten sich mit Stehplätzen begnügen, andere setzten sich im Schneidersitz auf den Teppichboden. Bei der Lesestunde zu Ehren von Anna, der Ehren-Matrone des Weiberdorfs, wollte keine fehlen.

Anna hatte eine Gratulationscour an diesem Tag untersagt. Doch sie konnte – und wollte – nicht verhindern, daß die zur Zeit im Asylia wohnenden Kinder herein kamen und ein Geburtstagsständchen vortrugen:

Wie schön, daß du geboren bist,
wir hätten dich sonst sehr vermißt,
wie schön, daß wir beisammen sind,
wir gratulieren dem Geburtagskind.

Dann eröffnete Bärbel die Lesung. Zunächst erteilte sie Barbara das Wort. »Ich möchte nur einige Sätze vorlesen«, sagte diese und nahm das Eifel Jahrbuch 1999 zur Hand. Eine Autorin hatte über die Ahne geschrieben und deren göttliche Stellung in der Geschichte aufgedeckt. Barbara las:

Anna, die Mutter der Muttergottes.
Viele Darstellungen zeigen Anna in Dreierform als Anna Selbdritt:
Anna, Maria und das Jesuskind.
Anna hat jedoch bereits Ahninnen in einer vorchristlichen Götterwelt.
Eine Erdgöttin ›Ana‹ taucht überall in der Welt auf.
Spuren davon finden wir auch im Rheinland und in der Eifel.«

Barbara machte eine kurze Pause und sagte dann zu Anna gewandt: »Liebe Tante Anna, wenn du auch keine leibliche Mutter geworden bist, so bist du doch für viele die geistige, spirituelle Mutter und die Ahne, nicht nur unserer Familie, sondern die Ahne vieler Frauen. So möchte ich dich zur Ehren-Ahne, zur Ehren-Matrone des Weiberdorfs ernennen. Und für meine beiden Töchter möchte ich dich bitten, die Ehrenpatenschaft zu übernehmen, quasi als Ehrenjött. Doch zunächst gratuliere ich dir zur Ehren-Ahne!« Barbara überreichte einen großen Blumenstrauß. Anna lächelte und nickte dankbar. »Ehren-Ahne, Ehren-Jött«, das waren Titel, die sie mit Stolz tragen würde.

Nun trat Bärbel vor, um aus dem »Weiberdorf« von Clara Viebig zu lesen. Bärbel skizzierte kurz das Leben der Eifeldichterin, erzählte von dem langen Frauenleben zwischen 1860 und 1952, von einem Leben als Frau und Mutter, als unbekannte Autorin und berühmte Dichterin, von Anerkennung und Erfolg, aber auch von Angriffen und Unverständnis seitens der Eifelbevölkerung. Besonders das »Weiberdorf», eines der ersten der über 30 Romane und Novellen, war berühmt geworden, aber auch sehr angefeindet. Heute war der Vorwurf der offenen Schreibweise kaum noch zu verstehen. In Kinder- und Jugendbüchern wurde offener über Sexualität geschrieben als in Viebigs Weiberdorf, und in Fernsehsendungen war das Liebesleben längst ein Thema ohne Tabus.

Nach dem Tod der Schriftstellerin in Berlin war Clara Viebig lange Zeit vergessen gewesen, wurde aber dann wiederentdeckt. Ihre Bücher wurden neu aufgelegt und gelesen – wenn auch längst nicht mehr in so großem Rahmen wie zu ihrer Lebzeit.

Bärbel berichtete kurz von dem Inhalt des Buches, von den Frauen, die sich in Feld, Hof und Haus abmühen, während ihre Männer im Ruhrgebiet arbeiten. Nur zweimal im Jahr kommen sie nach Hause, zur Kirmes und zu Weihnachten. Ansonsten sind die Frauen unter sich, neben ihrer Alltagsarbeit auf der Suche nach ein bißchen Lebensfreude und Amüsement in dem abgelegenen Dorf in der Eifel.

Bärbel begann. War es zunächst noch unruhig im Raum gewesen, so wurde es jetzt ganz still. Aufmerksam hörten die Frauen zu. Bärbel erzählte die Handlung, las dann wieder etwas vor, erzählte wieder. Wichtig war es ihr, daß die einzelnen Gestalten Kontur erhielten: der Lorenz und et Pittchen, aber besonders die Frauengestalten: die lebenslustige Zeih, die leichtlebige Tina und das sanfte und doch starke Bärbchen, et Bäbbi. Wie die Bäbbi ihr Leben trotz vielfältiger Mühen und Schwierigkeiten meistert, fand Bärbel bemerkenswert. So las sie eine Stelle, die von der Bäbbi des Weiberdorfs handelte:

Mit der schwieligen Hand strich sie sich das Haar zurück,
zog das Kopftuch tiefer in die Stirn,
schulterte ihre Hacke
und schritt rasch dem Abhang zu.
Scharf umrissen
zeichnete sich ihre Gestalt vom lichten Horizont ab.
Sie schien gewachsen,
groß und stark
hob sie sich über der Umgebung.

Groß und stark! Das waren Worte, die bei den Frauen hängen blieben. Groß und stark aus sich selbst heraus! Es ganz allein schaffen! Und dann sich abheben von der Umgebung, von der Norm, von der Alltäglichkeit. Über sich selbst hinauswachsen, sich trennen von aller Kleinmütigkeit, Zögerlichkeit, Resignation. Die Zuhörerinnen reckten sich, saßen nun kerzengrade.

Bärbel erzählte die Geschichte weiter, berichtete von dem falschen Taler, von Hoffnung und Trauer, von der Armut der Frauen und von ihrer Sehnsucht nach ein bißchen Lebensfreu-

de. Dann kam Bärbel zum Schluß. Die Männer kehren zum Weihnachtsurlaub heim ins Weiberdorf:

»Und durch die Nacht flammte es auf,
dort auf der Höhe von Schwarzenborn.
Erst wie ein Stern,
dann rasch größer werdend,
weithin leuchtend,
immer heller und heller,
gelb und rot
– eine Sonne, eine Riesenflamme, ein Freudenfeuer ...
Eine Freudenfackel
streckte sich empor zum nächtlichen Himmel.
›Sie sind da!‹
Wie aus einem Mund kam's,
nur ein einziger Schrei.
Das waren nicht der Weiber viele mehr,
das war nur ein Weib noch
– das Weib!
Jählings wandte es sich,
alles vergessend,
und stürzte in rasendem Lauf
dem Mann entgegen.«

Lange blieb es still in den Reihen der Zuhörerinnen. Alles vergessend! Dem Mann entgegen! So war es damals gewesen! Und wie war es heute? Hundert Jahre später? Kaum anders! Das Weib! Immer wieder alles vergessend! Und dann: In rasendem Lauf dem Mann entgegen!

Bärbel ließ den Frauen Zeit, das Gehörte zu bedenken. Dann bedankte sie sich für die Aufmerksamkeit und wies darauf hin, daß »Das Weiberdorf« gleich mehrmals zum Ausleihen bereit stand, alte Ausgaben von der Jahrhundertwende, aber auch neue Taschenbuchausgaben. Dann erteilte sie Tina das Wort.

Tina nahm am Lesetisch Platz. Sie war unruhig, unsicher, kaute auf den Lippen, schaute nachdenklich die vielen Frauen an und nahm die erwartungsvolle Haltung von Anna wahr. Da streckte sie sich und begann. Sie sprach laut und mit guter Betonung. Das von Bärbel bewährte Muster hielt sie bei. Sie erzählte aus dem Inhalt des Buches und las Teilstücke vor.

»Also, ich möchte aus dem Buch »Die Emanzen sind los«* vorlesen. Ich habe dieses Buch einmal geschenkt bekommen – und obwohl ich eigentlich gar nichts von Emanzen halte, hat mir das Buch sehr gefallen. Es ist so frisch geschrieben – und die Frauen sind heiter, gut drauf und gar nicht so verkrampft, wie ich mir Emanzen oder Feministinnen vorstelle.« Tina räusperte sich. »Also, da sind Studentinnen es leid, sich mit Männern herumzuschlagen und – stets auf Suche nach einer Studentenbude – mit arroganten Hausbesitzern zu verhandeln. So beschließen sie, einen Frauenstaat zu gründen, kein Weiberdorf – sondern gleich einen Frauenstaat.« Tina schlug das Buch auf und las:

Wenn wir in Würde leben wollen,
erzeugen wir tödliche Aggression.
Trotzdem erwartet man von uns,
daß wir all das ignorieren,
daß wir den Männern unsere Liebe schenken
und zufrieden sind.
Das ist unter den gegebenen Umständen wohl ein bißchen viel verlangt.
Darum sagen wir nein zu diesen Gewaltverhältnissen.
Wir steigen aus.
Wir wollen uns zusammentun
und miteinander
eine andere Lebensform finden.
Ohne Männer.
Wir werden einen Staat gründen,
in dem ausschließlich Frauen leben ...«

Tina holte tief Luft. Dann faßte sie aus dem Inhalt zusammen: »So entsteht der Staat Lilith. Und weil das ganze eine fingierte Geschichte ist, werden die Frauen von einem reichen Onkel – es geht also doch nicht ganz ohne Männer! – unterstützt und finden einen großen Goldschatz. So gibt es keine Finanzprobleme,

* Bettina Hoffmann, Frankfurt am Main 1995

und die Frauen können eine Burg kaufen. Die Anerkennung als »Frauenstaat« stößt dann allerdings überall auf Mißtrauen und Ablehnung. Erst am Ende der Erzählung wird »Lilith« annektiert:

»Lilith hat mittlerweile Dutzende kleiner Schwestern
in aller Welt bekommen,
zwar noch nicht alle autonom,
aber auf dem besten Weg dorthin.
Unsere Methode, so lange Ärger zu machen,
bis die Herren froh sind,
uns loszusein,
hat sich als überaus erfolgreich erwiesen.
Wir operieren nach dem Prinzip ›Vatikan‹
und breiten uns vom Zentrum her strahlenförmig aus,
um den Schwestern jenseits unserer Grenzen
die frohe Botschaft zu überbringen ...«

Freudiger Applaus dankte Tina für ihren Beitrag zur Lesestunde. Auch Anna klatschte eifrig. Bärbel ging zu Tina und umarmte sie bewegt. »Das war schön und interessant«, sagte sie »und ich danke dir sehr. Schau mal, als ich aufhörte mit meiner Lesung, sahen die Frauen alle bedrückt aus. Jetzt sind sie heiter, hoffnungsfroh und zuversichtlich – durch das Buch, aber auch durch dich. Danke!« Tina zeigte so etwas wie Verlegenheit. Sie reichte Bärbel das Buch. »Für die Bibliothek!« sagte sie.

Anna winkte Tina zu sich heran. Und als Tina vor ihr stand, zog sie diese zu sich hinunter, umarmte sie innig und drückte einen lauten Kuß auf ihre Lippen. »Ich bin stolz auf dich«, sagte sie so laut, daß alle es hören konnten. Ja, sie war stolz und auch hoffnungsfroh. Sie wußte, daß hinter der lockeren Flippigkeit, die Tina so gerne hervorkehrte, ein warmherziger Kern steckte. Tina würde durch ihre Art, ihr So-sein wie sie war, sicher noch viele Schwierigkeiten im Leben bekommen, mit sich selbst und mit anderen – aber sie würde das Leben meistern – und sie würde einmal zum Weiberdorf finden – da war Anna sich ganz sicher.

Bärbel fragte nun die Zuhörerinnen-Runde, ob noch jemand etwas vortragen möchte. Niemand meldete sich. Doch einige Frauen flüsterten sich etwas zu. Schließlich sagte eine Frau aus dem Asylia: »Irmgard wollte ein paar Verse vortragen. Sie hat sie gestern abend geschrieben.«

Aber Irmgard winkte ab. »Das paßt jetzt ganz und gar nicht hierhin«, wollte sie sich drücken. »Und es ist noch lange nicht ausgereift.« Doch die anderen Frauen ließen die Einwände nicht gelten, und schließlich ging Irmgard nach vorne.

»Es paßt wirklich nicht nach den vorgetragenen Texten«, stotterte sie, »aber, wenn ich es trotzdem vorlese, dann für die junge Tina, für Tina Remer. Als Dank! Vielleicht können meine Gedanken ihr etwas sagen – damit sie nicht all die Fehler macht, die ich gemacht habe – und andere Frauen.«

Irmgard kramte einen Zettel hervor und dann las sie, was sie aufgeschrieben hatte – monoton, aber doch beeindruckend:

Als ich ein Mädchen war,
da wünscht' ich mir sehr:
Ich möcht' eine Frau sein,
eine Frau – und nicht mehr.

Als ich eine Frau war,
da wünscht' ich mir sehr:
Ich möchte gerne Mutter sein,
Mutter – und nicht mehr.

Nun bin ich Frau **und** Mutter
und wünsch' mir so sehr:
Ich möcht' wieder Mädchen sein,
Mädchen und nicht mehr.

3. Freitag, 24. Dezember 1999, Heiliger Abend

Barbara hatte alle Verwandten zum Abendessen am Heiligen Abend eingeladen. Die Weihnachtstage waren die einzigen Tage im Jahr, an denen man die ganze Familie einmal zusammen bekommen konnte. Das Frauenbildungshaus machte Ferien, und das Frauenhaus Asylia stand zu Weihnachten leer. Die adventliche Zeit stimmte die Frauen weich, und alle hatten den innigen Wunsch, die Festtage in einer heilen Familie zu verbringen. So gingen die meisten zu ihren Männern zurück, sogar diejenigen, die geschworen hatten, sich niemals mehr auf ein gemeinsames Leben einzulassen. War das Heimkehren zum Ehemann oder Partner nicht möglich, so besuchten die Frauen ihre Eltern oder andere Verwandte.

Lange würde die Leere im Asylia allerdings nicht andauern. Spätestens am zweiten Weihnachtstag fuhren Zufluchtsuchende vor, bei denen es am Fest des Friedens zu Unfrieden und heftigem »Zoff« gekommen war. Nach Weihnachten war das Haus dann so voll wie sonst kaum einmal. Dann waren sogar alle Ferienhäuser »ausgebucht«. Der Traum von der heilen Familie am heiligen Weihnachtsfest war zerplatzt wie eine Seifenblase. Wieder einmal hatten die Frauen ihre Wunschvorstellung mit der Realität verwechselt. Ach, daß Frauen es doch nie lernten!

Barbara schaute Lorenz zu, der die letzten Handgriffe am großen Tannenbaum ausführte und zwischendurch die Ente im Backofen mit Butter übergoß. Ja, Barbara hatte den Sohn von Mary geheiratet, ihren Spielgefährten aus Kindertagen, denn beide waren ja quasi im Weiberdorf aufgewachsen. Die beiden bewohnten das alte Remer-Haus, das Lorenz in Eigenregie vollkommen neu gestaltet hatte. Die Ställe waren als Wohnraum ausgebaut, so daß nun viel Platz im »Häuschen« war. Aus der winzigen Stube war ein geräumiges Wohnzimmer geworden. In der ehemaligen alten Scheune hatte Barbara ihre Arztpraxis eingerichtet. Das alte Eifelhaus, das nach dem Tod von Tante Kätchen und Marianne lange leer gestanden hatte, war ein richtiges Schmuckstück geworden. Hier, in dem Haus, in dem schon so viele Kinder der Ahninnen den ersten Schrei getan hatten, wollte Barbara ihre Töchter gebären.

Lorenz hatte es als jungen Mann aus Bedenich weggetrieben. Als er nach einigen ruhelosen Wanderjahren nach Hause kam, hatte nicht nur seine Mutter sich sehr gefreut, sondern auch Barbara. Vor drei Jahren hatten Barbara und Lorenz geheiratet. Allen Unkenrufen zum Trotz ging die Ehe gut. Nur mit dem Nachwuchs hatte es bisher nicht geklappt. Nun freute Lorenz sich sehr auf seine Töchter – wenn er auch nicht verheimlichte, daß er sich einen Sohn wünschte. Aber der konnte ja später noch kommen. Lorenz arbeitete als eine Art Hausmeister, Fahrer und »Mann für alle Fälle« in der Frauensiedlung und war der einzige männliche Angestellte. Er selbst bezeichnete sich bei den Verwandten gerne als Bodyguard des Weiberdorfs. Manchmal mußte er sich wirklich mit aggressiven Ehemännern der Frauen herumschlagen. Wurden Frauen von ihren Männern im »Asylia« entdeckt, so erhielten sie Zuflucht in einem anderen Frauenhaus – irgendwo weit weg von der Eifel. Dann fungierte Lorenz als Autofahrer.

Während Barbara den Tisch deckte, gingen ihre Gedanken zu ihrer Großmutter Gretchen und zu ihren Großtanten Bärbchen und Kätchen. Es wurde ihr klar, daß die Frauen stets die dominierende Rolle in ihrer Familie gespielt hatten. Ja, es waren starke Frauen gewesen. Die männlichen Vorfahren waren für Barbara nur Schattenfiguren. Nur ihr Großonkel Hannes war auch heute noch manches Mal Gesprächsthema.

Wie oft mochte schon am Heiligenabend die einst kleine und jetzt vergrößerte gute Stube geschmückt worden sein? Einfach und doch gemütlich. Wie oft hatte sich hier schon die Familie versammelt? Früher beging man das Weihnachtsfest als großes kirchliches Fest und erst an zweiter Stelle wurde es als Familienfest gesehen. Inzwischen wurde Weihnachten immer mehr »vermarktet«. Ein Bezug zur Kirche war für viele unwichtig geworden. Die Kirche hatte fast ausgedient. Sie hatte wohl die Zeichen der Zeit nicht gesehen, nicht verstanden, nicht genutzt. Aber auch Menschen, die die Lehren der christlichen Kirche strikt ablehnten, wollten nicht auf Weihnachten als Familienfest verzichten.

Bald saßen alle am großen Eichentisch: Anna hatte in ihrem Rollstuhl den Platz am Kopfende eingenommen, neben ihr an der rechten und linken Tischseite saßen Bärbel und Maria. Mar-Tina und ihr Mann Hans-Peter schloßen sich an. An der anderen Seite saß ihr Sohn Hannes, dem sich Mary-Ann in der Sitzreihe anschloß. Daneben hatte deren Mutter Mary Platz genommen. Barbara und Lorenz saßen am anderen Kopfende – stets auf den Sprung, die Speisen auf– und abzutragen. Nur Tina und Peter fehlten.

»Ich kann nicht verstehen, wo die beiden bleiben«, sagte Mar-Tina, »selbst, wenn die Maschine mit einigen Stunden Verspätung in Frankfurt gelandet ist, müßten sie längst da sein. Ach, hätte ich Tina nur nicht fahren lassen. Aber sie wollte ja unbedingt ihren Großonkel Peter abholen.«

»Tina ist erwachsen«, beruhigte Hannes seine Mutter. »Bald werden die beiden hier auftauchen, lustig und ausgelassen.« Er beugte sich zu Mary-Ann und flüsterte ihr etwas ins Ohr. Diese errötete. Na, bahnte sich da etwa an zwischen den beiden? Hannes studierte noch, hatte bereits mehrmals das Studiumsfach gewechselt – mit 27 Jahren ein ewiger Student. Er wußte wohl nicht richtig, was er wollte. Immer wieder hatte er neue Pläne, doch alles blieb Utopie. Wenn Mary-Ann sich mit Hannes einließ, würde sie ihn schon an die Kandare nehmen. Fast zehn Jahre war Mary-Ann älter als Hannes – aber was machte das schon. Es war zwar auch im Jahr 1999 noch die Norm, daß eine Frau in einer Partnerschaft jünger sein sollte, aber auch das umgekehrte Verhältnis war anzutreffen – wurde aber noch immer spöttisch kommentiert. Viel hatte sich nicht verändert im Laufe der Zeit!

»Vielleicht haben Tina und Peter sich am Flughafen verpaßt«, suchte Mary eine Erklärung für das Ausbleiben der beiden.

»Aber dann hätte Peter sich längst telefonisch gemeldet«, schaltete Maria sich ein. »Wir hatten ihm ja zugesagt, daß ihn jemand abholen würde.«

Peter hatte in letzter Zeit überall beteuert, wie sehr er sich auf seine Enkelkinder freute. Das hatte ihn jedoch nicht davon abgehalten, nach Gran Canaria zu fliegen, um dem Eifelwinter zu entfliehen. Seit er im Vorruhestand lebte, war er dauernd auf Reisen. Er brauchte Sonne, hatte er gesagt. Typisch Peter! Nur an sich denken, nur auf das eigene Wohlergehen und Vergnügen bedacht. Macho! Er hatte nichts kapiert im Leben. Überhaupt nichts! Maria lachte zynisch auf – aber trotzdem machte sie sich Sorgen.

»Ich habe ein ungutes Gefühl, ein ganz und gar ungutes Gefühl«, sagte Hans-Peter leise. Tina hatte ganz massiv darauf bestanden, die Fahrt nach Frankfurt unternehmen zu können – und zwar allein. Vielleicht will sie einfach mal hier raus, hatte Hans-Peter gedacht. Mal weg von der Familie, die für Tina stets schwer zu verkraften war. Aber so ganz verstanden hatte er die Hartnäckigkeit seiner Tochter nicht. Sie mochte ihren Großonkel Peter doch überhaupt nicht! Was hatte sie nur vor?

Auch Anna sah besorgt aus. Doch sie schaltete sich nicht in das Gespräch ein.

»Kommt, laßt uns mit dem Essen beginnen«, drängte Barbara und fügte an: »Wir können sowieso nichts anders tun als warten – und darin habe ich zur Zeit große Übung.« Noch immer wollten die Zwillinge ihren sicheren Hort nicht verlassen. Bäder und Massagen durch Sabine, ihre ihr freundschaftlich verbundene Ärztin und Vertreterin in der Praxis, hatten bisher keinen Erfolg gezeigt.

Gestern hatte eine Nachbarin ihr ein unscheinbares, graubraunes Grasbüschel gebracht. »Das ist eine Wüstenpflanze aus Mexiko«, hatte sie erklärt. »Sie heißt wohl richtig ›Auferstehungsblume‹, doch wir sagen dazu ›Rose von Jericho‹. Wenn die Wehen beginnen, legst du das Büschel in eine Schale mit warmem Wasser, und du wirst sehen, daß sich die Stengel recken und entfalten, und so ein neues Leben entsteht. Genauso wird sich dann auch der Mutterschoß öffnen, behutsam aber stetig.« Die Nachbarin hatte diese symbolhafte Pflanze extra in der Klostergärtnerei von Maria Laach bestellt, damit die Geburt bei Barbara problemlos vonstatten gehen sollte.

Heute hatte Barbara beim Auskramen der Weihnachtsballen einen alten Rosenkranz gefunden. Er mußte wohl noch von Bärbchen sein. Barbara hatte ihn unter das Kopfkissen ihres Bettes gelegt. Vielleicht half es!

Anna spürte die Unruhe bei Barbara. »Zehn Tag über die Zeit hat gar nichts zu sagen«, sagte sie beruhigend. Sie konnte so manches aus ihrer Hebammenzeit berichten. Drei und vier Wochen lang hatte manches Kindchen auf sich warten lassen. Und manchmal waren die Geburten dann ganz unkompliziert gewesen. Daß es auch sehr schwierige Spät-Geburten gab und gibt, wollte sie Barbara zu diesem Zeitpunkt nicht erzählen. Das wußte sie selbst.

Früher waren viele Mütter im Kindbett geblieben. Heute starb dank der Kunst der Medizin kaum noch eine Mutter bei der Entbindung. Aber einfacher waren die Geburten nicht geworden. Das erstaunte Anna. Wieviele Frauen hatten vor Jahrzehnten ihre Kinder ganz nebenbei bekommen! Manchmal auf dem Feld – und dann hatten die Frauen gleich weiter gearbeitet. Eine ganz einfache Geburt war heute die Ausnahme. Alles war komplizierter, verkrampfter geworden.

Mar-Tina hatte wohl kaum zugehört, was Anna gesagt hatte. Sie war ganz von der Sorge um ihre Tochter eingefangen. »Habt ihr für Tina und Peter auf euren Anrufbeantworter hinterlassen, daß ihr hier zu erreichen seid?« fragte sie nun in die Runde.

Maria nickte und Bärbel sagte: »Auch in der Villa und im Asylia haben wir hinterlassen, wo wir sind.«

»Und an der Haustür vom Asylia hängt ein großes Schild mit der hiesigen Adresse«, sagte Mary. »Ich wette, daß wir heute Nacht noch die ersten ›Kundinnen‹ bekommen.« Mary war als Hauswirtschafterin sowohl für das Frauenbildungshaus als auch für das Frauenhaus zuständig. Im Frauenhaus wurde unter ihrer Aufsicht die Küchen- und Hausarbeit gemeinsam von allen Frauen verrichtet. Dabei kam es zu manchem Gespräch. Mary brachte den Frauen viel Verständnis entgegen und wurde immer sehr gerne ins Vertrauen gezogen. Geduldig hörte sie sich beim Kochen manche Lebensgeschichte an – fast immer die gleiche Frauentragödie voll Lieb und Leid. Mary seufzte tief. Wie schwer hatten es manche Frauen! Immer Pech mit ihren Männern! Immer Sorgen, stets Probleme! Und sie hatte soviel Glück gehabt. Von einer Minute zur anderen hatte sich ihr Leben zum Guten gewandelt. O, wie mußte sie dankbar sein.

Nun widmete man sich dem köstlichen Menu. Doch eine rechte Weihnachtsstimmung kam nicht auf. Kaum jemand sagte ein Wort. Erst beim Nachtisch entwickelte sich allmählich ein Gespräch.

»Was war denn vor drei Nächten auf dem Hollerberg los?« fragte Hannes in die Runde. »Ich sah dort Lichter, Feuer oder so etwas. Ich dachte schon, es brennt.«

»Einige Frauen haben dort die Wintersonnenwende begangen«, erzählte Bärbel nun. »Sie hatten bei uns angefragt, ob sie auf dem kleinen Göttinnen-Tempel ihre Rituale feiern dürfen. Natürlich habe ich – in Absprache mit den Anderen – zugesagt, obwohl der Kultplatz uns gar nicht gehört, und ich oder sonst jemand gar nichts zu erlauben habe. Die Gemeinde hat die Parzelle ja angekauft, damit man den Platz dem allgemeinen Tourismus öffnen kann. Aber die Frauen glauben doch stets, daß wir über den alten Kultplatz bestimmen können. Sie sind ganz fasziniert von der Vorstellung: Ein Weiberdorf mit eigenem Göttinnen-Tempel.«

Jetzt hatte man das richtige Thema für Hans-Peter angeschnitten. Alles, was irgendwie mit alten Kulturen und mit Esoterik zu tun hatte, faszinierte ihn. Er erzählte, daß immer mehr Menschen die Jahreszeitfeste draußen in der Natur rituell begingen. Es war eine Rückbesinnung auf Vergangenheit, auf Ursprünglichkeit, auf den Kreislauf des Kosmos. »Zur Zeit der Wintersonnenwende zwischen dem 21. und 23. Dezember feiert man seit Menschengedenken das erwachende Licht«, dozierte Hans-Peter. »Deshalb hat ja auch die Kirche das Fest der Geburt Jesu in diese Zeit gelegt, denn das richtige Geburtsdatum ist unbekannt. Nach kirchlichem Glauben hat Jesus das Licht in die Welt gebracht. Hier mischen sich also ganz stark natur-magische und christlich-religiöse Vorstellungen.«

Hans-Peter redete sich richtig in Eifer. Besonders Anna lauschte ihm aufmerksam. Er berichtete nun von der Atmosphäre bestimmter Orte, von dem Geist eines Ortes, der es wohl letztendlich ausmacht, wo man sich wohl und aufgehoben fühlt. Früher wußten die Menschen wenig von Erdkräften, aber sie fühlten instinktiv, welche Plätze ihnen gut taten, welche nicht zum langen Verweilen einluden und welche zu meiden waren. Heute versuchte man mit komplizierten Meßgeräten die Kräfte der Erde zu messen. Doch eine Ausstrahlung ließ sich nicht messen, sie ließ sich nur erspüren. Hans-Peter zitierte die Bibel:

»Als Moses auf der Halbinsel Sinai
sich dem brennenden Dornbusch nähern wollte,
offenbarte ihm Gott in Engelsgestalt:
Komm nicht näher,
lege deine Schuhe ab,
denn der Ort, auf dem du stehst,
ist heiliger Boden!«

»Daß du die Bibel kennst, überrascht mich aber sehr«, ulkte Hannes zu der Rede seines Vater. Der ließ sich jedoch nicht beirren und fuhr fort: »Heiliger Boden! Das kann man von manchem Ur-Platz sagen.« Er holte tief Luft und erklärte dann im belehrenden Ton: »Der Hollerberg ist ein geschichtlicher Kultplatz – das beweisen die archäologischen Funde – und es ist ein Ort der Kraft. Das spüren heutige Besucher – sie spüren es einfach. Allerdings haben die Remer-Frauen das schon immer gewußt. Liebe Tante Anna, du weißt doch da so manches aus eigenem Erleben zu berichten. Bitte erzähle uns davon.«

Anna nickte eifrig. »Bärbchen ist jeden Tag zum Kapellchen auf dem Hollerberg gegangen – ja, gepilgert«, erinnerte Anna sich. »Es war ihr Lieblingsplatz, dort hat sie den Himmel offen gesehen – das sagte sie einmal – und dort ist sie ja auch in das Reich der Ewigkeit gegangen.« Anna schwieg. Erst nach einer Weile sprach sie weiter: »Sie hat kurz vor ihrem Tod eine Andeutung gemacht, daß sie ein Gelübde getan hat, als die Geburt der Zwillinge nicht voranging – also die Geburt von mir und meiner Zwillingsschwester Maria, die dann so bald starb. Ja, sie hat wohl versprochen, regelmäßig zum ›ewigen Hügel‹ zu gehen, wenn die Geburt gut verlief.«

»Dann wissen wir ja, wo wir hingehen müsssen, damit die Zwillinge endlich auf diese schöne Welt kommen«, freute sich Lorenz und legte den Arm um seine Frau.

Anna hatte Bärbchens Vermächtnis weitergeführt und war – solange es ihr körperlich möglich war– regelmäßig zum Marienverehrungsplatz gegangen. Sie hatte es hautnah erlebt, als Archäologen 1967 zum Hollerberg kamen, das Marienkapellchen abbauten und tatsächlich auf einen altrömischen Göttinnenstein stießen, jenen Altarstein, der einst auf mysteriöse Weise verschwunden war. Die Archäologen hatten dafür gesorgt, daß das Kapellchen wieder in der alten Art aufgebaut wurde – so wie sie es versprochen hatten, allerdings nun ohne Göttinnenstein.

Ein Glücksfall war es gewesen, daß die Polizei etwas später bei der Festnahme einer Verbrecherbande auf das »Muttergötteschen« vom Hollerberg gestoßen war. In einer festlichen Prozession hatten die Bedenicher die Figur wieder zu dem Kapellchen gebracht. Ach, hätte Bärbchen das noch erleben können!

Einige Jahre später hatten Grabungsschnitte am Hollerberg schließlich den kleinen Tempelbezirk freigelegt, jenen alten Kultplatz, an dem die Dreiergöttinnen verehrt worden waren. Matronen nannten die Römer sie. Ihre Beinamen auf den Weihesteinen zeigen jedoch, daß sie keltischen und germanischen Ursprungs sind. In christlicher Zeit wurden sie als Ambeth, Worbeth, Wilbeth verehrt. Diese drei Bethen hatten wohl bei dem Namen »Bedenich« Pate – oder besser gesagt Patin – gestanden.

Inzwischen hatten Bärbel und Maria die Familientradition weitergeführt. Auch Barbara schloß sich ihnen gerne an. Später würden wohl einmal ihre Töchter Anna und Maria den Weg zum Hollerberg gehen. Vielleicht!

Anna war eigentlich intuitiv – ohne jedes große Nachdenken – vom Heiligenhäuschen auch zum »Heidentempelchen« gegangen. Maria, Bärbel und besonders Barbara hatten sich schon mehr Gedanken gemacht. Sie hatten einiges aus der Göttinnen-Geschichte gelesen. Mit der Zeit war ihnen klar geworden, daß vorchristliche Göttinnenverehrung und der Glaube an Maria und andere heilige Frauen den gleichen Ursprung hatten, aus der gleichen Quelle schöpften. Das Göttliche in der Schöpfung, in der Mutter Natur, die weibliche Seele Gottes, das Göttliche in jeder Frau – das spiegelte sich in alten und neuen Kulturen.

»Ihr habt in mir den Wunsch geweckt, heute abend noch etwas den Hollerberg zu erforschen – den heiligen Boden in der heiligen Nacht zu erspüren – allerdings mit Schuhen«, sagte Hannes in eine aufgetretene Stille hinein. »Wie wäre es mit einem Gang rund ums Dorf, meine liebe Mary-Ann.« Diese nickte zustimmend. »Ja, ich brauche Luft und Bewegung nach diesem opulenten Mahl. Laß uns den Weg gehen rund um Bedenich – von Hügel zu Hügel.« Dann wandte sie sich Barbara zu: »Oder meinst du, du brauchst mich in den nächsten Stunden?«

»Nein, eine Hebamme brauche ich in dieser Nacht bestimmt nicht«, sagte Barbara bestimmt, »es ist alles ruhig.«

»Und wir gehen dann alle zur Christmette«, sagte Anna. »Das heißt, wer möchte.« Bärbel und Maria nickten zustimmend. Es war längst nicht mehr üblich, daß jeder der doch so frommen Familie in die Kirche ging. Doch die Christmette wurde noch besucht – allerdings mehr aus Tradition als aus christlichem Glauben. Für Bärbel war die Kirche stets so etwas wie Heimat gewesen, aber da sie inzwischen manches aus Frauensicht hinterfragt hatte, war ihr altes Bild sehr ins Wanken geraten – und ein neues hatte sich noch nicht stabilisiert. Doch die Christmette schwänzen! Nein, das brachte sie nicht übers Herz. Schon alleine wegen Tante Anna wollte sie hingehen – und wegen Maria, die rein gewohnheitsgemäß den sonntäglichen Gottesdienst besuchte. Maria sah an diesem Tag so verloren aus. Mal wieder waren all ihre Ängste mit Peter verbunden. Da konnte eine Christmette doch hilfreich sein. Vielleicht ließe sich für alle in der feierlichen Atmosphäre das selige Weihnachts-Gefühl der Kindheit wiederfinden.

»Wir bleiben hier«, hatte Barbara bereits mit ihrem Lorenz abgesprochen. »So ist jemand da, wenn Tina und Peter auftauchen. Auch will Sabine noch diese Nacht zurückkommen. Sie ist nur für ein paar Stunden nach Hause gefahren und will mich nicht zu lange aus den Augen lassen – so sagt sie.«

»Ich werde zum Asylia gehen«, sagte Mary. »Dann ist wenigstens jemand da, wenn es nötig wird. In der Kirche hätte ich sowieso keine Ruhe.«

Mary war zwar katholisch getauft, aber christliches Leben hatte sie als Kind nie kennengelernt. Ihre Kinder hatten durch den engen Kontakt mit Tante Anna dann doch eine katholische Erziehung erfahren. Aber in die Kirche gingen beide nicht.

Mar-Tina und Hans-Peter flüsterten miteinander. Mar-Tina hatte den ganzen Abend kaum ein Wort gesagt. Zu groß war ihre Sorge um ihre Tochter. Doch nun hatte sie wohl entschieden, zur Kirche zu gehen – was sie sonst kaum tat. Vielleicht konnte beten ihre Unruhe mildern.

Hans-Peter ging gerne in die Kirche. Er hoffte auf eine neues, altes Christentum. »Wenn das Christentum seinen mystischen Hintergrund nicht wieder entdeckt, hat die Kirche den Menschen nichts mehr zu sagen!« Das sagte Hans-Peter nun und erklärte: »Das hat jemand* schon vor 50 Jahren prophezeit – und kürzlich nochmals bestätigt. Und genau das wünsche ich mir – Rückkehr zur Mystik innerhalb der Kirche!«

Hannes staunte seinen Vater an. Na, den hatte es aber heute voll auf seine weihnachtliche Seele erwischt.

Die Glocken erklangen. So machten Anna, Maria und Bärbel, Mar-Tina und Hans-Peter sich bereit. Letzterer trug Tante Anna zum Auto und verstaute den Rollstuhl im Kofferraum. Tante Anna war nur ein Fliegengewicht, die würde er notfalls auch bis zur ersten Bank in der Kirche tragen. Doch Tante Anna bestand auf den Rollstuhl. Nur so konnte sie doch mit Würde die Kirche »betreten«.

Die anderen gingen zu Fuß den Kirchberg hoch. Es fiel leichter Schnee. Die Nacht war dunkel, aber die vielen Kerzen an Tannen und Fichten vor den Häusern und in den Fenstern der Wohnungen nahmen dem Dunkel das Beängstigende. Es herrschte ein heiliger Friede im Eifeldorf Bedenich.

* Jörg Zink

4. Weihnachtsnacht, vom 24. zum 25. Dezember 1999

Tina war morgens pünktlich am Frankfurter Flughafen angekommen. Peter zeigte sich überrascht, seine Großnichte zu sehen. Er hatte wohl eher seinen Schwiegersohn Lorenz erwartet – oder Hans-Peter oder Hannes. Aber Tina!

»Es war mir ein inneres Bedürfnis, dich abzuholen, lieber Onkel Peter«, säuselte Tina. Peter fühlte sich geschmeichelt. Und Tina schmeichelte ihm weiter: »Du siehst wirklich fantastisch aus. So braun, so sportlich, so jung, so männlich.« Da schwoll Peter erst richtig der Kamm.

Von einer sofortigen Fahrt nach Hause wollte Tina nichts wissen. Wenn man schon mal der Eifel und der Familie entflohen war, so sollte man die Gelegenheit nutzen, um einen weihnachtlichen Stadtbummel zu unternehmen. Zu gerne wollte Tina sich einige chice Klamotten kaufen – sich selbst beschenken, da die Familie beschlossen hatte, zu Weihnachten keine Geschenke auszutauschen.

Doch auch nach einem ausgiebigen Rundgang durch Frankfurt und einem kleinen Imbiß zeigte Tina keine Lust auf Eifelluft. »Wir fahren zunächst mal nach Köln – nach Hause«, erklärte sie kurz und bündig. »Ich muß mir noch einige Sachen holen.«

»Aber warten die lieben Verwandten in Bedenich nicht auf uns?« wandte Peter ein. Tina beruhigte ihn: »Alles geregelt!«

In der Villa lockte Tina ihren Onkel zuerst einmal zur Hausbar. Die schärfsten Sachen mixte sie ihm. Peter stürzte gierig die Drinks hinunter. Sie selbst holte sich jedoch eine Flasche Mineralwasser. Sie mußte ja fahren.

»Lieber Onkel, hilf mir bei der Entscheidung, welche Kleidungsstücke ich mitnehmen soll«, bat Tina, als Peter schon jede Menge Hochprozentiges genossen hatte. Sie schleppte ihn mit in ihr Schlafzimmer, drängte ihn auf ihr Bett und schob ihm ein paar Kissen unter den Kopf. »Mach es dir bequem!«

Und dann zog Tina eine Show ab, die sich gewaschen hatte. Sie ließ eine heiße Musik laufen, zog sich aus, zog sich an, immer wieder andere Kleider, enge Hosen, noch engere Pullis, mal modisch, mal klassisch. Wie eine Striptease-Tänzerin vollzog sie die Entkleidungszeremonie. Und dann führte sie Dessous vor, so sexy wie es nur ging. Peter bekam Stielaugen. Tina versäumte nicht, ihrem Onkel stets das Glas aufzufüllen. Auch sie nippte daran – tat zumindest so.

Nun ließ Tina alle Hüllen fallen. Nackt stand sie im Zimmer. »So, jetzt kommen die Schuhe dran, lieber Peter!« sagte Tina, nahm ein Paar hochhackige Pumps, schlüpfte hinein, tanzte damit durchs Zimmer, stolperte und fiel aufs Bett. Der Länge lang lag sie über Peter. Der hatte wohl genau so einen Augenblick abgewartet. Jetzt packte er zu, faßte sie hart an, zwang das junge Mädchen unter sich, riß ihre Arme weit zur Seite, zerrte ihre Schenkel auseinander.

»Nein, bitte nicht! Du tust mir weh!« wehrte Tina sich, lachte jedoch dabei und drängte sich an den Mann. »Ich weiß genau, was du willst«, keuchte Peter. »Einen harten Männergriff. Alle Frauen lieben das. Alle! Und du besonders, Tina! Darum kommst du immer wieder zu mir.«

Tina beobachtete ihren Partner mit äußerster Konzentration. Der verwechselte wohl etwas in seinem alkohol-umnebelten Hirn. Na, sollte er doch ruhig vergessen, wen er da wirklich unter sich hatte. Jetzt hatte sie ihn genau da, wo sie ihn haben wollte. Sie täuschte Leidenschaft vor, was er auch prompt als Aufforderung zur Härte auffaßte. Er griff noch brutaler zu, und Tina jauchzte vor Freude. Ja, er sollte sie verletzen, sie mußte Wunden vorzeigen können. Sie legte seine Hand auf ihre Brust, schon gruben seine Fingernägel sich ein, da erhob sie sich abrupt. Ein tiefer Riß war das Ergebnis. Blut tropfte. »Oh, das tut mir jetzt leid«, erschrak Peter. »Das habe ich nicht gewollt!«

Aber ich! dachte Tina und schmiegte sich wieder an ihren Partner. Der war nun gar nicht mehr zu bremsen. Tina mußte schauen, daß sie aus der Umklammerung herauskam. »Jetzt ist Schluß!« sage sie und wand sich aus dem Bett.

Peter schaute sie verblüfft an. Irgendwie dämmerte ihm wohl, daß seine liebe Großnichte etwas ganz Bestimmtes von ihm gewollt hatte. Aber was und warum? Tina begann sich anzukleiden. Da schnellte Peter plötzlich auf – wie ein Tier sprang er das Mädchen an, riß sie auf das Bett, zwang sie erneut unter sich.

Tina schrie auf vor Schmerzen. Diese Überrumpelung hatte sie nicht erwartet, diese Schnelligkeit hatte sie dem alten Herrn gar nicht zugetraut. Sie versuchte, sich zu wehren. Da packte er noch fester zu. »Du hast wohl ein neckisches Spiel mit mir spielen wollen, ein Spiel mit dem Feuer – egal, was du damit bezweckst – jetzt wird das Spielchen zu Ende gespielt.«

Tina erschrak. Es wurde Ernst aus dem Spaß. Sie konnte sich jetzt soviel wehren wie sie wollte – Peter war der Stärkere. Hart drang er in sie ein. Ein nie gekannter Ekel erfaßte das junge Mädchen. Sie würgte, glaubte zu ersticken. Da gelang es ihr, ein Bein hochzuziehen. Blitzschnell stieß sie mit dem Fuß zu. Peter schrie auf, ließ sie los. Tina war frei. Doch die richtige Stelle hatte sie anscheinend nicht getroffen. Peters Rausch – der sexuelle und der alkoholische – ließen sich nicht aufhalten. Stöhnend vor Lust befriedigte er sich selbst. Wie ein Sack fiel er dann auf die Seite.

Der Ekel nahm Tina nun richtig die Luft weg. Sie ekelte sich vor sich selbst, vor Peter, vor der tierischen Sexualität der Menschen, vor dem fordernden Mann, vor der duldenden Frau. Sie eilte ins Badezimmer, torkelte fast, wollte sich unter die Dusche stellen – ach, nein, das durfte sie nicht, jetzt nicht.

Als Tina sich etwas beruhigt hatte, schlich sie leise ins Schlafzimmer. Peter lag noch immer auf dem Bett – die Augen fest geschlossen, laut schnarchte er aus dem weit geöffneten Mund. Tina wandte sich angewidert ab. Sie kleidete sich hastig an und verließ leise das Zimmer, drehte den Schlüssel von außen um. Onkel Peter saß in der Falle. Jetzt mußte sie schleunigst zum Krankenhaus – das lag ganz in der Nähe, dort konnte sie sich ihre Wunden bescheinigen lassen – ja und die Vergewaltigung jetzt wohl auch.

Es dauerte eine ganze Weile, bis Tina wieder im Haus war. Peter hatte sich zugedeckt – schlief noch immer fest, hatte wohl schon zum Nachtschlaf angesetzt. Jetzt ging Tina unter die Dusche. Sie ließ das Wasser laufen, brennend heiß rann es über den geschundenen Körper. Es vermischte sich mit ihren Tränen, und das Rauschen des Wassers übertönte ihr Schluchzen. Schließlich ging Tina ins Schlafzimmer zurück und kleidete sich sorgfältig an. Sie räumte die wild herumliegenden Kleidungsstücke auf, packte einige Sachen in die Reisetasche, andere hing sie in den Kleiderschrank zurück. Schließlich weckte sie Peter. Dieser hatte Schwierigkeiten, sich zurecht zu finden. Oh, hatte er einen Brummschädel! Was war denn nur geschehen? Erst langsam dämmerte ihm etwas. Die Tina! Die hatte Temperament! Hatte die Leidenschaft ihrer Großmutter im Blut! Ach ja, die Tina! Die Tina von damals, die Tina von heute! Die junge Tina! Eine Klasse-Frau! In seinen jungen Jahren hatte Peter ältere Frauen bevorzugt, reife, erfahrene. Jetzt zog es ihn mehr zu unerfahrenen Mädchen. Da mußte er die ganz jungen nehmen.

»Ich mache uns einen Kaffee«, sagte Tina, »und dann fahren wir in die Eifel. Beeile dich!«

Schon bald saßen die beiden im Auto. Tina jagte über die Autobahn. »Fahr doch langsamer!« bat Peter mehrmals. Doch Tina reagierte nicht. Voll trat sie das Gaspedal durch, überholte waghalsig, drängte andere Autos zur Seite, überholte links, überholte rechts. Sie drehte am Autoradio. Überall Weihnachtsmusik. Schrecklich! Schließlich schob sie eine Cassette in das Deck. Laute Technorhythmen ließen Peter zusammenzucken.

Erst als Tina die Autobahn verließ, fuhr sie langsamer. Sie wechselte die Cassette, stellte die Musik jedoch nicht an. Kurz vor Bedenich sagte sie: »Jetzt sind wir exakt zum Ende der Christmette in Bedenich. Timing ist alles. Es dauert nur noch ein paar Minuten. Halt dich fest!« Bei diesen Worten bog sie in den abkürzenden Waldweg ein, stellte die Musik an, so laut es ging. Eine Männerstimme schmetterte:

Beschissen war die Nacht,
hab an dich nur gedacht ...

Tina trat das Gaspedal voll durch und sang laut mit:

Augen zu und durch!
Schluß, aus und vorbei!
Im Leben geht so viel entzwei,
bei uns war alles voll daneben,
da bleib ich mir doch lieber treu.

»Bist du wahnsinnig«, schrie Peter, klammerte sich krampfhaft mit den Händen am Sitz fest, richtete sich auf, starr und steif.

Der schwere Wagen fliegt über den Weg. Das Licht wirft einen hellen Lichtstrahl in den Wald – wie ein Lichtband, wie der Schweif eines Kometen – erhellt einen Baumstamm, läßt ein Gestrüpp aufbrennen. Das Auto rast auf einen Baumstamm zu, Tina schaltet das Licht aus, reißt das Auto herum, macht das Licht wieder an. Haarscharf saust sie an dem Baumstamm vorbei, das Auto fällt auf den Weg, schleudert in den aufgeweichten Fahrrinnen von Holzfahrzeugen – ein Holzweg –, hin und her, hin und her, es schaukelt, kippt, droht umzuschlagen. Tina muß vom Gas gehen, doch dann haben die Räder wieder Boden gefaßt, und Tina schaukelt in einem atemberaubenden Tempo weiter, vom Weg zum Wegrand, von einer Seite zur anderen Seite, vom Schnee in den Matsch, vom Matsch in den Schnee:

Augen zu und durch
Schluß, aus und vorbei ...

Es ist eine Teufelsfahrt, eine Hexenfahrt, eine wilde Jagd, die die Vergangenheit einholen, die Zukunft überholen, sich selbst überholen, das Leben auslöschen will. Auslöschen! Schmerz, Traurigkeit, Schwermut! Auslöschen, alles – alles, was nicht auszulöschen ist.

Mit einem Ruck geht Tina auf die Bremse. Der Wagen rutscht in den Graben, – nein, sie reißt ihn im letzten Moment herum. Vorbei der Teufelspuk! Langsam fährt sie auf den kleinen Parkplatz am Waldesrand, ein Wanderparkplatz, sie hält an, holt tief Luft.

Jetzt schaut sie Peter an, ruhig, aber durchdringend. Er ist aschfahl im Gesicht, fast grün. Er zittert am ganzen Körper. Seine Lippen bewegen sich. Auf und ab, auf und ab! Wie ein Fisch auf dem Trockenen! Vielleicht betet er: Hilf, Maria, es ist Zeit. Dann stürzt er aus dem Auto, stolpert zum nächsten Baum, hält sich dort fest, übergibt sich, erbricht sich seine Seele aus dem Leib.

»Steig ein!« sagte Tina fest. Peter schüttelte den Kopf. Nein, in dieses Teufelsfahrzeug bekommt ihn niemand mehr hinein und wenn er zu Fuß bis Bedenich geht. »Steig ein!« sagte Tina jetzt noch einmal, einen Ton höher, eine Nuance schärfer. Peter schüttelte stumm den Kopf. Da griff Tina in das Auto, zog eine Pistole aus der Seitentasche, richtete sie auf Peter. »Steig ein!« sagte sie zum dritten Mal, fordernd und ohne Gnade. Da folgte Peter der Stimme, wankte zum Auto, stieg ein.

»Willst du mich umbringen?« stotterte er schließlich.

Tina lachte laut auf, etwas zu laut. »Nein, ganz bestimmt nicht«, sagte sie und steckte die Pistole wieder fort. »Wenn ich dich erschießen würde, müßtest du eine einzige Schreckminute, eine einzige Schmerzsekunde durchleben – ich, als deine Mörderin stürze mich ins Unglück, muß ein Leben lang büßen, dafür büßen, daß ich einen Scheißkerl aus dem ›Verkehr‹ gezogen habe. Ich hätte einen Menschen auf dem Gewissen. Nein, Mord an Verbrechern ist ungerecht, erlöst den Schuft, trifft den Richtenden. Das Leben ist die Strafe für dich, die paar Jährchen, die du noch hast.«

Tina startete den Wagen und fuhr nun ganz normal in Richtung Dorf. Sie drehte am Autoradio. Jetzt war Weihnachtsmusik genau das Richtige. Kling, Glöckchen, klingelingeling! Ein Chor sang:

> Menschen, die ihr wart verloren,
> lebet auf, erfreuet euch.

Noch immer verloren, verloren im ewigen All, noch immer nicht erlöst. Lebet auf! Erfreuet euch! Worüber denn freuen bitteschön?

»Was willst du von mir?« fragte Peter noch immer zitternd.

»Dich fertig machen!« sagte Tina lachend. »Nenne es Rache oder sonstwie. Vergeltungsmaßnahme, Heimzahlung, Abrechnung! Gericht, Tierjagen, Volksjustiz! Ich räche meine Großmutter Tina, die du umgebracht hast, ungesühnt, dafür mußt du jetzt büßen – und für all das, was du Frauen angetan hast – Maria und anderen – und was du mir angetan hast – heute Abend. Ich räche das, was Männer seit Jahrhunderten Frauen antun. Uns antun! Immer wieder!«

Peter saß da mit offenem Mund. Er brauchte eine ganze Weile, bis er verstand, was Tina sagte. »Dann war das alles von dir berechnet?« flüsterte er und sank in sich zusammen.

»Was denn sonst?« sagte Tina scharf. »Was bildest du dir denn ein? Du, ein alter, arroganter Schlappschwanz! Es war eklig! Widerlich!«

Tina hatte die Kirche erreicht. Sie fuhr fast bis vor das Pokal. Die letzte Strophe von »Stille Nacht« drang nach draußen:

> Stille Nacht, heilige Nacht,
> Gottes Sohn, o wie lacht
> Lieb aus deinem göttlichen Mund,
> da uns schlägt die rettende Stund,
> Christ, in deiner Gebuurt ...

Tina verzog den Mund. Die Kirche setzte ja noch immer auf Sentimentalität, Rührung, Rührseligkeit! »Lieb aus göttlichem Mund!« Gemütvoller ging's doch gar nicht. Die rettende Stund! Vielleicht kam sie jetzt endlich – zweitausend Jahre nach der göttlichen Geburt schlägt die rettende Stund'! Bim-bam-bomm!

Nun kamen die Gläubigen aus der Kirche, wünschten sich gegenseitig ein frohes Fest. Tina stieg aus und befahl Peter – – ja, sie befahl – ebenfalls auszusteigen. Die Dorfbewohner starrten die beiden an. Da kamen Tinas Eltern. Mar-Tina stürzte auf ihre Tochter zu, fiel ihr um den Hals. »Da bist du ja endlich! Ich habe so gebetet für dich. Was ist denn passiert?«

»Mein Großonkel Peter hat mir Gewalt angetan«, sagte Tina nun so laut, daß alle es hören konnte. »Er hat mich vergewaltigt. Ich werde ihn anzeigen, anklagen, vor Gericht bringen!«

Es wurde mäuschenstill auf dem Kirchenvorplatz. Alle standen wie erstarrt. Peter wurde noch blasser – wenn das überhaupt möglich war. »Das stimmt nicht!« schrie er. »Die hat mich reingelegt.« Tina zog ein Schreiben aus der Tasche, hielt es hoch. »Hier, eine Bescheinigung vom Arzt, heute ausgestellt: Zeichen von Vergewaltigung, mehrere Verletzungen – übrigens – gesegnete Weihnachten allerseits!«

Da brach Peter zusammen, rappelte sich wieder auf, suchte Maria, sah sie, schritt auf sie zu: »Maria, laß dir erklären!« Maria drehte sich um. Peter stand allein.

Bärbel hatte inzwischen Tante Anna im Rollstuhl nach draußen geschoben. Auch sie hatten die Anschuldigung gehört. In der folgenden entsetzten Stille sagte Anna ruhig: »Tina, begleite mich nach Hause.«

»Aber Tante Anna«, schluchzte Mar-Tina auf. »Ich habe mir solche Sorgen um Tina gemacht. Sie soll mit uns kommen – nach Hause. Ich muß mich um sie kümmern.« Mar-Tina hatte wohl kaum verstanden, was Tina gesagt hatte, aber daß Anna sie ihr wegnehmen wollte – jetzt, in diesem Moment – das verstand sie. Nein, nie und nimmer! »Hans-Peter, sag doch auch etwas!« Ihr Mann nickte zustimmend, doch er begriff gar nicht, was geschehen war. Was erzählte Tina denn da für einen Unsinn? Gewalt! Vergewaltigung! Durch ihren Großonkel?

»Ihr habt noch sehr viel Zeit, um euch um eure Tochter zu kümmern«, sagte Anna nun zu Mar-Tina und Hans-Peter gewandt. »Ich habe nur noch eine kleine Weile. Komm Tina!« Da sank das Mädchen vor der Urahne nieder, legte den Kopf auf ihren Schoß, grub ihn fest in den Mantel. Anna streichelte das Mädchen. Sie spürte, daß Tina zitterte, bebte, schluchzte. »Es ist alles gut!«, flüsterte Anna ihr zu. Und dann bat sie: »Komm, fahre mich nach Hause!« Tina stand auf, reichte ihrem Vater die Autoschlüssel, faßte den Rollstuhl. Da trat Maria hinzu, wollte helfen. Doch Anna winkte ab. Maria stand da, verlassen, allein. »Wo soll ich denn jetzt hin?« fragte sie fassungslos. Bärbel kam zu ihr, legte den Arm um ihre Schulter. »Komm mit mir!«

Tina schob den Rollstuhl an, drückte ihn durch den Schnee – schwer, so schwer ließ er sich schieben –, den Kirchberg hinunter, über die Dorfstraße, hin zum alten Hexenhäuschen.

5. Montag, 27. Dezember 1999

Der Montag nach den Weihnachtstagen war ein trüber, diesiger Tag. Der Schnee war zu Matsch geworden, zu einem schmutzigen Morastbrei. Nur die Höhen rund um Bedenich trugen noch einen weißen Hut. Es war auch ein trübseliger Tag. Die vorgeschriebene weihnachtliche Festtagsfreude war in einen Katzenjammer umgeschlagen. Die Feierlichkeiten zur Jahrtausendfeier waren noch nicht angebrochen.

»Ist das langweilig!« jammerte Tina, die gerade den Frühstückstisch abräumte. »Ich glaube, ich fahre mal in die Stadt. Ich muß Menschen sehen, Häuser, Geschäfte, Licht. In der Eifel ist es immer so trübe, dunkel, abgeschieden! Ich muß Lärm hören, Rummel, Hektik! Ich muß Autofahren – sonst fehlt mir einfach etwas.«

Anna mußte lächeln. Ach, was die Jugend von heute doch alles brauchte zu einem normalen Leben. Früher kannte man nur das Dorf. Man wußte nichts, man vermißte nichts, es fehlte einem nichts. Nichts!

»Heute abend möchte ich alle zu mir bitten«, sagte Anna. »Bärbel, Maria, Barbara, deine Eltern, Mary. Es wäre schön, wenn du dann wieder hier wärst.«

»Klar«, sagte Tina lässig. »Bis dahin bin ich längst zurück. Was gibt es denn Wichtiges?«

»Na, das möchte ich noch nicht sagen«, winkte Anna ab. »Übrigens, Tina, könntest du dafür sorgen, daß diese Woche noch der Notar zu mir kommt?«

»Das wird schwierig sein, jetzt zwischen den Feiertagen«, gab Tina zu bedenken, »doch ich kann es versuchen. Ich will auch mal zur Rechtsanwältin.« Tina schaute ihre Großtante an: »Notar?« fragte sie dann verwundert. Anna nickte nur.

»Willst du fernsehen?« fragte Tina. Anna verneinte. »Nein, ich höre Radio!« sagte sie. Ihr ganzes Leben lang war Anna eine eifrige Radiohörerin gewesen. Manches Wissen verdankte sie den Hörberichten. Ach, wie gerne hatte sie stets den Schulfunk verfolgt. Jetzt erklang Musik.

Schon bald hatte Tina das Haus verlassen. Anna rief Bärbel an und bat sie, allen Bescheid zu geben, daß Anna die Familie heute abend gegen acht Uhr kurz sprechen wollte. Nun hatte Anna genug Zeit, um nachzudenken. Sie hatte soviel mit Tina gesprochen in den letzten beiden Tagen. Sie waren sich sehr nahe gekommen – und doch weit voneinander entfernt. Es waren verschiedene Welten, die Welt von gestern – die Welt von heute, die Welt von vorgestern – die Welt von morgen!

Was hat sich in einem Jahrhundert alles verändert? Diesem Gedanken hing Anna lange nach. Sie sah im Geiste Bärbchen als junges Mädchen hinter einen Pflug herschreiten – stundenlang, den Acker rauf, den Acker runter. Daneben sah sie Tina in ihrer schweren Limousine dahin jagen, die Autobahn rauf, die Autobahn runter, immer unterwegs, immer ruhelos, oftmals ziellos. Sie sah sich selbst als kleines Mädchen mit ihren Geschwistern am Küchentisch sitzen, die Pellkartoffeln mit der Hand aus der großen Schüssel fischend. Und sie sah Schulkinder, den Ranzen auf dem Rücken, mit der Hand in Streifen geschnittene Kartoffeln – Pommes genannt – aus einer Tüte fischend und auf der Straße essend. Sie sah Frauen, schwitzend in schweren, Leinensäcken ähnlichen Kleidern steckend, über den Waschtrog gebeugt, mühsam und schwitzend die Wäschestücke rubbelnd, stundenlang, dabei ins Leere starrend. Und sie sah Frauen, chic gekleidet mit modischer Frisur am Computer sitzen, stundenlang Tasten drückend, auf den Bildschirm schauend – und doch ins Leere starrend.

In diesem Jahrhundert hatte sich alles geändert, alles – und doch nichts, gar nichts. Die Menschen haben noch immer – und immer wieder – Hunger, Durst, Sehnsucht, noch immer die gleichen Wünsche. Sie ersehnen Geborgenheit, Verständnis, Liebe. Doch sie wollen es mit Egoismus, Rücksichtslosigkeit und Gewalt erzwingen. Wenn sie glauben, das Lebensglück gefunden zu haben, in diesem Moment haben sie es bereits verloren.

Es müßte sich wirklich etwas ändern, etwas Grundlegendes, etwas Elementares – ja, elementar – das Wort gebrauchte Hans-Peter so gerne. Es mußte eine elementare Wandlung eintreten – da war Anna sich ganz sicher. Aber wie es nun vor sich gehen mußte – das konnte Anna nicht sagen. Sie hoffte nur, daß eine weltweite Änderung der Gesellschaftsformen von den Frauen ausging. Es müßte eine große, selbstbewußte und doch warmherzige Frau den Weg für eine neue Zeit aufzeigen. Gerade jetzt zum Jahrtausendwechsel hofften alle auf einen Wandel, irgendeinen Wandel zum Besseren. Es wurde viel darüber geredet, obwohl doch alle genau wußten: Durch Reden ändert sich gar nichts, überhaupt nichts.

Auch Anna hatte viel geredet in den letzten Tagen, immer wieder mit Tina gesprochen, ihr von ihrer Großmutter erzählt, von Onkel Hannes, von Bärbchen, von der ganzen Familie. Und sie hatte Tina zugehört, stundenlang zugehört. Man verstand sich jetzt entschieden besser, aber ändern würde sich nichts durch alles Reden. Anna mußte handeln. Nun endlich mußte sie etwas tun.

Hatten die Frauen sich geändert? Zu dieser Frage fand Anna keine passende Antwort. Ach, sie war müde. Zu müde zum Denken. Nun wollte sie sich auf die Worte aus dem Rundfunk konzentrieren. Doch immer wieder fielen ihr die Augen zu, und nur einige Gesprächsbrocken drangen in ihr Bewußtsein: Neue Frauengeneration, alte Muster, Frauen fühlen sich voller Schuld. Selbstbewußt, emanzipiert? Schattenhaftes Scheinleben. Frauenmacht und Männerherrschaft. Kampf, Versöhnung!

Plötzlich war Anna wieder hellwach: »Das einstige starke Geschlecht ist jetzt nur noch ein schwaches Geschlecht, das wild um sich schlägt.« Eine energische Frauenstimme sagte es im Radio. Das wäre schön! Anna mußte lächeln. Nun folgte ein Rückblick auf das zu Ende gehende Jahrtausend. Ach, schon seit Monaten, ja fast schon seit Jahren, hörte man nur von der Vergangenheit und von der Zukunft. In der Gegenwart schien niemand mehr zu leben. Anna nickte wieder ein, doch dann riß sie eine feste Männerstimme wieder ins Bewußtsein: »Wer sich nicht erinnert, den bestraft die Zukunft! Die Zukunft der Vergangenheit muß zeigen, daß die Menschheit etwas gelernt hat!« Auch hier wurde von Veränderung, von Wandel gesprochen. Der Bericht schloß mit dem Satz: »Die Jahrtausendwende muß die Wende bringen!« Anna nickte eifrig.

Irgendwann schlief Anna in ihrem Rollstuhl fest ein. Sie glaubte, nur kurz eingenickt zu sein, doch als sie wach wurde – Senta bellte – war es bereits dunkel. Ein Auto war vorgefahren. Tina stürzte herein.

»Hei, Tante Anna! Raus mit dir! Nicht du, Tante Anna, Senta natürlich. Und lauf bloß nicht fort! Ich habe Pizza mitgebracht!« Tina sprudelte die Sätze nur so hervor.

»Hei, Tina!« sagte Anna, rieb sich den Schlaf aus den Augen, blinzelte Tina an. »Hei!« sagte sie nochmals und lächelte. Na, das hatte sie doch schon gut gelernt.

Bald saßen die beiden essend am Tisch: die alte Frau und das junge Mädchen, die Vergangenheit und die Zukunft, der Tod und das Leben, zwei total verschiedene Welten. Aber sie erkannten sich gegenseitig an, achteten sich, mochten sich.

»Die Sache mit dem Notar hat geklappt«, sagte Tina kauend. »Er wollte sowieso ein Törchen in die Eifel machen, und da kommt er morgen mal vorbei – wenn es dir recht ist.« Anna nickte zustimmend.

»Die Rechtsanwältin habe ich allerdings nicht erreicht«, sagte Tina etwas nachdenklicher. »Sie ist in Urlaub, bis zum Jahr 2000. Na, da warte ich halt noch, überlege es mir noch mal.«

»Zieh das ruhig durch«, sagte Anna und behielt Tinas Jargon bei. »Der Rechtsweg ist zwar nicht der einzige – und wahrscheinlich auch nicht der richtige Weg –, doch es ist einer der vielen Wege, wodurch sich etwas im Bewußtsein der Menschen verändern kann.«

Es dauerte gar nicht lange, bis die Verwandten eintrafen. Maria kam gemeinsam mit Bärbel und entschuldigte Barbara und Lorenz. Die Schwangere fühlte sich gar nicht wohl. Na, hoffentlich ging es jetzt endlich los mit der Geburt. Weiter sagte sie nichts, setzte sich auch nicht hin, sondern blieb in der Mitte der Stube stehen. Ihren Mantel behielt sie an. Bärbel zog sich jedoch aus, hauchte Tante Anna einen Kuß auf die Wange und klopfte Tina kameradschaftlich auf die Schulter. »Na, ihr zwei!« war ihr kurze, aber herzliche Begrüßung.

Mar-Tina kam gemeinsam mit ihrem Mann, auch sie legte den Mantel nicht ab. Sie sah lange ihre Tochter an – fragend und so hilflos. Tina erwiderte den Blick. Niemals wollte sie so sein wie ihre Mutter. Niemals! So eine Glucke! So ein verängstigtes Huhn! So ein duldsames Schaf! Nein – wie ihre Mutter wollte sie nicht sein und nicht werden – so wie alle Töchter sich von ihren Müttern distanzieren. Jedoch ihre Großmutter, die konnte sie als Vorbild nehmen. Ja, wie ihre Großmutter Tina wollte sie sein. So ausgeflippt, so eigenständig, so wild! Aber nur nicht ihr Ende! Da reichte ein einziges Mal.

Hans-Peter begrüßte alle mit einem Händedruck, zog den Mantel aus und setzte sich neben Tina. Mary kam als letzte. Sie begrüßte alle herzlich und fröhlich. Heh, was machten Maria und Mar-Tina denn für mürrische Gesichter?

»Ich will es kurz machen«, sagte Anna und schaute in die Runde. »Ich bin in den letzten Tagen zu dem Entschluß gekommen, daß sich etwas verändern muß – in der Gesellschaft. Es kann sich aber nichts im allgemeinen verändern, wenn nicht jede – jeder – zur Wandlung bereit ist.« Anna machte eine Pause. Sie spürte plötzlich, wie anstrengend es war, sich zu konzentrieren. »Also, um es kurz zu machen: Ich werde mein Testament ändern!« Die anderen standen – saßen – wie erstarrt. »Wie ... wieso das denn?« fragte schließlich Hans-Peter.

Anna massierte mit ihren Fingerspitzen behutsam ihre Stirn, ihre Augenbrauen, die Schläfen. Hoffentlich ließ ihr Gedächtnis sie nicht im Stich! Nicht jetzt!

»Ihr wißt«, fuhr sie nach einiger Zeit fort, »daß ich den ganzen Besitz am Hollerberg aufgeteilt hatte, damit jeder von euch etwas bekommt. Ich finde diese Zerstückelung inzwischen nicht mehr gut.« Anna mußte wieder eine Pause einlegen, ein langes Atemholen. Dann sagte sie: »Ich werde den ganzen Hollerberg zusammenhängend vererben. Das heißt eigentlich, nicht vererben, sondern schon jetzt überschreiben. An Tina! Alles!«

Es war plötzlich mucksmäuschenstill. Alle schienen wie erstarrt. In das beklemmende Schweigen sagte Anna dann noch: »Ich gebe all das, was ich von Tina bekommen habe wieder an Tina zurück!«

Es blieb eine ganze Weile still. Dann ergriff Maria das Wort. »Das darf nicht wahr sein!« sagte sie spitz. »Damit zerstörst du dein Lebenswerk. Und unseres! Tina hat doch gar kein Gespür für unsere Arbeit, unsere Ziele. Wahrscheinlich macht sie eine Disko aus den Häusern, ein Fitneßzentrum, eine Sauna, ach, was weiß ich.«

Tina war genau so überrascht wie die anderen. Sie kaute nervös an ihrer Unterlippe. Was hatte Anna sich da nur ausgedacht! »Ich werde natürlich alles so lassen wie bisher«, stotterte sie nun. »Aber Tante Anna, warum tust du das?«

»Weil ich der Zukunft eine Chance geben möchte«, safte Anna. »Wenn du meinst, du mußt etwas verändern, dann tu es, vielleicht nicht direkt, aber irgendwann, wenn du glaubst, daß es richtig ist.«

»Tina ist überhaupt nicht reif für so eine Aufgabe!« Nun sprang Hans-Peter erregt auf. »Ich kenne meine Tochter ganz genau! Sie ist noch ein Kind!«

»Das ist der große Fehler, den ihr macht, ihr alle«, sagte Anna ruhig. »Tina ist erwachsen.«

»Ich will aber gar nicht erwachsen **sein** – und so schnell will ich auch gar nicht erwachsen **werden**«, sagte Tina nun leise. »Ich kann das doch gar nicht! Ein Haus leiten oder so etwas!«

»Du mußt noch viel lernen, Tina«, sagte Anna. »Aber du wirst es schaffen.« Und in die Runde blickend fuhr sie fort: »Ich möchte euch alle bitten, Tina zur Seite zu stehen – doch Entscheidungen trifft sie alleine.«

Alle machten noch immer bestürzte Gesichter. Nur Mary strahlte. Sie stürzte auf Tina zu, umarmte sie innig und sagte: »Ich freue mich so, Tina. Ich freue mich so für dich. Wir anderen brauchen doch nichts. Wir haben doch Geld verdient, bekommen eine Rente. Das reicht doch für unseren Lebensabend. Aber du Tina, du hast eine Zukunft. Du bist eine gute Frau – wie deine Großmutter. Sie war eine gute Frau. Das darfst du nie vergessen. Tante Anna, du hast die richtige Entscheidung getroffen. Zurückgeben an Tina, was Tina gegeben hat. Wenn ich sterbe, gebe ich auch das Häuschen zurück, zurück an dich, Tina.«

Mar-Tina löste sich nun langsam aus ihrer Erstarrung, die die Worte von Anna ausgelöst hatte. »Wo, wo wird Tina denn nun wohnen?« fragte sie besorgt. »Es ist doch viel zu viel für sie, dich zu versorgen, Tante Anna.« Sie hatte mal wieder gar nicht mitgekriegt, um was es ging. Nur das Nächstliegende sah sie, nur das konnte sie verkraften.

»Ich werde bei Tante Anna bleiben, solange sie mich braucht«, sagte Tina fest.

»Dann bin ich wohl jetzt abgeschrieben«, schrie Maria nun, ja, sie schrie. Das war doch nicht zu glauben! Jahrelang hatte sie für Tante Anna gesorgt, hatte bei ihr geschlafen, war Tag und Nacht für sie da gewesen – und dann wurde sie abgeschoben, einfach abgeschoben.

»Wo soll ich denn jetzt wohnen?« Sie stand nun direkt vor Anna.

»Du hast ein Haus«, sagte Anna ruhig.

»Soll ich dort mit Peter zusammenleben? Das hat Tina doch wohl endgültig unmöglich gemacht. Jetzt ist er fort – verreist – was weiß ich. Aber er wird wiederkommen. Was soll ich dann tun? Mich bedrohen lassen?«

»Rufe mich«, sagte Tina und mußte unwillkürlich lachen. »Ich werde schon dafür sorgen, daß er dich in Ruhe läßt.«

»Ich hätte niemals zulassen dürfen, daß du bei mir wohnst, Maria«, sagte Anna und schaute ihrer Nichte tief in die Augen. »Dadurch habe ich deine Entscheidung verhindert. Ich bitte dich um Entschuldigung.« Anna schloß die Augen, sie war müde, so müde. Die anderen schauten sich an. Sie waren wohl entlassen.

»Ja, da gehen wir wohl am besten«, sagte Hans-Peter und nahm seine Frau an der Hand.

»Noch eins«, sagte Anna, »das hätte ich fast vergessen. Ach, ich vergesse wirklich alles in letzter Zeit. Ich habe eine Bitte an euch. Besorgt mir einen Platz im Altersheim, so bald wie möglich. Mein Bargeld und meine Versicherungen dürften wohl reichen für den kurzen Rest meines Lebens. Ein einfaches Haus – möglichst in der Eifel!«

Wenn es möglich war, wurden die Gesichter der Anwesenden noch überraschter. Das war wirklich nicht zu verstehen. Anna hatte doch immer den Wunsch geäußert, bis zu ihrem letzten

Tag in ihrem Häuschen zu bleiben! Dort zu sterben, wo sie solange gelebt hatte.

»Ich habe euch – euch alle – viel zu lange wie eine altfränkische, starrköpfige Matrone beherrscht« sagte Anna leise. »Ich muß euch loslassen – endlich loslassen, damit ihr ein eigenständiges Leben führen könnt! Es tut mir leid, daß ich das nicht früher erkannt habe.«

Nun waren Annas Kräfte wirklich aufgezehrt. »Ich möchte ins Bett«, sagte sie. »Tina, bist du mir behilflich? Gute Nacht!«

Tina schob den Rollstuhl, doch Mary hielt sie zurück. »Wenn du mal Hilfe brauchst, oder mal weg möchtest, Tina«, sagte sie, »sag mir Bescheid. Ich bin immer für dich da und übernehme gerne die Aufsicht bei Tante Anna.«

Nun erwachte auch Bärbel aus ihrer Erstarrung. So viel Neues war ja kaum auf einmal zu verkraften. »Natürlich bin ich auch für dich da – für Euch«, sagte sie nun zu Tina.«Wir alle sind für dich da, Tina. Ob nun hier bei Tante Anna oder bei deiner zukünftigen Tätigkeit im Weiberdorf. Wir sind doch alle eine Familie. Da hat sich nichts geändert und es wird sich nichts ändern.«

Mar-Tina und Hans-Peter verließen das Haus, noch immer vollkommen irritiert. Mary räumte noch etwas in der Stube auf, zog die Decke auf dem Sofa glatt, legte Senta einige Hundekuchen in ihren Napf und verließ schließlich auch das Haus.

»Da kann ich ja jetzt meine Koffer packen«, sagte Maria etwas ruhiger.

»Ich helfe dir«, sagte Bärbel und beide gingen nach oben, wo Maria sich ein Schlafzimmer eingerichtet hatte. Das Bett war nicht angerührt, das Zimmer vollkommen aufgeräumt. Tina hatte es anscheinend nicht betreten.

»Tina hat sicher im Schlafsack geschlafen«, sagte Bärbel. »Der flog doch unten irgendwo rum.«

»Und ihre Klamotten lagen in einer Ecke«, ergänzte Maria. »Also, ich verstehe Tante Anna nicht. Tina hinterläßt doch überall Durcheinander, Unordnung, Chaos!« Und nach einem tiefen Seufzer fuhr sie fort: »Jetzt kann ich ganz alleine in dem großen Haus wohnen, ohne Mann, ohne Tochter, ohne Schwiegersohn, ach hätten die beiden doch nicht das alte Remerhaus instand gesetzt. Dann fände ich bei meinen Enkelkindern eine neue Aufgabe. Jetzt bin ich allein, allein in einem großen Haus.«

Maria nahm einige Taschen vom Schrank und begann Kleidungsstücke einzupacken. Bärbel half ihr schweigend. Plötzlich hielt Maria inne. Sie schaute Bärbel an, umarmte sie ganz plötzlich. »Ach, Bärbel, ich rede nur von mir, dabei trifft es dich viel härter«, sagte sie nun fast liebevoll. »Dich trifft es wirklich! Du solltest doch das Asylia bekommen – und dort hättest du ja deine Wohnung behalten können. Wo willst du denn nun hin? Tina erbt ja auch das Frauenhaus und wahrscheinlich auch dieses Hexenhäuschen – und wird wohl hier wohnen.«

Bärbel lächelte. »Ich weiß auch noch nicht, wohin«, erklärte sie ruhig. »Aber es wird sich schon alles klären. Ich bekomme ja eine Rente – wie Mary richtig sagte. Tante Anna hat sich bei ihrem Entschluß sicher etwas gedacht. Sie sieht mit ihren hundert Jahren alles viel klarer als wir.«

Bald hatten die beiden alles in Koffer und Taschen verstaut, ins Auto gepackt und fuhren zu Marias Haus. Nun trugen sie alles hinein. Maria lud Bärbel zu einem Glas Wein ein. Still saßen die beiden Frauen zusammen. Maria hatte sich jetzt beruhigt. Bärbels Nähe wirkte immer so wohltuend auf sie.

»Ich werde mich scheiden lassen!« sagte Maria schließlich. »Jetzt schaffe ich es. Gleich nach den Feiertagen werde ich einen Rechtsanwalt – oder besser eine Rechtsanwältin – aufsuchen.« Bärbel schaute Maria überrascht an. Hatte Anna das gewollt? Maria loslassen, damit diese endlich die Entscheidung traf, die sie seit Jahren vor sich her schob? »Ich werde das tun, was ich vor dreißig Jahren hätte tun sollen! Endlich!« sagte Maria fest.

Nun saßen die beiden wieder schweigend nebeneinander, Maria auf einem Sessel, Bärbel auf der Couch. Maria sah sehr nachdenklich aus. Sie beobachtete Bärbel. Diese wirkte wie immer ausgeglichen und gelassen, jung und frisch. Plötzlich wurde Maria etwas klar, ganz klar – und sie wußte, daß Bärbel schon längst erkannt hatte, was Maria erst jetzt bemerkte. Und Anna hatte es sicher schon längst gespürt. Das war nicht nur die

Liebe zwischen Verwandten, zwischen Gleichgesinnten, nein, es war eine viel tiefere Liebe, eine Frauenliebe.

Impulsiv stand Maria auf, setzte sich neben Bärbel, umarmte diese ganz behutsam. »Bärbel, willst du bei mir wohnen, bei mir – mit mir leben – für immer?« Bärbel lächelte zaghaft, dann nickte sie eifrig. Maria beugte sich zu Bärbel, ganz langsam kamen die beiden Frauen sich näher, umarmten sich zögernd, streichelten sich sanft und schließlich berührten sich ihre Lippen, behutsam und voller Zärtlichkeit.

»Das hätten wir schon vor dreißig Jahren tun sollen«, sagte Maria mit einem tiefen Aufatmen und strich mit dem Zeigefinger ganz sacht über Bärbels Lippen.

6. Freitag, 31. Dezember 1999

Das Land fieberte, die Menschen fieberten, die ganze Welt lag im Fieberwahn. Nur noch wenige Stunden, dann war es soweit: die Jahrtausendwende. Dann würde sich mit einem Schlage alles ändern. Alles! Das konnte man jetzt noch glauben, hoffen. Die Ernüchterung würde schnell genug kommen.

Hans-Peter brummte ärgerlich vor sich hin. Nun war er extra in die Eifel gekommen, um mit der ganzen Familie die Wende zu feiern, und nun waren alle irgendwie anders beschäftigt. Er saß allein da, ganz allein. Seine Frau lag mit Migräne im Bett und hatte nur den einen Wunsch, nicht gestört zu werden. Ach, sie würde die denkwürdige Stunde genau so verschlafen, wie sie ihr ganzes Leben verschlief.

Bei Barbara hatten nun endlich die Wehen eingesetzt. Na, einen besseren Zeitpunkt hätte sie sich schon aussuchen können! Aber ihr war die Wende wahrscheinlich ganz einerlei, Hauptsache, die Zwillinge kamen nun endlich zur Welt. Sie waren doch schon so lange fällig, überfällig.

Anna war auch ins alte Remerhaus gebracht worden. Sie will noch einmal eine Geburt erleben, wenn auch nur als Zuschauerin. Noch einmal bei diesem Schöpfungsakt dabei sein! Das ist ihr großer Wunsch.

Maria pendelte zwischen Barbara und dem Weiberdorf hin und her. Und auch Bärbel und Mary steckten immer wieder mal kurz den Kopf in die Tür des alten Remerhauses. Ansonsten waren alle drei im Weiberdorf voll beschäftigt, denn hier wurde heute abend groß gefeiert. Seit Stunden waren Bärbel, Mary und andere Frauen nach alter Tradition damit beschäftigt, Neujährchen zu backen. Jede Frau sollte einen Wecken mit zwei Gesichtern bekommen, der eine Kopf das zu Ende gehende zweite Jahrtausend betrachtend, der Blick des anderen in die Zukunft gerichtet, ins dritte Jahrtausend. Es mußten jede Menge »Neujährchen« in den Backofen geschoben werden, denn die Häuser waren voll besetzt. Zusätzlich hatten viele Frauen Zelte auf dem Hang des Hollerbergs aufgeschlagen, um hier in froher Gemeinschaft das Jahrtausenderlebnis zu feiern.

Hans-Peter hatte vorsichtig angefragt, ob er auch mitfeiern könnte. Doch Maria hatte nur die Schultern gezuckt. Die Frauen wollten unter sich sein. Früher hatten Frauen sich um männliche Begleitung und Schutz bemüht. Heute freuen sie sich, wenn kein Mannsbild weit und breit zu sehen ist. Dann fühlen sie sich frei, fröhlich und ohne Hemmungen. Ausgelassen singen, tanzen und lachen sie dann.

Maria, Bärbel und Mary hatten die Vorbereitungen im Weiberdorf organisiert. Voller Freude waren sie bei der Arbeit gewesen und strahlten um die Wette. Daß Bärbel und Mary heiter waren, war nichts Besonderes. Aber daß Maria vor Glück fast »über«strahlte, das war kaum zu fassen. Hans-Peter hatte sie in den letzten Tagen immer wieder forschend angesehen. Was war ihr nur Wundersames begegnet? Ihr Ehemann war doch nicht wieder aufgetaucht und hatte sich auch nicht gemeldet.

Tina hatte sich bei den Vorbereitungen im Weiberdorf zurückgehalten. Sie störte doch nur. Gerne hatte sie sich angeboten, bei Anna die Tausendwende zu überstehen. Doch Anna hatte abgewehrt: »Wenn eine junge Frau nichts Besseres zu tun hat, als in einer so wichtigen Nacht bei einer alten Frau zu sitzen, dann stimmt etwas nicht! Ich kann gut alleine bleiben.« Aber nun war alles anders gekommen. Tina war am Spätnachmittag kurz entschlossen in die Stadt gefahren. Sie wollte mit ihrer Clique die Wende feiern. Na, zumindest eine, die Freude hatte in dieser Nacht.

»Wo ist eigentlich Hannes?« fragte Hans-Peter sich. Sein Sohn hatte für sich und Mary-Ann im vornehmsten Restaurant der Kreisstadt einen Tisch bestellt. Doch nun war Mary-Ann als Hebamme bei Barbara unabkömmlich. Und Hannes war sauer, stinkesauer. Nun war er verschwunden, einfach fort.

Hans-Peter überlegte, wie er den Abend verbringen konnte. Er konnte vor dem Fernseher hocken. Ein globales TV-Spektakel aus 24 Zeitzonen sollte von drei Milliarden Zuschauern zur Wende gesehen werden. So war die Prognose. Ach nein, zu diesen Milliarden wollte er nicht gehören. Da blieb ja wohl nur noch eins: die Dorfkneipe.

Als Hans-Peter den Schankraum betrat, schlug ihm ein warmer, verqualmter Mief entgegen. Eine Handvoll Männer stand am Tresen. Stumm starrten diese in ihre Biergläser. Ach, da war ja Hannes. »Hier steckst du also«, begrüßte Hans-Peter seinen Sohn. Der brummte nur etwas vor sich hin.

»Wo sind denn die ganzen Dörfler?« fragte Hans-Peter in die kleine Runde. »Das Dorf ist wie ausgestorben – und hier ist ja auch nicht gerade full house.«

»Die meisten sind in die Stadt gefahren«, berichtete nun ein Mann aus dem Dorf. »Sie wollen wohl dort den Weltuntergang erleben!«

»Weltuntergang?« Hans-Peter schüttelte den Kopf. »Das hatten wir doch schon vor hundert Jahren. Ich denke, diesmal steht uns eine Invasion aus dem Weltall bevor? Ufos in Massen sollen unterwegs zur Erde sein. Ab morgen werden bei uns wohl die grünen Männchen das Sagen haben.« Die Männer grinsten und Hannes brummte: »Hoffentlich sind das keine grüne Weibchen. Dann haben wir Männer wirklich nichts mehr zu lachen. Wir sind ja jetzt schon überflüssig geworden – fast. Grüne Weibchen im Weiberdorf, das wäre der Knüller der Wende!«

Er bestellte sich noch ein Bier und hing seinen Gedanken nach. Er hatte sich den heutigen Abend so schön vorgestellt, fein ausgehen, einen Blick in den Himmel werfen und dann in der Wohnung von Mary-Ann einen Kaffee trinken. Und dann das neue Jahrtausend mit einer neuen Liebe beginnen. Na, vielleicht beeilte Barbara sich etwas, dann konnten er und Mary-Ann doch noch zusammen sein.

»Eine magische Jahreszahl weckt immer Unruhe, Endzeit-Stimmung, Endzeit-Panik!« Hans-Peter konnte es nicht lassen, wieder seine Belehrungen loszulassen. »Der Count-down läuft, vom Beginn der Menschheit bis zum Ende. Es ist Zeit, daß es Zeit wird. Es ist Zeit! Endzeit! Es ist immer Endzeit! Vielleicht erfüllt sich nun die Zeit, das jüngste Gericht naht, das Ende kommt. Ende eines Jahrtausends, Ende der Endzeit, Ende der Menschheit, Ende der Welt. Apokalyptik! Danach kommt die neue Welt, eine neue Zeit, eine neue Menschheit ...«

»Eben jene grüne Weibchen« unterbrach Hannes seinen Vater. Dieser schaute seinen Sohn an, wie aus einer anderen Welt kommend, verständnislos. Die anderen Männer lachten.

Die Tür öffnete sich. Lorenz trat ein. Hannes stürzte auf ihn zu. »Kann man gratulieren«, fragte er aufgeregt. Lorenz winkte ab. »Das kann noch Stunden dauern – laut Mary-Ann«, erklärte er. »Mich hat man kurzerhand rausgeschmissen – ich nerve, sagen die Frauen.« Hannes seufzte. Da konnte er wohl für heute alle Träume vergessen.

Nun standen die drei Männer der Familie Remer still und nachdenklich an der Theke. Sie waren ausgeschlossen aus der Familie, ausgestoßen, abgeschrieben, fallen gelassen wie eine heiße Kartoffel. Ausgeschlossen aus einer Welt, die doch einmal ihre Welt war. Na, dann Prost! Sie hoben ihre Gläser.

Plötzlich wurde mit lautem Holdrio die Gaststättentür aufgerissen. Sechs junge Mädchen polterten herein. Sie schauten in die Runde, musterten die Männer der Reihe nach – und stürzten auf Hannes zu. »Lieber Herr Remer«, flüsterte eine ihm zu, »wie schön, daß Sie da sind.« Und sie drängte sich nahe an ihn heran. »Sie sind doch immer so nett und freundlich, lieber Hannes, da sind Sie sicher heute so nett zu uns und fahren uns in die Kreisstadt, in die Disko!« Hannes schaute die Kesse kritisch an. »Hier ist doch nichts gebacken!« schaltete sich nun eine andere ein. »Bitte, Herr Remer, fahren Sie uns. Wir wollen doch feiern, ein bißchen Spaß haben, wir sind doch jung, so jung.« Eine andere drängte sich vor: »Sie brauchen es auch nicht umsonst zu tun, Herr Remer.« Lautes Gekicher der Mädchen. »Oder haben Sie keine Kurasch?« sagte die Kesse, drückte sich noch näher an ihn heran und sah ihn mit ihren schwarzen Augen kokett an. »Wenn Sie nett zu uns sind, Hannes Remer, sind wir auch nett zu Ihnen!« Nun jauchzten die Mädchen im Chor: »Ganz nett! Ganz lieb!«

Hannes schaute die jungen Dinger an, von oben bis unten, von unten bis oben. Es waren noch Mädchen und doch schon Frauen – in enge Jeans und Jacken gezwängt und dicke Schals locker darüber drapiert, alle geschminkt, mehr oder weniger geschickt. Die feuerroten Lippen lachten verführerisch. Jede einzelne Feuer und Flamme, Himmel und Hölle. Mit einstigen braven Dorfmädchen hatten diese jungen Frauen nichts mehr gemeinsam. Äußerlich nicht! Hannes nahm seine Geldbörse aus der Tasche und zahlte wortlos die Zeche.

»Du hast getrunken!« warnte sein Vater. »Bleibe besser hier!«

Hannes schaute ihn nur kurz an, schüttelte den Kopf. »Den Teufel werd' ich tun!« brummte er. Dann verließ er die Gaststätte, an jedem Arm drei Mädchen hängend. Es war kalt draußen, doch Hannes spürte es nicht. Es wurde ihm auf einmal heiß, ganz heiß. Feuer und Flamme! Auf in die Nacht der Nächte!

Der Wirt schaltete den Fernseher ein. »Mach bloß die Kiste aus!« donnerte einer. Der Wirt stellte den Ton ab, ließ das Bild aber weiter laufen. Irgendeine Show mit Tanz, Musik, Akrobatik – wie jedes Jahr zu Silvester. Die deutschen Sender hatten sich nicht viel Neues einfallen lassen zur Jahrtausendwende. Hans-Peter schaute weg, starrte in sein Glas, warf immer wieder einen Blick auf die Uhr. Kaum 10 Uhr! Die Zeit ging einfach nicht weiter.

Das Telefon klingelte. Lorenz sprang auf. Der Wirt hob den Hörer ab, winkte jedoch einem andern Mann zu. Dieser sagte ein paarmal »jaja« in die Muschel, legte dann auf, bezahlte und verließ hastig die Gaststätte. Da hatte anscheinend doch noch eine barmherzige Schwester sich seiner erbarmt.

»Ich halte das nicht aus!« seufzte Lorenz. Diese Ungewißheit war nicht zu ertragen. Dann schon lieber zu Hause mucksmäuschenstill in einer Ecke sitzen, aber dabei sein, ganz nah dabei sein. Er bezahlte und verließ mit schnellen Schritten die Gaststätte.

Hans-Peter rückte etwas von den anderen Männern ab, um in Ruhe seinen Gedanken nachhängen zu können. – In jeder Stunde, jeder Minute, jeder Sekunde treffen Vergangenheit, Gegenwart und Zukunft zusammen. Das wird wohl in keinem Moment so spürbar wie an diesem Tag, zu diesem Zeitpunkt, an der Nahtstelle zweier Jahrtausende. Obwohl eigentlich die drei Zeiteinteilungen nie gleichzeitig stattfinden. Nie! Doch einmal schon – im Zeitpunkt der Endzeit, des Endes.

Doch jetzt, dieser Moment, ist Gegenwart und doch schon Vergangenheit, sobald man ihn wahrnimmt. In diesem Moment ist die Zukunft noch Zukunft, doch blitzschnell ist sie Gegenwart und Vergangenheit. Ach, die Zeit! Nicht zu fassen, nicht aufzuhalten, nicht festzunageln. Alles ist Vergangenheit!

Vergangenheit! Plötzlich wurde für Hans-Peter ein Augenblick der Vergangenheit zur Gegenwart. Er sah sich hier an der Theke stehen, genau hier – vor 33 Jahren. Und neben ihm Tina. Er war jung, Tina schon älter. Hätte er damals in die Zukunft sehen können, wäre alles anders geworden. Tina lebte vielleicht noch, sie wäre jetzt eine Greisin. Nein, das konnte er sich nicht vorstellen. Tina ein alte Frau! Das war unmöglich! Sie verkörperte die Reife, die volle Frauenkraft, den üppigen Sommer. Ob Tina das auch festgestellt hatte? Erkannt, daß sie nicht alt sein könnte?

Der damalige Abend – er rückte noch näher, nah, hautnah. Da erscheinen Gestalten, zuerst schemenhaft, doch dann werden sie lebendig: Männer, Burschen, Tina. Stimmen, weit, weit weg! Gesprächsfetzen jagen durch den Raum: Hast du auch Lust? Warum tust du das? Nächstenliebe! Laß mich in Ruhe! Wie ein Stein! Maske! Auf der Flucht! Nebel! Nachtnebel! Ungutes Gefühl! Sünde, Sünde, Sünde! O, Tina! Warum? Warum!

»He, pennst du?« Jemand rüttelte Hans-Peter. Wie aus einer fernen Welt erreichten ihn die Worte. Er schaute auf. Tina stand neben ihm. So jung, so hübsch, so aufreizend! Und sie lachte ihn an. Tina? Wieso sah sie so jung aus? Sie war doch schon über 50, ach nein, eine Greisin! Und sie war doch tot, schon lange tot.

»Dad, wo bist du?« Tina fuchtelte mit der Hand vor den Augen ihres Vaters. Dieser kniff die Augen zusammen, öffnete sie wieder. »Ach, du bist es, Tina!« sagte er benommen und doch aufatmend.

»Ja, ich bin es!« lachte Tina fröhlich. »Kein Geist aus dem Jenseits! Kein Bewohner eines fernen Sterns. Nur ich! Hast du eine andere Tina erwartet? Ach, wieso verwechselt ihr mich immer mit meiner Großmutter? Peter, Tante Anna und jetzt auch mein Vater.«

»Du bist doch in Köln?« Hans-Peter ging nicht auf die Worte seiner Tochter ein. Er bemühte sich, ruhig und sachlich zu wirken. Aber er war total aufgeregt und verwirrt. Mensch, da war er doch tatsächlich abgehoben, in eine andere Zeit gerutscht, in ein Zeitloch gefallen, von der Vergangenheit eingeholt worden.

Tina erzählte nun, daß es ihr in Köln zu laut und zu hektisch gewesen sei. »Es war ätzend, alle benahmen sich total bescheuert, echt verstrahlt.« Sie hatte sich so fremd dort gefühlt. Vielleicht hatte das Eifelmädchen Tina jetzt in ihr Platz genommen und das Stadtmädchen Tina einfach verdrängt. Sie hatte so etwas wie Sehnsucht nach der Eifel empfunden, nach der Familie. So hatte sie sich ins Auto gesetzt und war zurück in die Eifel gedüst. Ihre Mutter hatte sie halb schlafend vorgefunden. Sie hatte gesagt, wo sie ihren Vater finden konnte. Dann war sie noch bei Barbara gewesen. Die Wehen kamen nur unregelmäßig und unterschiedlich heftig. Lorenz war plötzlich aufgetaucht und hatte gefordert, daß man seine Frau ins Krankenhaus bringe. Doch die Frauen – an erster Stelle Barbara selbst – hatten nichts davon wissen wollen. Schließlich hatten sie ihm versprechen müssen, daß sie eine Verlegung ins Krankenhaus vornehmen würden, wenn die Situation kritisch würde. Nun saß Lorenz im Auto, bei laufendem Motor, jederzeit bereit, loszufahren.

»Die Zwillinge machen es wirklich spannend«, sagte Tina lächelnd. »Vielleicht wollen sie gar nicht auf diese Erde. Also, ich finde es ungerecht, daß man einfach geboren wird, ohne gefragt zu werden, ob einem so ein Menschenleben überhaupt zusagt.«

»Wenn wir gefragt würden, wäre die Menschheit längst ausgestorben«, gab Hans-Peter zu bedenken. »Wer will schon geboren werden! Niemand! Komm, Tina, trink einen mit mir!«

»Ach nein, Daddy«, wehrte Tina ab. »Hier in der Kneipe möchte ich nicht die Wende erleben. Eigentlich hatte ich auf eine Familienfeier gehofft. Aber mit Familie ist wohl heute nichts.« Tina überlegte etwas, dann nahm sie ihren Vater am Arm: »Komm, laß uns etwas um Bedenich laufen, rund um das Dorf, über die Hügelkette, vom Lichterberg zum Hollerberg.«

Bald standen die beiden draußen. Sie warfen einen Blick auf das Dorf und auf die Hügel. Inzwischen war Bedenich weit ausgedehnt. Immer mehr Neubauten entstanden an den Hügelhängen, viele Wochenendhäuser hatten sich breit gemacht. Aus dem kleinen Eifelnest war ein großer Ort geworden. Im Dorf war es ruhig und dunkel. Doch am Hollerberg brannten viele Lichter. Feuer loderten dort. Fröhliches Singen tönte herüber.

»Zum Schluß unseres Spaziergangs gehen wir zum Weiberdorf«, sagte Tina. »Dort wird fröhlich gefeiert.«

»Da werde ich als Mann nicht zugelassen«, sagte Hans-Peter.

»Na, das entscheide ich ja nun, wer ins Weiberdorf darf und wer nicht«, sagte Tina lachend. »Und ich lasse auch Männer ins Weiberdorf. Komm, zunächst holen wir Senta. Die möchte auch etwas zur Jahrtausendwende erleben.«

Schweigend gingen schon bald Vater und Tochter gefolgt von Senta den Weg rund um das Dorf, den schon so viele Vorfahren der Familie gegangen waren. Viele Flugzeuge waren in der Luft. Alle Fluggesellschaften hatten Rundflüge zum Jahreswechsel angeboten. Es mußte schon ein tolles Bild sein, von dort oben die Feuersalven zu betrachten, die die Menschen abfeuerten.

»Die Menschen sind doch seltsame Wesen«, überlegte Tina laut. »Die einen schießen Lichter in den Himmel und schauen ihnen nach, die anderen fliegen durch das Firmament, um zu sehen, was auf der Erde los ist. Nirgendwo sind wir zu Hause, nirgendwo finden wir Ruhe. Immer auf der Flucht.«

Tina stampfte weiter und spürte, wie sie mit jedem Schritt mißmutiger wurde. In der Stadt hatte sie sich fremd gefühlt und war geflohen, aber hier fühlte sie sich auch nicht zugehörig, eine Außenseiterin, nirgendwo zu Hause, nicht in der Stadt, nicht auf dem Land. Fremd in der Fremde, heimatlos in der Heimat. Allein in der Gruppe, einsam in der Einsamkeit. Eine Unbekannte im eigenen Körper, eine Fremde in einer fremden Seele. Wäre sie doch noch in Urlaub geflogen, nach Mallorca oder Gran Canaria! Dort wurde soviel Abwechslung geboten, daß man gar keine Zeit hatte, ins Grübeln zu geraten. Einfach leben, blind in den Tag, in die Nacht hinein, in eine neue Zeit – mittendrin in einem riesigen Heer von Nicht-Grüblern, Nicht-Denkern, Nicht-Menschen.

Auch gegen Anna entwickelte sich so etwas wie Wut bei Tina. Die Ahne sprach von Loslassen, dabei legte sie ihr eiserne Ketten an, lebenslang gefesselt an dieses »Weiberkaff« mit all diesen verkorksten Weibertypen. Sie hatte sich das Leben schon etwas anders vorgestellt! Wie? Na, das wußte sie auch nicht so genau. Auf jeden Fall anders! Lustiger, fröhlicher, unbeschwerter!

Tina folgte ihrem Vater – den Blick zur Erde gewandt, auf den Lippen kauend. So hatte sie gar nicht bemerkt, daß sie sich dem Heiligenhäuschen näherten. Jetzt schaute sie auf. Das »Muttergötteschen« war durch viele Lichter erleuchtet. Frauen standen davor, die Hände gefaltet, ganz in sich versunken. Hans-Peter grüßte. Doch die Frauen schienen nichts zu hören und nichts zu sehen. Wortlos schritten Vater und Tochter weiter.

Auf dem Tempelchen brannte ein großes Lagerfeuer. Auch hier waren Menschen, Frauen und Männer. Etwas abseits blieben Hans-Peter und Tina stehen. Auf dem Platz tanzten einige Frauen, stampften immer wieder fest auf die Erde. Dazu sangen sie ein eigenartiges Lied, fremdartig und beschwörend. Jetzt hatte man sie drüben bemerkt. Zwei Männer kamen auf sie zu, begrüßten die beiden herzlich und stellten sich vor.

»Mein Name ist Johannes Schoeller«, sagte der Ältere »Und das ist mein Sohn Peter.«

Auch Hans-Peter nannte seinen Namen: »Und das ist meine Tochter Tina«, sagte er mit Blick auf Tina.

»Hei, Tina!« sagte Peter und gab ihr die Hand.

»Darf ich Euch zu einem Tee einladen? Frisch gebrüht und heiß wie die Hölle«, sagte der Ältere freundlich. »Warum haben wir denn ein Lagerfeuer!«

»Ich will runter zum Weiberdorf«, sagte Tina. Doch Hans-Peter nahm das Angebot gerne an. Schon bald schlürfte er einen heißen Tee.

»Was singen die Frauen denn da?« fragte er interessiert.

»Es ist ein Reinigungslied der nordamerikanischen Urbevölkerung, mit dem man die vier Elemente herbeiruft.« Der Mann sang den Text mit:

The earth, the water, the fire, the air!
Return, return, return!
The earth, the water, the fire, the air!
Return, return, return!
Je-ye, yeye, yeye, yeye,
oh-wo wowo wowo wowo ...*

»Das Interessante bei diesem alten Song ist, daß man beim Singen genau so atmen muß, wie heutige Therapeuten das bei ihren Atemübungen lehren.« Hans-Peter war ganz Ohr. Doch Tina verdrehte die Augen. So ein »Esoterik-Scheiß« ging ihr total auf den Keks. Na, Hauptsache, ihr Vater hatte die richtigen Leute getroffen.

Der ältere Mann zeigte ihnen drei Spiralen, die mit kleinen Steinen vor dem Tempel gelegt waren. »Jede Spirale besteht aus 333 Steinen«, erklärte er, »so daß wir zusammen 999 Steine haben – für 999 Jahre. Der große Stein zwischen der ersten und der zweiten Spirale soll das Jahr 1000 symbolisieren. Punkt Mitternacht legen wir einen weiteren großen Stein zwischen der zweiten und der dritten Spirale. Dann haben wir das Jahr 2000.«

* Die Erde, das Wasser, das Feuer, die Luft! Kehr wieder, kehr wieder, kehr wieder! von Carien Wijnen: Womyn with wings

Hans-Peter schaute sich das symbolhafte Steinmuster genau an. Doch Tina wandte sich ab. »Ich gehe dann mal!« sagte sie. Ihr Vater beachtete sie nicht.

»Kommst du später noch mal zurück?« fragte der junge Mann. »Wir sind die ganze Nacht hier, bis zum nächsten Jahr, zum nächsten Jahrtausend, zum nächsten Morgen.«

»Vielleicht!« sagte Tina und rief Senta. Doch die Hündin kam nicht. Sie hatte wohl irgendwo einen Knochen aufgespürt. »Komme bloß, sonst hole ich dich!« rief der junge Mann ihr nach. »Diese Nacht oder nie!«

Tina schritt lächelnd den Hügel herab. Der Typ ging aber ran! Auch so ein Peter? Sie hatte schon einige »Peters« kennengelernt. Der Name verfolgte sie regelrecht. Alles miese Machos. Aber vielleicht gab es doch noch nette Männer. Ein einziger netter Peter würde ihr schon genügen. Und sich dann verlieben, ohne viel zu denken, ohne zu überlegen, ohne zu planen! Sich richtig verlieben! Mehr jedoch nicht!

Bald hatte Tina die Ferienhäuser erreicht, das Frauenbildungshaus, das Frauenhaus. Alle Frauen waren draußen, beschäftigt mit Lichtern und Musikinstrumenten. Endlich war es so weit. Schon gingen in der Ferne die ersten Raketen hoch. Nun schlug die Kirchturmuhr. Jetzt setzten die Feuerelemente ein, alles von einem Feuermeer umschlossen: das Weiberdorf, Bedenich, die Erde, der Himmel. Ein frohes Rufen, Singen, Tanzen. Ein allseitiges Umarmen, Küssen, Herzen. Prosit Neujahr! Eine frohes neues Jahr! Ein gutes neues Jahrtausend. Auf ein Neues! Auf die Zukunft! Auf eine schöne Zukunft für das Weiberdorf 2000!

7. Samstag, 1. Januar 2000

Bärbel sitzt in einem riesigen Flugzeug. Es fliegt lautlos und blitzschnell durch das All – und doch scheint es nicht von der Stelle zu kommen. Bärbel will sich erheben; doch sie scheint an dem Sitz zu kleben, festgebunden, festgebannt. Da nimmt sie all ihre Kräfte zusammen, holt tief Luft – will sich losreißen – doch jetzt kann sie ganz leicht aufstehen, ohne jeden Widerstand. Sie schreitet durch den langen Flugzeugkörper – nirgends ist ein Mensch zu sehen. Sie betritt das Cockpit. Auch dort gähnende Leere. Wieder eilt sie durch das Flugzeug. Ruft. Hallo! Hallo! Niemand antwortet. Sie ist allein. Panik ergreift sie. Sie jagt zu einem Flugzeugfenster. Schaut hinaus. Tief unter sich sieht sie die Erde. Das Flugzeug rast im stets gleich bleibenden Abstand immer rund herum. Der blaue Planet ist feuerrot. Feuerspeiende Ungeheuer? Nein, es sind Vulkane! Unzählige Vulkane! Menschen tanzen dort ausgelassen. Der Tanz auf dem Vulkan! Die Tanzenden schauen in den Abgrund – und jubilieren, singen, lachen. Gefahr! Vorsicht! Achtung! Bärbel will es rufen, doch sie bekommt keinen Laut heraus. Sie muß hinunter, hinunter auf die Erde! Bescheid sagen! Warnen! Sie eilt wieder in das Cockpit, drückt wahllos irgendwelche Schalter, rüttelt an Hebeln – da birst das Flugzeug auseinander, mit einem entsetzlichen Getöse – nichts ist mehr da, aufgelöst in nichts – nie da gewesen – und dann ist es wieder leise, still, traumhaft still – kein Geräusch, kein Ton, kein Laut. Bärbel schwebt, gleitet, fliegt mit weit ausgebreiteten Armen der Erde entgegen, wird angesogen von der Feuerglut der Vulkane. Doch je mehr sie sich der Erde näher, desto kleiner wird das Feuer, verglüht mehr und mehr, fällt in sich zusammen, erstickt. Es bleiben nur ein paar Funken. Jetzt glimmt nur noch ein einziger Feuerfunken. Dieser wird größer, nimmt die Form eines Körpers an. Das Feuerwesen löst sich aus dem riesigen Aschenhaufen, steigt auf, irrt ruhelos umher, fliegt hin und her, hin und her. »Das trifft mich!« weiß Bärbel plötzlich ganz klar. Schon steuert der Funken auf sie zu, streift ihre Haare, trifft sie genau am Nacken, sanft und doch bedrohlich.

»Das trifft mich!« sagte Bärbel laut, erwachte aus dem Traum, riß die Augen auf. Sie holte tief Luft. Ihr Herz jagte. Schwer war der Körper, so schwer und starr. Die Welt in Flammen! Daß es gerade sie trifft! Sie allein! Sie brauchte eine ganze Zeit, bis sie wieder ruhig atmen und einen klaren Gedanken fassen konnte.

Ach ja, sie hatte sich ja etwas auf die Couch gelegt. Lange hatte sie diese Nacht – oder besser gesagt diesen Morgen – noch aufgeräumt, alles von draußen ins Haus gebracht. Maria war zu Barbara gegangen – und Mary war ihr bald gefolgt. Auch Bärbel wollte nachkommen. Nur ein paar Minuten wollte sie auf der Couch ausruhen, war jedoch eingeschlafen und von einem so schrecklichen Alptraum heimgesucht worden. Sie bemühte sich, ihren Atem unter Kontrolle zu kriegen. Tief einatmen und noch tiefer ausatmen! Sie schloß die Augen. Noch ein paar Minuten. Zuerst einmal zur Ruhe kommen. Dann wollte sie aufstehen.

Es ist still im Weiberdorf, es ist ruhig in Bedenich, es ist friedlich im weiten Eifelland. Noch ist es dunkel. Nur der Mond wirft ein fahles Licht auf die Erde. Alles liegt in tiefem Schlaf. Bis in den frühen Morgen hatten sich die Freudenfeste hingezogen! Überall Feiern, lautes Rufen, eine nicht endenwollende Knallerei! Doch jetzt war endlich Ruhe. Die Menschen schliefen, die Menschheit träumte. Bloß nicht aufwachen und sich dem neuen Jahrtausend stellen müssen. Alte und neue Probleme lauerten vor den geschlossenen Augen, kaum zu bewältigende Anforderungen, bereits vorprogrammierte Enttäuschungen. Bei den Nachrichten würden wieder Unglücksfälle den größten Raum einnehmen: Erdrückende Not, schreckliche Unfälle, grauenhafte Verbrechen! Zerstörerische Naturkatastrophen, mörderischer Terror, selbstmörderischer Fanatismus! Bloß nicht aufwachen! Lieber träumen von Freudentänzen auf loderndem Vulkan.

Bärbel bemühte sich, nicht wieder einzuschlafen, und doch fielen ihr die Augen zu. Sie hatte wenig Schlaf in den letzten Nächten bekommen. Die Vorbereitungen für das »Jahrtausendfest« hatten viel Mühe und Arbeit gekostet. Aber es hatte sich gelohnt. Es war ein wunderschönes Fest gewesen, und alle Frauen waren glücklich und zufrieden.

Bärbel zuckte plötzlich zusammen. Tönte da nicht ein Martinshorn durch den frühen Morgen? Sie sprang auf, eilte zum Fenster, riß es auf. Jetzt war es ganz deutlich zu hören, auf- und abschwellend, mal weit entfernt, mal ganz nahe. Tatü, tatü, tatü! Es blitzten Lichter auf, Scheinwerfer eilten auf Bedenich zu. Es war nicht nur ein Auto, nein zwei, vielleicht sogar drei! Feuerwehr, Polizei, Notarzt? Wie ein Blitz durchfuhr es Bärbel: Barbara! Hastig zog sie sich nun an, rannte nach draußen, sprang ins Auto, jagte ins Dorf. Kurze Zeit nach dem Unfallwagen und einem Krankenwagen traf sie am alten Remerhaus ein.

Lorenz läuft wie ein Irrer vor dem Haus hin und her. »Ich bringe sie um!« schreit er. »Alle Weiber bringe ich um! Alle!«

Bärbel rüttelt ihn. »Was ist denn passiert?« fragt sie. Er schaut sie an, mit weit aufgerissenen Augen. »Alles wollen die Weiber alleine können – keine Hilfe annehmen – alle bringe ich um.«

Da kommt Maria aus dem Haus, bleich und zitternd. Bärbel läuft auf sie zu, umarmt sie. »Was ist denn passiert?« wiederholt sie ihre Frage.

»Die Kinder sind geboren – sind kräftig und gesund«, stottert Maria. Dann nimmt sie sich zusammen. »Es war eine so schwere Geburt«, berichtet sie weinend, »aber als wir schon dachten, es wäre geschafft und die Kindchen bereits versorgt wurden, brach Barbara plötzlich zusammen. Ihr Puls ist kaum noch festzustellen.« Weinend legt sie ihren Kopf auf die Schulter von Bärbel. »Das trifft mich!« flüsterte Bärbel.

Inzwischen waren immer mehr Menschen zusammengeströmt, die Nachbarn, Dorfbewohner und die Frauen aus dem Weiberdorf. Die Dorfbewohner schwatzten neugierig und aufgeregt miteinander. Bald wußten es alle: Die Zwillinge waren geboren, aber Barbara schwebte in Lebensgefahr. Warum war sie nicht ins Krankenhaus gegangen zur Entbindung? Das war doch viel sicherer und einfacher. Das mußte sie als Ärztin doch wissen! Aber nein! Sie wollte wohl etwas Besonderes sein. Eine Hausgeburt im Haus der Vorfahren! Und das bei Zwillingen. Sie schüttelten den Kopf. So ein Leichtsinn!

Die Frauen des Weiberdorfes standen wie erstarrt. Alle kannten Barbara, alle mochten sie, alle bewunderten, daß sie sich für eine Hausgeburt entschieden hatte. Wie auf ein geheimes Zeichen faßten sie sich bei den Händen. Ihre ganzen Kräfte konzentrierten sie auf Barbara. Alle guten Wesen im Himmel und auf Erden – kommt und helft!

Da kam Tina angerannt, an der Hand einen jungen Mann. Wie sah die denn aus? So zerzaust, so aufgelöst, so nachtgeplagt! »Was ist denn hier los?« Mit diesen Worten stürzte sie auf Bärbel und Maria zu. Bärbel berichtete kurz.

»Wo ist Tante Anna?« fragte Tina aufgeregt. Tante Anna? Ach, an die Tante hatte Bärbel gar nicht gedacht. »Und wo ist mein Vater?« Bärbel zuckte die Schultern. »Da!« sagte sie dann. Wirklich, da kam Hans-Peter angefahren. Er stieg aus, ging auf Tina zu – da stürzte Lorenz auf ihn zu. »Ich bring die Weiber um!« schrie er ganz außer sich. »Wenn Barbara stirbt, bringe ich alle um, die ganze Familie, das ganze Weiberdorf!« Hans-Peter legte den Arm um Lorenz, sprach ruhig auf ihn ein. Bärbel atmete erleichtert auf. Hans-Peter würde es schaffen, Lorenz zu beruhigen.

Nun trugen die Krankenhelfer eine Bahre hinaus, luden sie in den Unfallwagen. Barbara lag bleich und teilnahmslos da, wie tot. Der Notarzt wich nicht von ihrer Seite, kontrollierte irgendeine Infusion. Lorenz wollte auf seine Frau zustürzen. Doch Hans-Peter hielt ihn zurück. »Komm, wir fahren mit dem Auto hinterher.«

Jetzt kamen auch Sabine und Mary-Ann nach draußen, jede ein Bündel auf dem Arm, beide leichenblaß. Sie fuhren mit dem Krankenwagen zum Krankenhaus. Die Babies sollten doch in der Nähe ihrer Mutter bleiben. Mary-Ann schaute sich um. Wo war Hannes? Ach, sie sehnte sich so nach einem aufmunternden Blick. Doch von Hannes war weit und breit nichts zu sehen. Bärbel ging auf Mary-Ann zu. »Wir kommen später mit dem Auto nach!« sagte sie leise und fügte dann mit kräftiger Stimme hinzu: »Es wird alles gut! Barbara wird es schaffen!«

Die Autos sausten los. Doch die Menschenmenge löste sich noch nicht auf. Tina war mit ihrem Begleiter ins Haus gestürzt. Sie hatte Mary in Tränen aufgelöst vorgefunden, ließ sich auch von Tina nicht trösten. Weinend begann sie, Küche und Wohnraum aufzuräumen. Nur ihre gewohnte Tätigkeit konnte ihr jetzt helfen. Sie hatte ihren Kindern nicht zur Seite stehen können, nicht Mary-Ann und nicht Lorenz. Und für ihre eben erst geborenen Enkeltöchter konnte sie auch nichts tun. Nur Arbeit war da – wie immer.

Tina suchte Tante Anna und fand sie in der Küche. Wie von aller Welt verlassen und vergessen saß sie da in ihrem Rollstuhl. »Tante Anna!« Tina stürzte auf die Greisin zu. Sie erschrak. So hatte sie die Tante noch nie gesehen: Total fahl im Gesicht, zusammengesunken, und ihre Augen – ja, die Augen, sie sahen so anders aus – so traurig und doch so glücklich, so glückselig, so gottselig. Es waren Engelaugen, und der Blick war so fern – ein Engelblick in eine andere Welt.

Tina gab sich Mühe, nicht zu zeigen, wie erschrocken sie war. Ganz cool bleiben! »Das ist Peter!« sagte sie aus ihrer Unsicherheit heraus. Da kehrten Annas Augen zurück auf die Erde. Abschätzend betrachtete sie den jungen Mann. »Ach, Pittchen, du bis' et!« sagte sie und schaute dann Tina an. Sie lächelte. Doch der Blick und das Lächeln dauerten nur einen winzigen Augenblick – dann war Anna wieder ganz in sich selbst versunken.

»Wenn ein Mensch auf die Erde kommt, muß ein Mensch von der Erde gehen!« sagte Anna plötzlich laut. Tina kniete sich vor der Tante nieder. Auch sie kannte den Spruch, an den die alten Eifeler noch heute glaubten. »Das ist Blödsinn!« sagte sie bestimmt. »So einfach geht Gottes Rechnung nicht auf.«

Doch Tante Anna hatte kaum zugehört. »Ich werde gehen, damit Barbara verschont wird« sagte sie leise. »Sie wird gebraucht – ich bin unnütz.« Langsam nahm sie ein Bündel aus der Tasche des Rollstuhls, überreichte es Tina und sagte: »Lege es in die Wiege und bringe mich fort. Bärbchen wartet.«

Schon bald schoben Tina und Peter den Rollstuhl nach draußen. Die Menschen starrten die alte Greisin mitfühlend an. Wie ein zusammengefallenes Häufchen Elend lag sie im Rollstuhl. Die Augen waren geschlossen.

Jetzt öffnet Anna die Augen, hebt den Blick – und da – gerade in diesem Augenblick – geht leuchtend die Sonne auf, sie erstrahlt voll und wunderschön jenseits des Hollerbergs. Wie mit einem einzigen Knall, mit einem Urknall, ist die Dunkelheit des frühen Morgen aufgesogen. Der goldene Himmelskörper taucht den ganzen Hollerberg, die Häuser, das Tempelchen, das Heiligenhäuschen in ein gleißendes Licht, in ein funkelndes, freudeverkündendes Licht. Und etwas weiter am Himmelszelt steht der Mond, doch nicht fahl und silbern, sondern leuchtend rot. Die Mondsichel strahlt in einem schier überirdischer Glanz, sendet ihre Strahlen zur Sonne, verbindet sich mit ihnen. Sonne und Mond scheinen sich gegenseitig anzulächeln, vereinen sich, werden eins. Nun treffen die Strahlen – die vereinten Sonnen- und Mondstrahlen – die Erde; diese leuchtet auf, strahlt, erwacht im hellen Licht. Ein einziges großes Lichtermeer erfüllt die Welt. Nur noch Feuer und Flamme, Himmel und Himmel. Alle Gegensätze sind aufgehoben: Himmel und Hölle, Tag und Nacht, Zeit und Ewigkeit, Mensch und Gott, Mann und Frau.

Die Menschen staunen mit offenem Mund, einige knien ehrfurchtsvoll nieder, andere stehen starr und steif, wie getroffen von dem göttlichen Licht, aufgehoben in das wundersame Geschehen.

Auch Tina und Peter bleiben vor Staunen stehen. »Ein Wunder!« sagt Anna ehrfurchtsvoll. Das Wort »Wunder« schnappen einige auf, sprechen es nach. Ein Wunder! Immer mehr Stimmen murmeln es. Ein Sonnen-, Mond- und Erdenwunder!

Jetzt sammelt sich das Licht, konzentriert sich, umhüllt wie eine riesige leuchtende Kugel den Hollerberg, die Schola, das Asylia, die Ferienhäuser, das Tempelchen, das Heiligenhäuschen. Wie in einer rundum geschützten leuchtenden Wunderkugel ruht der ewige Hügel. Anna schaut die Herrlichkeit und schließt die Augen. Ein seliges – gottseliges – Lächeln verklärt ihr Gesicht!

»Das glaubt uns niemand«, sagt Tina zu ihrem Begleiter und bleibt unsicher stehen. Doch dann schiebt sie mit festem Griff den Rollstuhl weiter, mit Kraft und doch behutsam. Sie fährt in das gleißende Licht hinein, in die schützende Wunderkugel, einem neuen Anfang entgegen, dem Weiberdorf 2000 zu. Peter folgt ihr zögernd, doch alle Frauen schließen sich ihr freudig an.